Marianne Fredrikssons letzter Roman

Manchmal glaubt Stina, dass sie blind war. Als Stina ihren späteren Ehemann Per kennen lernt, glaubt sie an die ganz große Liebe. Per ist klug und charmant, voller Lebensfreude und Tatendrang. Als auch er sich in sie verliebt, scheint ihr Glück grenzenlos. Doch die erste Schwangerschaft verändert ihr Leben. Per ist wie ausgewechselt, er schlägt und missbraucht sie. Erst nach der Scheidung kann Stina wieder aufatmen. Doch die Angst, ihre beiden Töchter zu verlieren, lässt sie nicht wieder los …

»Drastisch und gleichzeitig einfühlsam erzählt Marianne Fredriksson, wie Stina den ehelichen Albtraum erst erduldet und sich schließlich ihre Freiheit erkämpft.« *Freundin*

»Ein erschütterndes und wichtiges Buch.« *Für Sie*

Marianne Fredriksson wurde 1927 in Göteborg geboren. Als Journalistin arbeitete sie lange für bekannte schwedische Zeitungen und Zeitschriften. Im Jahre 1980 veröffentlichte sie ihr erstes Buch. Sämtliche Romane der Autorin wurden in Deutschland große Bestsellererfolge. Die Autorin starb am 12. Februar 2007.

Im Fischer Taschenbuch Verlag sind lieferbar: ›Hannas Töchter‹ (Bd. 14486), ›Simon‹ (Bd. 14865), ›Maria Magdalena‹ (Bd. 14958), ›Inge und Mira‹ (Bd.15236), ›Marcus und Eneides‹ (Bd. 14045), ›Eva‹ (14041), ›Abels Bruder‹ (Bd.14042), ›Noreas Geschichte‹ (14043), ›Sintflut‹ (Bd. 14046), ›Sophia und Anders‹ (Bd.15615), ›Lillemors Rätsel‹ (Bd.14044), ›Geliebte Tochter‹ (Bd. 15617) und ›Die Jahre mit Jan‹ (Bd. 16387).

Unsere Adresse im Internet: www.fischerverlage.de

Teil eins

1.

Ich werde aufhören, alles Unrecht aufzuzählen, das mir widerfährt. Das ist schwer. Die schlechten Gefühle kommen nicht aus dem Kopf, sie werden irgendwo im Bauch geboren und leben dort ihr eigenes Leben.

Wie beim ersten Mal, als ich in die Grube gefallen bin. Da war ich erfüllt von einem brennenden Zorn, der mich nachts nicht schlafen ließ und der mich tagsüber quälte.

Aber jetzt erwächst die Panik aus meiner Angst.

Sie haben meine Kinder weggelockt. Ich habe schreckliche Angst, sie zu verlieren.

Und was soll ich nur mit meiner Angst machen, die mich nachts nicht schlafen lässt und die mich tagsüber quält?

Wie es in diesem Herbst regnet!

Genau wie vor sechs Jahren. Ich weiß noch, wie ich auf Rache sann. Das war für mich eine neue Erfahrung. Sie machte mir entsetzliche Angst.

Ich war immer lieb. Leichtgläubig und naiv, sagen meine Freunde. Sie haben Recht. Und: Wie man sich bettet, so liegt man, heißt es im Sprichwort.

Aber ich hatte kein Bett und auch keinen sicheren Raum, in dem ich wohnen konnte. Ich weiß noch, wie ich mich gefragt habe: Wie soll Eine sich betten, die ihre Bettwäsche verloren hat? Jetzt habe ich alles: ein eigenes kleines Haus, ein schönes Schlafzimmer, freundliche Möbel.

Aber was soll ich nur mit meinem Zorn machen?

2.

Es ist Herbst, die Dunkelheit setzt früh ein.

Ich laufe in meinem Wohnzimmer hin und her, schalte die Lampen ein, das Zimmer erhält seine Farben zurück und ist wieder mein Zuhause.

Für einige kurze Momente kann ich Freude empfinden. Das passiert mir sogar mitten im Alltag. Wenn ich spüle oder in der Küche aufräume. Und wenn ich meine Topfblumen gieße und den Fleißigen Lieschen danke, weil sie der herbstlichen Dunkelheit trotzen und Woche für Woche neue rosa Blüten öffnen.

Die Pflanzen schaffen es.

Ich aber bin müde.

Die kurzen Momente der Freude verwandeln sich schnell in Trauer. Und die Trauer ist von Dauer. Ab und zu kann ich weinen wie ein verlassenes Kind. Ich schleppe mich dann zum Computer und dem Buch, das ich dem Verlag versprochen habe. Aber da bleibe ich dann einfach sitzen.

Die Wörter haben sich verirrt, ich finde sie nicht.

Zurück in die Küche, noch mehr Kaffee kochen.

Freunde rufen an, sie sind fast ebenso wütend wie ich. Ihr Zorn ist eine Hilfe. »Wie kann man eine Mutter zwingen, ihre zwei kleinen Kinder über den Ozean zu schicken, zu einem Vater, den sie nie gesehen haben und der als Psychopath gilt?«

An diesem Abend nehme ich doppelt so viele Schlaftabletten. Erwache mit schwerem Körper und schwerer Seele.

Aber als ich erwache, fällt ein seltsames Licht durch die Vorhänge. Ich denke langsam, und deshalb dauert es eine Weile, bis mir aufgeht, dass die Sonne scheint.

Licht der Dämmerung. Schräg fallende Strahlen suchen sich ihren Weg durch die alten Bäume an der Straße, verharren eine Weile bei den Pfaffenhütchen, die rot in ihrer Nische im Felsen lodern. Der Ahorn lässt gelbe Blätter auf den Boden rieseln. Die alte hohe Esche steht schon nackt da.

Es geht auf den Winter zu.

Unleugbar.

Man kann nichts dagegen tun.

Aber ich ziehe mich an, hole mir Anorak und Stiefel und wandere eine Weile unter den Bäumen umher, hole mir eine Decke aus dem Haus, setze mich auf den feuchten Gartenstuhl vor der Südwand und schaue mit zusammengekniffenen Augen zur Sonne hoch.

Heute werde ich der Angst standhalten. Ich bin nicht angegriffen, verletzt oder betrogen worden, ich bin nicht einsam.

Wie beim vorigen Mal.

Ich weiß: Die Angst wurzelt in der alten Depression von damals, als ich so tief in die Grube gefallen war, dass die Gefahr bestand, dass ich dort für immer bleiben würde.

Meine Kinder lassen nichts von sich hören.

Mein Exmann hat eine neue Frau mit zwei Kindern kennen gelernt.

Das ist gut.

Die Sonne hat der Küche Farbe verliehen, die gelben Schranktüren leuchten und bald wird es nach frischem Kaffee duften.

Sind es meine schwarzen Gedanken, die mich am Sehen hindern?

Das Wunder verlangt Licht, überlege ich.

Es gibt nur einen Weg, sagt die Bibel.

Vergeben.

Die andere Wange hinhalten.

Das sind seltsame Worte.

Später denke ich, dass ich das mit der Wange mein Leben lang gemacht habe, ich, die Naive, die Gutgläubige. Ich habe mich selten gewehrt, habe mich den neuen Schlägen ausgesetzt, habe die Zähne zusammengebissen, geschluckt. Manchmal hat das geklappt und der Angreifer hat sich beschämt zurückgezogen. Vielleicht habe ich diesen Trick angewandt, um mir Unannehmlichkeiten zu ersparen. Ich habe immer Angst vor Zorn gehabt.

Zu vergeben ist viel schwerer. Jetzt erst geht mir auf, dass ich nie verstanden habe, was dieses Wort bedeutet.

Ich schlage es im Wörterbuch nach:

»Die Strafe erlassen, verzeihen, darüber hinwegsehen, begnadigen, freisprechen, entschuldigen, nicht anrechnen.« Es gibt noch andere Wörter, die ebenso schwer zu verstehen sind. Aber nicht ein Einziges verrät, wie die Betroffene mit ihrer Trauer und ihrem Zorn umgehen soll.

3.

An einem kristallklaren Morgen im schönen September des Jahres 2003 kam ein großer, dicker Brief aus Amerika, adressiert an meine offizielle Adresse in Schweden, nämlich die von Roger Skogs Anwaltskanzlei in Stockholm.

Ich brachte die Kinder in den Kindergarten, dann suchte ich meinen Anwalt auf. Mein Herz hämmerte. Roger Skog öffnete den Brief, las und lachte über die Forderung aus den USA. Dann machte er Kopien von dem Scheidungsurteil, das mir das Sorgerecht zugesprochen hat. Und von dem polizeilichen Bericht über die Misshandlungen und die Vergewaltigung. Per Stenberg war in Schweden zu einem Jahr Gefängnisstrafe verurteilt worden. Nach seiner Freilassung hatte er sich in die USA abgesetzt.

Zum Schluss forderte mein Anwalt die bislang nicht geleisteten Unterhaltszahlungen ein.

Das alles wurde übersetzt und dem Kollegen in den USA zugesandt.

Kurz darauf stellte sich heraus, dass mein Exmann pleite ist! Und dabei hat er doch immer einen Rat gewusst und seinen Großvater angepumpt, der dann seine von Geld strotzende Hand ausstreckte und dem verlorenen Sohn einen Vorschuss aufs Erbe gab.

Nach einigen Wochen kam abermals ein Brief, in dem Per das Besuchsrecht für seine Kinder verlangte.

Mein Anwalt meinte, das könne man ihm schwerlich verwehren. Schließlich sei er ja ihr Vater.

Ich hatte stundenlange Gespräche mit Ingegerd, Pers Tante, die ich immer sehr gemocht habe.

Sie ist eine starke, warme Persönlichkeit. Verheiratet und wohnhaft in den USA.

Nach und nach konnten wir uns über die Bedingungen einigen. Die Kinder sollten in Ingegerds Haus wohnen. Sie wollte sich schriftlich verpflichten, alle Verantwortung für die Mädchen zu übernehmen. Der Aufenthalt sollte höchstens drei Monate dauern.

»Überleg es dir gut«, sagte sie. »Wenn du dich weigerst, dann besteht die Gefahr, dass er in Schweden auftaucht und deine Tür einschlägt …«

In den nächsten Wochen zerbrach ich mir dermaßen den Kopf, dass ich fast den Verstand verlor. Am Ende kam ich zu dem Schluss, dass Ingegerd Recht hatte. Wenn mein Exmann nach Stockholm zurückkehrte, würde ich wieder in das Entsetzen zurückgezerrt werden, nicht schlafen und nicht schreiben können. Und was sollten meine Freunde und Nachbarn denken, die mir zu einem neuen Dasein verholfen hatten?

Ich rief meinen Vater an.

Er rief nach einer Stunde zurück und sagte, er wage es nicht, die Verantwortung für meine Entscheidung zu übernehmen.

Ingegerd kam eine Woche darauf nach Schweden, kümmerte sich um die Kinder, brachte sie zum Kindergarten, spielte mit ihnen, las ihnen Märchen vor, nähte für sie Puppenkleider.

»Du redest aber komisch«, sagte Maria.

»Du weißt doch, ich wohne in Amerika, und da sprechen wir anders.«

»Das ist aber spannend«, sagte Maria.

Einige Abende darauf wollte Katarina in Ingegerds Bett schlafen.

Wir redeten viel miteinander, Ingegerd und ich.

Sie sagte, ich sei eine großartige Mutter, das sei den Kindern anzumerken.

Und ich heulte los.

Sie reichte mir ein Taschentuch und sagte:

»Und jetzt erzähle ich dir, was ich mir überlegt habe. Ich habe zwei erwachsene Söhne, beide sind Ärzte. Sie haben sehr nette Frauen und Kinder, die so alt sind wie deine. Meine Söhne kennen deine Geschichte und beide bezeichnen meinen Neffen Per als Psychopathen. Er darf mit seinen Kindern nicht allein gelassen werden. Also haben wir beschlossen, dass beide Familien bei uns in die beiden Seitenflügel ziehen werden. Norman, mein jüngerer Sohn, wird in dem Zimmer neben meinem schlafen, wo ich mit den Kindern bin.«

Ingegerd und Gunilla packten die Kleider und Schuhe der Kinder, die Teddys und Puppen, Marias Kissen und Katarinas Schmuselappen ein. Ich half ihnen nicht dabei, ich war wie vernichtet, bleich und zittrig, ich konnte die Kinder nicht einmal umarmen und hatte auch kein Abschiedswort für sie.

Ich war auch nicht dabei, als Gunilla sie alle zum Flughafen fuhr.

4.

Ingegerd rief an, sobald sie in Washington gelandet waren. Es ginge den Kindern gut, sie hätten im Flugzeug fast die ganze Zeit geschlafen. Und sie erzählte weiter.

Per stand am Flughafen, umarmte Maria und warf einen forschenden Blick auf Katarina, die neue kleine Tochter, die er noch nicht gesehen hatte.

Und stellte zufrieden fest:

»Sie sieht mir ja wirklich ähnlich.«

Dann lachte er und sagte: »Die Leute glauben immer, Kinder entstehen aus Liebe. Aber dieses kleine Wesen ist im Zorn entstanden. Vielleicht wird sie später mal ein echter Zornesteufel.«

Maria blickte den Mann, den sie jetzt Papa nennen sollte, lange und nachdenklich an. Beide Mädchen schliefen im Wagen ein, in Ingegerds Armen. Norman fuhr, Per saß neben ihm.

Dann kamen sie zu dem großen Haus am Stadtrand von Richmond in Virginia, wo es von Mamas und Papas und Kindern nur so wimmelte, und alle waren lieb. Die beiden kleinen Schwedinnen wurden von allen verwöhnt. Sie lernten schnell, die Kinder aus den USA schnappten schwedische Wörter auf, Maria mischte bald englische in ihre schwedischen Sätze.

Per hatte nun doch plötzlich Geld genug, er kaufte den Kindern alles, worauf sie in den phantastischen Spielzeugläden nur zeigten. Er beschenkte seine Töchter, verreiste mit ihnen, immer zusammen mit Ingegerds Söhnen. Sie besuchten den

Dschungel des Amazonas, die Strände Floridas und das Paradies Honolulu.

Ingegerds Telefongespräche waren immer lang und ausführlich, weil sie mich beruhigen wollte.

Jetzt lieben die Kinder ihren Papa, dachte ich.

Er ist ja auch viel lustiger als Mama, die zu Hause am Küchentisch sitzt, jede Münze dreimal umdrehen muss und jammert und weint.

Der Kaffee wird kalt, schmeckt bitter. Und ich überlege mir, dass man vielleicht eine besondere Intelligenz braucht, um sich gescheit zu verhalten? Offenbar wissen viele, wie man sich in dieser Kultur, in dieser Welt des Gewinns und des kalten Geldes, Vorteile verschafft.

Mein Telefon klingelt, es ist ein alter Freund, der über meine Frage lacht und dann meint, dass man wahrscheinlich viele Eigenschaften brauche, um gescheit zu werden. »Gefühlskälte ist vielleicht die wichtigste. Und ein enormes Bedürfnis danach, sich zu behaupten«, meint er.

Wir sprechen über den Zeitgeist. Er sagt, dass die gegenwärtige Entwicklung ihm Angst mache.

Und ich frage, was er über Gier denke.

Er lacht und meint, dass es die immer gegeben habe, immer habe sie die Ziele und Träume der Menschen gelenkt.

»Vielleicht ist es die Gier, die die Evolution vorwärts treibt«, sagt er und ich stöhne, ich habe intellektuelle Antworten auf Fragen, auf die es keine Antworten gibt, einfach satt.

Er lacht und stimmt mir zu.

Aber dann sagt er, der dominierende Gedanke in unserer Kultur sei doch, dass die Kindheit als die Wurzel allen Übels angesehen werde.

»Kinder bekommen zu wenig Liebe, Zeit, Fürsorge. Du weißt, wie das mit Kindern ist, die nicht genug Aufmerksamkeit erhalten. Sie machen Ärger, mobben andere, stehlen, prügeln sich, saufen und nehmen Drogen.«

In diesem Moment zeigen meine Schuldgefühle ihre hässliche Fratze, sie steigen aus dem Zwerchfell hoch und drücken mir die Kehle zu.

Ich sage deshalb ganz schnell »bis dann«, lege auf und sitze mit meinen ewigen Fragen da. Was habe ich meinen geliebten Kindern angetan? Die alte Antwort: Ich habe zu viel gearbeitet. Ich habe interessante Aufträge angenommen, spannende, witzige.

Gestern habe ich einen Artikel gelesen, in dem behauptet wurde, die Kinder müssten den Preis für die Emanzipation ihrer Mütter bezahlen.

Und ich war stocksauer.

Meine Mutter war Hausfrau und freiberufliche Übersetzerin. Von ihren kleinen Honoraren hätte sie nie selbständig leben können. Wenn zu Hause über irgendetwas gestritten wurde, dann ging es meistens ums Geld. Mein Vater arbeitete Tag und Nacht, und sie konnte das Geld nicht einteilen. Sein Geld. Ich erinnere mich daran und dass ich damals dachte, dass ich niemals so werden wollte wie meine Mutter und niemals so leben wie sie. Ich würde meine Kinder und mich selbst versorgen.

Ich schlief früh ein, nachdem ich eine Menge Schlaftabletten genommen hatte.

Der Tag heute ist lichter, das liegt nicht an der Sonne, sondern an einem Schimmern am Osthimmel. Vielleicht wird es jetzt endlich hell.

Auch in mir wird es heller.

Die letzten Tage waren Finsternis und Irrsinn.

Irrsinn.

Ich versuche, mich zusammenzureißen.

Mein kluger Kopf sagt mir, wenn ich mit diesen Gedanken nicht aufhöre, laufe ich Gefahr, in einer Psychose zu landen.

Ich verstehe, ich weiß es ja.

Der Weg zurück liegt im Erinnern, nicht im Augenzukneifen, im Verdrängen. Ich muss anfangen zu sehen, ich muss begreifen, was geschehen ist.

Ich kochte mir einen stärkeren Kaffee als sonst, schmierte zwei Brote und stellte ein Tablett bereit.

Nicht noch einen Tag am Küchentisch.

Ich ging mit dem Tablett ins Wohnzimmer und setzte mich in den einzigen bequemen Sessel im Haus.

Gestern habe ich lange mit meiner Mutter telefoniert. Heute kam ein Brief mit der Post, ein kurzer Brief von Mama.

»Du hast ein phantastisches Gedächtnis, wir haben ja immer gesagt, dass du einen Fotoapparat im Kopf hast. Und ich schlage jetzt vor, dass du mit dem Anfang beginnst. Mit dem Tag, an dem du Per kennen gelernt hast. Dir ist doch klar, dass die Verzweiflung, in der du jetzt lebst, dieselbe ist wie beim vorigen Mal. Fang mit deinem ersten Tag mit Per an. Sieh dir alle Bilder an, hör alle Gespräche ab, geh die Gefühle durch. Deinen Kindern geht es jetzt gut, und bald kommen sie nach Hause.«

Ich rief Mama an und sagte, dass ich es versuchen wollte. Aber es ist schwer, weil ich mich so entsetzlich schäme. Ich habe mein Leben doch selber zerstört.

Ich las den Brief noch einmal und dachte: Mama hat Recht.

Dann ging ich noch einmal in die Küche, füllte eine Thermoskanne mit starkem Kaffee und stellte sie auf den Couchtisch.

5.

Sie fing am Strand ihrer Kindheit an, ganz am Anfang, wie ihre Mutter das gesagt hatte.

Sie war am Meer aufgewachsen. Im Sommer waren die Felsen von Badegästen besetzt, die Stege von Seglern, die Kioske von Kindern. Eis verlief auf braunen Bäuchen, und die Felsen rochen nach Sonnenöl statt nach Salz und Tang.

Wir Einheimischen fanden es wunderbar, zwischen den ausgebreiteten Decken und den ausgestreckten Sonnenanbetern hin- und herzulaufen und Frauen mit dicken Brüsten und Männer mit Schmerbäuchen anzustaunen.

Es war an einem solchen Sonntag im heißen Sommer 1997, dass sie mit einem hochgewachsenen, gut aussehenden jungen Mann ins Gespräch kam. Warme braune Augen, dunkle Locken und ein Körper wie der David in Florenz. Und das bezauberndste Lächeln, das sie je gesehen hatte.

Er lud sie zu einem Eis ein und nannte sie das süßeste Mädchen am ganzen Strand. Sie wusste, dass das gelogen war. »Du bist eine sehr gute Schwimmerin«, sagte er dann, und das konnte sie hinnehmen, das war sie wirklich. Also sagte sie: »Komm, wir machen ein Wettschwimmen, wer zuerst an der kleinen Insel dort draußen ist.« Dann ließ sie sich vom Sprungbrett fallen, und nie hatte sie einen eleganteren Sprung hingelegt.

Aber er gewann das Wettschwimmen. Und an Land küsste er sie dann. Sie lag still auf der Erde, aber sie war im Himmel.

Und da blieb sie eine ganze Woche lang.

Sie sprachen nicht viel, er mietete ein Kanu und sie paddelten hinaus zu den größeren und grüneren Inseln. Dort lagen sie im weichen Gras und liebten sich unter den großen Bäumen.

Er war zärtlich, seine Hände und sein Mund schienen alles über ihren Körper zu wissen, alle empfindlichen Stellen zu kennen. Wenn seine Zunge ihre Brustwarzen und den kleinen Knopf in ihrem Schoß berührte, jubelte sie zu Gott, der aus seinem Himmel zusah.

Durch die Blätter der Bäume über ihnen.

Per lachte stolz: »War das dein erster Orgasmus?«

»Ja.«

»Dann verspreche ich dir, dass es nicht dein letzter sein wird.«

Anschließend badeten sie, ließen sich ruhig im Salzwasser treiben. Und danach machten sie alles noch einmal.

Eines Abends gingen sie ins Kino, sie sah den Film nicht, sie war nur da für seine Hände, die ihren Nacken streichelten und mit ihren Brüsten spielten.

Danach gingen sie Hand in Hand den Strand entlang. Und sie sagte, es gebe ein Lied über sie:

»Sing!«

»Per und Stina zogen übers Land
hielten dabei einander an der Hand. …«

Per sang mit, während Stina schneller lief und zu ihrer Erleichterung sah, dass das Auto ihres Vaters nicht in der Auffahrt stand. Er war noch im Büro. Gut.

»Ich muss ja wohl deine Eltern kennen lernen«, sagte Per. »Aber zuerst muss ich für einige Tage nach Stockholm, ich habe Prüfungen in Betriebswirtschaft abzulegen. Und ich muss meine Großeltern besuchen. Wir werden aber ganz oft telefonieren.«

»Fahr vorsichtig.«

»Ich bin in ein paar Tagen wieder hier. Und dann mache ich dir sofort einen Heiratsantrag. Du hast also jetzt ein paar Tage Bedenkzeit«, sagte er und lachte.

Stina ging zu ihrer Mutter und trank dort eine Tasse Tee. Sie plauderten nicht wie sonst, sie schlichen umeinander herum wie die Katzen um den heißen Brei, und dafür war Stina dankbar. Sie sagte gute Nacht und ließ sich ins Bett fallen, schlief fast sofort ein, wachte jedoch in den frühen Morgenstunden wieder auf und stellte sich ernste Fragen. Wer ist er …? Dann ging ihr auf, dass die einzige Frage, auf die sie eine Antwort brauchte, lautete: »Wer bin ich?«

Wissbegierig, intelligent, stark. Sie studierte an der Universität Mathematik und Biologie. Ihr Traum war es, sich irgendwann der neuen Genderforschung widmen zu können.

Eine Ehe gab es bisher in ihren Plänen nicht. Sie war einige Male verliebt gewesen, hatte auch Sex gehabt, aber wichtig war das nie gewesen.

Aber jetzt, Himmel! Im Alter von sechsundzwanzig Jahren war sie wie besessen. Einige Tage darauf sprach sie mit ihrer Mutter. Sagte ihr alles ganz offen. »Er will zum Essen eingeladen werden.«

»Ist er so konventionell?«

»Das weiß ich nicht, aber ich habe den Eindruck, dass er aus einer besseren Familie kommt.«

Die Mutter hörte zu, stellte Fragen und lächelte.

»Ist es ernst?«

»Ich glaube schon.«

Am Donnerstagmorgen war Per wieder da. Sie trafen sich wie abgemacht beim Kanu und sie sagte: »Wir sind für heute

Abend um sieben zum Essen eingeladen. Und mein Vater hat versprochen, keine Überstunden zu machen.«

»Was macht er denn?«

»Er ist bei der Kriminalpolizei, Kommissar und Chef der Kripo in Göteborg.«

Per zuckte zusammen, es gab einen Moment der Unsicherheit. Dann lächelte er auf seine bezaubernde Weise.

Und sie erzählte weiter über ihre Familie, ihre Mutter Sirkka war Finnin und übersetzte finnische Literatur, und sie erwähnte ihre Kusine, die am Sahlgrenschen Krankenhaus Medizin studierte.

Ich habe damals geprahlt, dachte sie verblüfft, als sie sich aus ihren Erinnerungen losriss.

In der Küche ihres Häuschens dachte sie überrascht: Ich kann mich an viel mehr erinnern, als ich geglaubt habe.

Es war seltsam, es war so lange her. Sieben Jahre, sieben harte Jahre. Und zwei Kinder, eine Dissertation und eine unerträgliche Menge von Tagen voller Verachtung und Misshandlungen.

6.

Am nächsten Tag machte sie weiter.

Es gab damals schon Anzeichen, dachte sie, als sie in ihrem Sessel im Häuschen saß, mit ihrem kalten Kaffee, und als sie zusah, wie die Sonne dem Zimmer Farbe gab.

Aber es war windig, der Wind kam von Norden. Und sie merkte plötzlich, dass sie fror.

Sie brachte es nicht über sich, ein Feuer zu machen, sie ging in den Heizungskeller und drehte die Heizung höher. Setzte sich wieder hin. Kniff die Augen zusammen und reiste wieder zurück in die Vergangenheit.

Eigentlich hatte es viele Anzeichen gegeben.

Die Augen ihres Vaters, die immer schmäler wurden, als Per von seiner Jugend erzählte.

Pers Gesicht, das unter der Sonnenbräune erbleichte, als der Vater über Stinas Begabung sprach.

»Du musst wissen, dieses reizende Mädel hat das Gehirn einer Forscherin. Sie ist erst Mitte zwanzig und macht bald schon ihren Doktor.«

Per war zusammengezuckt, hatte aber gesagt:

»Die Liebe überwindet alles.«

Das war eine seltsame Bemerkung, aber in diesem Moment hatte Stina nicht weiter darüber nachgedacht.

Sie begriff, dass es half, die Bilder aus der ersten Zeit hervorzunehmen und zu erkennen, dass darin eine verborgene Wahrheit lag. Aber die Wahrheit hat viele Gesichter, dachte sie, als sie neuen Kaffee aufsetzte.

Ich werde weitermachen, sagte sie sich. Und dachte, sie habe wahrscheinlich einen Film im Kopf. Wo war ich stehen geblieben, ach ja, bei diesem Essen, als Per zum ersten Mal zu ihren Eltern gekommen war.

Es fing gut an, die Mutter stand in der Tür, hieß ihn willkommen, und Per überreichte seinen Blumenstrauß. Er trug eine weiße Hose und ein ganz normales hellblaues Hemd und hatte sich ein schwarzes Jackett über die Schultern gehängt.

Der Vater kam die Treppe herunter und hatte sich ebenfalls umgezogen.

Sie reichten einander die Hand und der Vater sagte:

»Das ist also der Knabe, der mir meine Kleine wegnehmen will.«

»Ja, das hatte ich vor.«

Die Mutter kniff die Augen zusammen und sagte in ihrem klangvollen Finnlandschwedisch:

»Was für ein scheiß Männergerede!«

Per hob angesichts dieses harten Wortes erstaunt die Augenbrauen, riss sich aber rasch zusammen und sagte:

»Ich habe mich noch nicht getraut, ihr einen Antrag zu machen.«

Alle lachten und Mama Sirkka sagte: »Ich habe es aber schon geahnt und Sekt gekauft. Also komm jetzt rein, Junge.«

Dann knallte der Korken und Per fragte vorschriftsmäßig:

»Wunderbare Stina, willst du mich heiraten?«

Stina antwortete laut und deutlich mit JA.

Per schaute sich um.

Es war ein gemütliches Zuhause, hell und typisch schwedisch. Geschmackvolle Bilder an den Wänden, schöne Farbgebung, bequeme Möbel.

Dann lief er zu dem großen Wohnzimmerfenster und sagte: »So sollte man wohnen, mit dem großen Atlantik vor sich.«

In seiner Stimme lag Neid, aber das fiel wohl nur dem Vater auf.

Sie hoben ihre Gläser.

Die beiden Männer blieben am Fenster stehen und maßen und schätzten einander ab. Erik Rask war groß, elegant, sportlich durchtrainiert. Er war viel jünger, als Per sich das vorgestellt hatte, noch keine fünfzig, sonnengebräunt und blond, mit nur einer Spur von Grau an den Schläfen.

Per ließ die Augen des Vaters nicht aus dem Blick, sie waren hellblau, aber beunruhigend intelligent.

Nach einer Weile setzten sie sich in der geräumigen Küche an den Tisch. Es gab panierten Dorsch, der in Hummersoße schwamm. Als sie ihren ärgsten Hunger gestillt hatten, sagte der Vater: »Und jetzt erzähl von dir.«

»Verhör«, sagte Per.

Der Kommissar lachte.

»Ich heiße Per Niklas Stenberg, bin 25 Jahre alt, in Stockholm geboren. Meine Eltern sind bei einem Autounfall ums Leben gekommen, als ich vier Monate alt war. Im Kofferraum fand die Polizei einen Kasten mit einem Baby. Unversehrt. Das war ich, und ich wurde zu den Eltern meines Vaters gebracht. Die waren alt und gebrechlich.«

Er kniff für einen Moment die Augen zusammen, dann erzählte er weiter.

»Reich, eingebildet, große Wohnung auf Östermalm. Jede Menge Bedienstete. Das jüngste Hausmädchen wurde abkommandiert, um sich um mich zu kümmern. Sie konnte Kinder nicht leiden. Was ich auf Östermalm gelernt habe, war: still zu sitzen, nicht zu weinen, nicht zu reden, wenn Erwachsene sich unterhalten. Als ich mit drei Jahren immer noch nicht sprechen konnte, meinte meine Großmutter, ich sei wohl geistig behindert. Sie holte einen Arzt, der genauso daneben war wie sie. Er stellte die Diagnose: »Zurückgeblieben«.

Sirkka fragte mit ihrer empörtesten Stimme:

»Und wie ist aus dir dann ein normaler Mensch geworden?«

»Das ist passiert, als meine Tante aus den USA kam. Sie war witzig, freundlich, kannte jede Menge Märchen und witzige und gruselige Geschichten. Sie ließ mich in die Welt hinaus, redete mit mir, und plötzlich konnte ich sprechen. Wir waren in der Stadt unterwegs und sahen uns seltsame alte Häuser an, wo es angeblich überall spuken sollte. Wir waren im Vergnügungspark und fuhren Karussell. Und von da an fing ich langsam an zu leben.«

Danach schwieg er, bis Stinas Mutter ihn bat, weiter zu erzählen.

Sein Gesicht hellte sich auf, er lächelte.

»Als Tante Ingegerd dann in die USA zurück musste, durfte ich sie begleiten. Im Flugzeug lasen wir Comics von Disney. Auf diese Weise wurde Englisch zu meiner ersten Sprache. In ihrem großen Haus wimmelte es nur so von Kindern, wir spielten, kämpften, zankten uns und wetteiferten miteinander.«

Per sah verlegen aus.

»Ich rede zu viel«, sagte er.

»Und was machst du jetzt?«

»Ich studiere an der Universität. Im Frühjahr mache ich mein Examen in BWL. Also werde ich wohl eine Familie versorgen können.«

»Das wird nicht nötig sein«, sagte Stina, und ihr Vater lachte schallend und sagte:

»Da hast du etwas übersehen, etwas Wesentliches. Dieses reizende Mädchen ist außerordentlich intelligent, und sie wird bald ihren Doktor machen. Und dann wird sie gut verdienen und ihren Teil zum Lebensunterhalt beitragen können.«

Per riss die Augen auf und wusste nicht, was er sagen sollte. Er wurde jedoch nicht rot, er lächelte und schaltete seinen Charme ein, als er sagte: »Wir haben wohl noch nicht so viel miteinander geredet.«

Stumme Engel wanderten um den Tisch herum. Dann riss Per sich zusammen und sagte: »Ich habe meine Bude in der Stadt schon gegen eine geräumige Dreizimmerwohnung in Bergshamra getauscht, das ist ein schöner Stadtteil, der gleich an den großen Park von Schloss Ulriksdal angrenzt.«

»Und das hast du gemacht, ohne mit Stina zu sprechen?«

»Ja, das war sicher dumm von mir. Aber ich hatte solche Angst, dass sie nein sagen würde.«

Zum ersten Mal dachte Stina: Er lügt.

Sie warf einen Blick auf ihren Vater und wusste, dass der zu demselben Schluss gekommen war.

Als Per sich für das schöne Essen und die gastliche Aufnahme bedankt hatte, verschwand er draußen in der Sommernacht.

Stina verschwand im Badezimmer und schlich sich an der Küche vorbei, wo ihr Vater das Geschirr in die Spülmaschine stellte.

Sie hörte ihre Mutter sagen:

»Das ist ja ein sympathischer junger Mann, und so offen.«

Und der Vater antwortete:

»Viel zu offen, um wahr zu sein«, sagte der Polizist.

Sirkka überlegte und sagte: »Ja, vielleicht ein wenig zu anpassungsfähig. Aber ich kann verstehen, dass sie verliebt ist. Mir gefällt sein Lächeln, das sich so schnell ändert. Er hat wirklich Charme.«

In dieser Nacht konnte Stina kaum einschlafen.

7.

Stina erhob sich aus ihrem Sessel, schüttelte die Erinnerungen ab und sammelte Tassen und Untertassen ein. Ich habe offenbar etwas gegessen, dachte sie überrascht, als sie in der Küche stand und den Schrank einräumte.

Ich habe eine kurze Reise in die Vergangenheit gemacht, dachte sie. Das war gut, es hatte ihr geholfen. Aber es hatte die Schande noch gesteigert: Was war ich doch für eine Idiotin!

Als sie in jenem Herbst von zu Hause ausgezogen war, hatte ihr Vater ihr ein Buch über Psychopathen gegeben. Das hatte sie nicht gelesen.

Warum nicht?

Es war schon seltsam, dass sie sich noch so genau an dieses Essen erinnern konnte, das vor so vielen Jahren in ihrem Elternhaus stattgefunden hatte. Sie wusste noch alle Einzelheiten, jedes Wort, jeden Stimmungswechsel.

Schon als Kind hatte sie von ihrem Vater gehört, sie habe ein phantastisches Gedächtnis, sie kannte jeden Felsen auf jedem Inselchen, wenn sie im Sommer in den Gewässern vor Bohuslän segelten. Jeden Markt in jedem Fischerdorf. Sie hatte klare Bilder von der Schönheit des Oslofjords, von den Straßen dieser Stadt und dem Museum mit den Wikingerschiffen.

Aber es blieb doch rätselhaft, dass sie von einem einzigen Tag einen ganzen Film ablaufen lassen konnte.

Und dann ging ihr auf, dass dieses ganze Gerede über ihre Begabung als Forscherin nicht gerade der Wahrheit entsprach.

Sie war nicht kreativ, nicht intuitiv, nicht neugierig. Sie hatte ganz einfach eine Kamera und ein Tonbandgerät im Kopf.

Ihr ganzes Leben war so geworden, weil es ihr im Grunde an Neugier und Mut fehlte. Natürlich konnte sie mit ihrem guten Gedächtnis eine akademische Karriere machen. Zielstrebig zwar, jedoch eingegrenzt.

Sie konnte ganze Seiten eines komplizierten Lehrbuchtextes fotografieren und sie hervorziehen, wenn danach gefragt wurde. Aber neue Dinge zu entdecken, zu erforschen, dafür konnte sie keine Begeisterung aufbringen.

Trotz allem war es ein guter Tag gewesen, es war schrecklich und nützlich zugleich, sich zu erinnern. Die Panik im Zwerchfell legte sich, das merkte sie, als sie jetzt durch das Zimmer wanderte, die Kerzen anzündete und daran dachte, wie gut sie und die Kinder es in diesem Häuschen gehabt hatten. Gute Jahre, voller Geborgenheit und Freude.

Am nächsten Morgen wollte sie mit den Erinnerungen weitermachen. Um den Irrsinn aus ihrem Gemüt zu vertreiben. Sie würde noch einmal in die gemeinsame Wohnung in Bergshamra zurückkehren. Sie ging ins Bett, konnte ohne Tabletten einschlafen.

Zurück nach Bergshamra, das hatte sie sich vorgenommen. Aber als sie nun am anderen Morgen Kaffee kochte, kam die Angst.

Sie wollte nicht.

Sie musste.

8.

Sie wurden im Rathaus von Stockholm getraut, es ging alles sehr schnell. Es war kurz vor Weihnachten 1997. Angehörige oder Freunde waren nicht dabei. Sie richteten die Dreizimmerwohnung ein, kauften bei Ikea Bücherregale, ein Sofa und Sessel. Per legte eine überraschende Geschicklichkeit an den Tag. Sehr schnell verwandelte er die platten Pakete in Möbel. Stina nähte Vorhänge, Teppiche mussten warten, bis sie mehr Geld hätten.

Sie fühlten sich wohl.

Er kaufte etwas Gutes zum Essen und zwei Flaschen Wein, sie aßen am neuen Küchentisch und tranken einander zu.

»Hier gibt es alle möglichen Läden«, sagte er. »Du wünschst dir bestimmt Blumen für die Fensterbank.«

»Ja, aber zuerst sollten wir ein Bücherregal vor die Längswand im kleinen Zimmer stellen«, entschied Stina.

»Warum das?«

»Weil das mein Arbeitszimmer sein soll.«

Er ballte die Fäuste und schrie:

»Nein, zum Teufel!«

Dann verschwand er und blieb die ganze Nacht weg.

Sie kämpfte mit den Regalen und füllte sie mit ihren Fachbüchern. Sie stellte ihren schmalen Arbeitstisch vor das Fenster, installierte ihren Computer und schob den Rollschrank darunter. Dann ging sie in die Stadt und kaufte ein schmales Bett.

Die Liebe, die so himmelstürmend begonnen hatte, starb in der Wohnung in Bergshamra.

Dort fing das Leben an, das Stinas Leben wurde. Einsamkeit, Kälte, Misshandlungen. Es gab keinen Ausweg, denn sie trug ein Kind unter dem Herzen.

Sie freute sich auf das Kind. Per ging ihr aus dem Weg, es gab keine sexuellen Kontakte mehr. Er wollte allein im Schlafzimmer sein. Sie sollte in ihrem Arbeitszimmer schlafen. Sie ekelte ihn an.

Sie sprachen nicht mehr miteinander, und er misshandelte sie systematisch, mehrmals so sehr, dass ihre Wunden im Krankenhaus genäht werden mussten. Sie schrie nie, sie weinte nicht einmal.

Schließlich machte sie ihren Erinnerungen ein Ende, sie fror und zitterte in ihrem eigenen Wohnzimmer, sie musste aufstehen, sich bewegen und im Kachelofen ordentlich einheizen.

Es regnete nicht mehr, ab und zu konnten sich sogar ein paar Sonnenstrahlen durch die Wolken stehlen. Sie zog Jacke und Stiefel an und machte einen Spaziergang um ihr Haus und durch ihren Garten. Lange blieb sie vor ihren Rosen stehen, die dem Regen trotzten, und hellrosa, dunkelrot und weiß leuchteten. Die großen weißen hatten sogar die Kraft zum Duften.

Es ist schon seltsam, dass ich mich immer nur an das Schwere und Böse erinnere, und das Schöne, Freudige vergesse. Wie all die Mühe und Freude, die ich in diesen Garten investiert habe. Ich hatte es mir sogar erlaubt, stolz darauf zu sein.

9.

Sie war müde, sie war im achten Monat schwanger, aber trotzdem pflichtbewusst wie immer. Per war in Malmö. Und Stina hielt ihr letztes Seminar an der Universität ab. Aber sie musste sich am Tisch festhalten, um gerade stehen zu können.

Vor sich sah sie junge Gesichter, erwartungsvoll und interessiert, wenn sie auch vielleicht der Meinung waren, Stina gehöre nach Hause ins Bett. Bei dem Bauch.

Unter diesen jungen und erwartungsvollen Blicken waren auch die einer Frau von Mitte vierzig, deren Gesicht viel Mitgefühl und Erfahrung ausstrahlte. Nach dem Seminar ging Stina zu ihr und sagte: »Wenn du Zeit und Lust hast, um Fragen zu stellen, kann ich dich in der Mensa zum Kaffee einladen.«

Die Frau nickte und sagte: »Schön, aber lass uns in ein kleines Café im Bergianska-Park fahren. Mein Wagen steht gleich draußen.«

Dort angekommen, setzten sie sich mit ihrem Kaffee in eine ruhige Ecke.

»Ich heiße Gunilla Skog, ich habe deine Dissertation mit großem Interesse gelesen. Aber als ich dich eben da vorn im Seminarraum gesehen habe, ist mir aufgegangen, dass du wahrscheinlich ziemlich einsam bist und große Probleme hast.«

Stina nickte und versuchte, ihre Tränen zurückzuhalten.

»Du hast Narben im Gesicht. Hattest du einen Verkehrsunfall?«

»Nein, das war kein Verkehrsunfall. Das sind die sichtbaren

Folgen von vielen Schlägen«, sagte Stina. Dann erzählte sie stockend ihre Geschichte. Es war schwer, zum ersten Mal wagte sie, davon zu erzählen.

»Er hat mich aus dem Schlafzimmer geworfen, weil ich ihn anekele. Also schlafe ich jetzt in meinem Arbeitszimmer, und das ist gut so. An einem Samstagmorgen stand ich am Fenster und schaute hinaus auf den großen Park. Und da kam er angestürzt und schlug mir mit geballter Faust ins Gesicht.

Das wiederholte sich, und ich musste im Krankenhaus mehrmals genäht werden. Meine Nase war gebrochen. Aber das Schlimmste war, als er mir den Stirnknochen über der Augenhöhle zerschlagen hat. Nicht einmal meine Eltern wissen davon. Die Einzige, die etwas ahnt, ist die Ärztin im Krankenhaus Danderyd.«

Gunillas blaue Augen wurden schwarz und sie suchte nach Worten. Nach einer Weile sagte sie:

»Da es außer mir niemand weiß, musst du verstehen, dass ich hier jetzt eingreifen werde. So kann das doch nicht weiter gehen. Ich bringe dich nach Hause. Dein Mann ist in Malmö, hast du gesagt? Ich möchte auch mit deinen Eltern sprechen. Wie kann ich sie erreichen?«

Stina flüsterte fast: »Du kannst meinen Vater anrufen, er ist Polizeichef in Göteborg. Er heißt Erik Rask. Oder ruf ihn zu Hause an.«

Im Auto umarmten sie einander. Stina weinte immer weiter. Sie fuhren nach Bergshamra. Stina schrieb die Nummern ihres Vaters auf.

»Als Erstes besorgen wir ein Schloss für deine Zimmertür«, sagte Gunilla. Sie fuhren in die Innenstadt und machten für den folgenden Tag einen Termin mit einem Schlosser aus. Dann kauften sie ein Mobiltelefon mit Kartenguthaben für Stina. Gunilla speicherte dort gleich ihre Telefonnummer.

»Ich ruf dich morgen früh an, mein Mann ist Anwalt, ich werde mit ihm sprechen«, sagte Gunilla und verließ Stina, die todmüde war und schlafen musste.

Zu Hause rief Gunilla als Erstes bei der Polizei in Göteborg an und fragte nach Kommissar Erik Rask. Er sei in einer Besprechung, wurde ihr mitgeteilt, doch Gunilla ließ sich nicht abwimmeln, sagte, ihr Anliegen sei wichtig und privat. Erik Rask ließ ausrichten, dass er um fünf Uhr zu Hause sein werde.

Auf der Heimfahrt fühlte er sich gar nicht wohl in seiner Haut, obwohl seine Sekretärin gesagt hatte, dass es sich wohl nur um ein wichtigtuerisches Frauenzimmer handele. Ehe er ging, fragte er noch, wie die Frau sich angehört habe.

»Ruhige Stimme, höflich und kultiviert. Möglicherweise mit einem leichten Stockholmer Akzent«, sagte die Sekretärin.

Seine Unruhe wuchs, je mehr er sich seinem Haus näherte.

Kurz vor fünf saßen Erik und Sirkka mit ihren Telefonen am Küchentisch. Als Gunilla anrief und von ihrer Begegnung mit Stina erzählte, schrie Erik: »Das habe ich doch schon lange vermutet!«

Schon am nächsten Morgen setzte sich Sirkka ins Flugzeug nach Arlanda. Gunilla hatte versprochen, sie dort abzuholen.

Die beiden Frauen erkannten einander auf den ersten Blick, sie hatten sich die richtigen Bilder voneinander gemacht, die temperamentvolle Finnin und die elegante damenhafte Schwedin.

»Ich habe mit Stina telefoniert. Per hat gesagt, dass er kurz nach Kopenhagen musste und erst morgen wieder zu Hause sein wird. Also haben wir eine Atempause.«

Dann fügte Gunilla hinzu: »Ich habe auch mit meinem Mann gesprochen, er ist Anwalt und meint, dass wir sie zu uns nach

Hause holen müssen. Sie darf keine Minute mehr allein mit diesem Mann sein. Mein Mann kennt sich aus mit diesen Fällen von schwerwiegender Frauenmisshandlung.«

»Habt ihr denn Platz genug?«

»Aber sicher, eine große Villa in einem der nördlichen Vororte. Ich habe schon die Betten in einem geräumigen Gästezimmer oben im Haus bezogen. Es gibt ein Badezimmer und eine Nische mit Spülbecken, Herd, Kühlschrank und Kaffeemaschine.«

»Warum engagierst du dich so stark?«

»Ich habe mich viel mit Frauenfragen beschäftigt. Aber vor allem liegt es wohl daran, dass ihre Doktorarbeit mir so gut gefallen hat. Und sie selbst. Ich erzähle dir mehr darüber, wenn wir die Zeit dazu finden.«

Gunilla fuhr schnell und geschickt, sie bog von der E4 ab und hatte das Haus in Bergshamra bald erreicht.

Stina war weiß und zitterte, als sie ihrer Mutter um den Hals fiel. Beide weinten. Aber Sirkka konnte sich mit Hilfe ausgiebiger finnischer Verwünschungen aus ihrer Verzweiflung retten.

Und dann sagte sie: »Du musst hier weg. Wir werden bei Gunilla wohnen, weit weg, da kann uns niemand finden.«

»Aber warum ist sie so gut zu uns?«

»Ich glaube, sie ist ein Engel. Und mit einem Anwalt verheiratet, der dir bei der Scheidung helfen wird. Aber jetzt haben wir keine Zeit zum Reden, wir müssen packen, alles für das Kind, deine Kleider und Toilettensachen, deine Manuskripte und Bücher.«

»Darf ich den Computer mitnehmen?«

»Ja, natürlich.«

Sie fuhren nach Norden, vorbei an schönen Villen in großen Gärten. Am Ende glitt Gunilla durch das offene Tor vor einer großen weißen Villa mit einer riesigen Glasveranda. Auf der

Treppe stand ein hochgewachsener Mann, nahm Stina in die Arme und geleitete sie ins Haus.

Es duftete aus der Küche und plötzlich merkten alle, dass sie Hunger hatten. Der Tisch war großzügig gedeckt, in der Mitte stand eine Schüssel mit Bauernfrühstück.

Als der Magen zufrieden war, breitete sich in Stina Ruhe aus, zum ersten Mal ließ der Krampf in ihrem Zwerchfell nach und sie wäre fast eingeschlafen. Gunilla führte beide Frauen die Treppe hoch ins Obergeschoss und dann in ein großes Schlafzimmer, wo ein breites Bett bereitstand.

»Mama, bist du da?«, flüsterte sie. Und Sirkka begriff, schlüpfte neben sie und legte den Arm um Stinas Schultern. Stina war eingeschlafen, noch ehe ihr Kopf das Kissen berührt hatte.

Nach drei Stunden wurden sie von Gunilla geweckt, die Kaffee brachte und ihnen Toilette und Dusche zeigte.

»Macht euch fertig«, sagte sie. »In einer Stunde müssen wir zum Arzt.«

Als sie die verdutzten Gesichter ihrer Gäste sah, fügte sie hinzu: »Roger hat einen Freund, der Gynäkologe ist und hier in der Nähe seine Privatklinik leitet. Er wird dich untersuchen und feststellen, ob alles in Ordnung ist.«

»Gut«, sagte Sirkka. »Dann musst du duschen und dich umziehen.«

Stina gehorchte wie ein Kind.

Frisch und neugekleidet kam sie die Treppe herunter. Unten wartete schon Roger.

»Ich fahr dich in die Klinik«, sagte er. Unterwegs erzählte er, dass er lange mit Stinas Vater telefoniert hatte.

»War er böse?«

»Nein, verzweifelt.«

»Ich schäme mich so schrecklich.«

Der Arzt war um die fünfzig, er war freundlich und fürsorglich. Er hörte sich ihre Herztöne an, maß die Herzschläge des Kindes und meinte, alles sehe gut aus.

»In einigen Wochen kommen dann die ersten Wehen, und alles wird gut gehen. Die Kleine benimmt sich so, wie es sich gehört.«

»Sie bewegt sich nicht so wie sonst«, sagte Stina.

»Es wird langsam eng für sie«, sagte der Arzt und lachte.

Dann wurde ihr noch Blut abgenommen und das Herz untersucht.

Am Ende bot der Arzt an, ihnen eine Kollegin vorzustellen, die sich auf Schönheitsoperationen spezialisiert hatte.

Nach der Entbindung könnte Stina dann ihr altes Gesicht zurückbekommen.

Ihr Herz machte vor Freude einen Sprung.

Er rief die Kollegin an, und die versprach, Stina bei Gunilla und Roger zu besuchen.

»Wirklich?«

»Ja, ich habe selbst gesehen, welch wahre Wunder sie bewirken kann.«

Trotz ihres unbeholfenen Körpers tanzte Stina ins Wartezimmer, wo Roger in die Zeitung vertieft saß.

Als sie nach Hause kam, fiel sie ihrer Mutter um den Hals und rief, dass sie ihr Gesicht zurückerhalten würde.

»Ich dachte, dieser Arzt sei für dein Untergestell zuständig«, sagte Sirkka in ihrem singenden Finnlandschwedisch.

»Ich glaube, ich weiß Bescheid, er hat bei Birgitta Johansson angerufen«, sagte Gunilla und lachte. »Sie ist ungeheuer tüchtig, aber vor der Entbindung geht das alles natürlich nicht mehr. Kein Morphium, so lange das Baby noch nicht auf der Welt ist.«

»Birgitta kommt morgen her«, sagte Roger.

»Ich kenne sie, ich rufe sie an und erzähle ihr deine Geschichte«, sagte Gunilla.

»Aber … das soll doch niemand wissen!«

»Jetzt reiß dich zusammen, was geschehen ist, ist geschehen, und du hast es geschehen lassen«, sagte Sirkka.

»Jetzt trinken wir ein Glas Wein und beruhigen uns wieder«, sagte Roger.

Stina ging nach oben, um sich auszuruhen.

»Du bist so schrecklich ehrlich«, sagte Roger zu Sirkka.

»Du kennst deine Bibel nicht, denn darin steht, dass nur die Wahrheit uns befreien kann.«

»Ja«, sagte Gunilla. »Sie muss erkennen und einsehen. Wenn diese Zeit hier vorbei ist, wenn die Scheidung durch ist und sie ihre Freiheit hat, dann braucht sie Hilfe, um Zusammenhänge zu erkennen und alles zu verstehen.«

»Ich geh ein bisschen spazieren«, sagte Roger.

10.

Am nächsten Tag ging Stina mit Roger in dessen Arbeitszimmer, das im Erdgeschoss lag – protziger Schreibtisch und Regale voller Gesetzestexte. Das Zimmer dominierte ein gewaltiger Safe.

»Wir müssen deine Scheidung in die Wege leiten«, sagte er. Dann aber fügte er hinzu, dass sie ja nicht wissen könnten, ob Per Stenberg mit einer Trennung einverstanden sein würde.

»Das ist er bestimmt nicht, er wird mich verfolgen, so lange ich lebe, und er wird mir das Kind wegnehmen. Er will Frau und Kind besitzen, sonst schlägt er sie lieber tot. Er ist doch wahnsinnig.«

»Ja, ich kenne mich mit solchen Leuten aus, ich weiß Bescheid.«

»Psychopathen«, flüsterte Stina.

»Ja. Aber es muss doch Zeugen geben, Ärzte, Polizisten, Nachbarn?«

»Eine Ärztin in Danderyd hat alles durchschaut, aber ich habe nicht gewagt, Anzeige zu erstatten. Meine Nachbarin, eine ältere Dame, hat es geahnt, aber ich habe nicht gewagt, ihr etwas zu sagen.«

»Aber immerhin haben wir jemanden, der das Recht hat zu untersuchen, jeden Stein umzudrehen und die Wahrheit hervorzuholen. Nämlich deinen Vater, der seine Kollegen in Stockholm um Hilfe bitten kann. Ich habe bereits diesbezüglich mit ihm gesprochen.

Die Scheidung können wir also durchsetzen, aber wir müssen vor Gericht noch weitergehen und Personenschutz für dich verlangen. Deine neue Adresse wird dann geheimgehalten, und alle Post an dich geht an meine Kanzlei in der Stadt. Ich brauche alle deine Unterlagen, um deine Identität beweisen zu können, Personenkennnummer, Führerschein, Pass, Steuererklärungen und Versicherungen. Und wenn ich das alles habe, kann ich dir eine neue Identität verschaffen. Dann wird Per Stenberg weder dich noch das Kind je finden können. Und jetzt rufe ich deinen Vater an.«

Stina erhob sich, blieb in der Tür aber stehen und sagte: »Alle meine Unterlagen sind noch in Bergshamra. Ich habe sie einfach vergessen, es war so viel zu bedenken, und ich wollte doch nur weg.«

»Weißt du, wo sie liegen?«

»Ja, in meinem Beautycase. In einem wilden Chaos von Lippenstiften und Hautcremes und Lockenwicklern, ja, du weißt schon. Und es gibt einen doppelten Boden unter dem untersten Fach, da habe ich alle wichtigen Papiere versteckt, Sparbücher, Pass und meine Verlagsverträge.«

»Das war klug von dir«, sagte Roger.

»Die Wohnungsschlüssel hab ich ja noch, da kann ich alles problemlos holen.«

»Nein, das kannst du nicht. Schließlich weiß niemand, wo dein Mann sich gerade aufhält.«

»Aber er arbeitet doch im Moment in der Filiale in Malmö.«

»Nein, dein Vater hat sich erkundigt. Per Stenberg ist am 12. Januar bei seiner Werbeagentur gekündigt worden. Und eine Filiale in Malmö haben sie noch nie gehabt. Jetzt verfolgt dein Vater mit Hilfe seiner dänischen Kollegen eine Spur in Kopenhagen. Dein Mann kann sich sehr wohl in der Wohnung in Bergshamra verstecken. Also darfst du auf keinen Fall dort hinfahren. Ich finde, wir sollten deiner Mutter und Gunilla alles erzählen.«

Stina war blass, wirkte aber entschlossen. Doch am nächsten Tag kam Sirkka nach unten und sagte: »Jetzt muss alles andere warten. Bei Stina haben die Wehen eingesetzt.«

Gunilla rief den Arzt an.

»Wie oft?«

»Den ganzen Vormittag lang ungefähr alle zehn Minuten.«

»Bring sie her. Sofort«, sagte der Arzt.

Es ging schnell. Stina fand die Wehen nicht unerträglich, sie nahm sie freudig an, atmete und presste genau in den richtigen Augenblicken. Sirkka verließ den Raum, Gunilla blieb und hielt Stina in festem Griff. Als die Presswehen einsetzten, schrien alle beide. Jubelnd, wie Fußballfans. Ein kleines Mädchen lag auf Stinas Bauch und Stina wusste, dass ihr Leben sich verändert hatte.

11.

Sie blieb eine ganze Woche im Krankenhaus, übte Stillen und lernte alles über Babypflege.

Sie bekam viel Besuch, ihr Zimmer war voller Blumen und Glück. Roger brachte den Antrag auf Scheidung, den sie unterschreiben musste. Sirkka und Gunilla waren jeden Tag bei ihr. Und dann kam auch ihr Vater, den sie ein ganzes Jahr nicht mehr gesehen hatte. Er sagte, er habe sich Sorgen gemacht, aber bis zu Gunillas Anruf doch nicht geahnt, wie schlimm ihre Lage wirklich gewesen sei. »Aber jetzt sprechen wir über deine Zukunft. Du hast doch sicher das alte Holzhaus hinter Gunillas Villa gesehen?«

»Nein.«

»Sie renovieren es gerade, es hat drei Zimmer und früher als Gesindehaus gedient. Stina, es ist so schön. Du wirst es lieben. Es ist alles vorhanden, Ölofen, Dusche und Toilette. Kühlschrank, Tiefkühltruhe und heißes Wasser. Ich habe für ein halbes Jahr die Miete bezahlt. Du musst jetzt eine Liste von allem machen, was in der Wohnung in Bergshamra dir gehört.«

»Aber Papa, ich liege doch schon in einem teuren Privatkrankenhaus. Und nächste Woche treffe ich eine Ärztin, die mein Gesicht zusammenflicken soll. Sie sagt, dass ich danach wieder so aussehen werde wie vorher. Du kannst dich und Mama doch nicht finanziell ruinieren!«

»Wir sind gut versichert«, sagte Erik. »Und jetzt schreib die Liste.«

Das Baby fing an zu wimmern. Erik hob die Kleine auf, ging mit ihr im Zimmer hin und her und summte ein Wiegenlied, dann legte er sie Stina an die Brust. Er hatte Tränen in den Augen.

»Wo ist Per?«, flüsterte Stina.

»Er wird in ganz Skandinavien von der Polizei gesucht. Irgendwann finden sie ihn. Er hat bei seiner Firma hohe Beträge unterschlagen und die dänische Polizei glaubt, dass er mehrere pädophile Verbrechen begangen hat.«

Als er ihre Überraschung sah, fügte er hinzu: »Du hast sicher geglaubt, dass er in Malmö beruflich zu tun habe, aber da gibt es keine Filiale seiner Stockholmer Firma. In Kopenhagen gab es ein Bordell, in dem miese Kerle kleine Kinder angeboten bekamen. Und da ist er hingefahren.«

»Aber Papa, dann war er doch krank?«

»Wenn du dieses Wort verwenden willst, von mir aus. Aber ich wäre zufriedener, wenn du wütend würdest.«

»Das bin ich, das Schlimme ist nur, dass ich mich so schrecklich schäme.«

Am nächsten Tag brachte Gunilla Bilder des Hauses, Sommerbilder mit Rosen, die an den Wänden hochkletterten, und einem Garten mit hohen alten Bäumen. Und Winterbilder, auf denen das rote Haus im Schnee leuchtete. Sie hatte auch Pläne von Wohnzimmer und Küche mitgebracht.

»Hier hast du die Grundrisse. Und wenn du wieder auf den Beinen bist, fahren wir zu Ikea. Ich hab dir den Katalog mitgebracht.«

Stina durfte noch eine weitere Woche in der Klinik verbringen, ihr Baby liebkosen, auf den Gängen Gehen üben, die Liste von den Dingen schreiben, die in Bergshamra ihr gehörten, und sich in den Möbelkatalog vertiefen. Es waren Tage voller Glück und lichter Zukunftsbilder.

Und die Gesichtsoperation sollte erst gemacht werden, wenn Stina nicht mehr stillte.

Die Sonne leuchtete, und Schnee tropfte von den Dächern, als Stina in Gunillas Haus zurückkehrte und mit Freude und einem Glas Wein empfangen wurde. Alle wollten über den Namen des Kindes sprechen, alle hatten da ihre eigenen Ansichten. Sirkka wollte sie Gunilla taufen, Roger aber fand, das werde zu Verwechslungen führen, große Gunilla und kleine Gunilla.

»Ich hatte mir überlegt, dass sie Maria heißen soll«, sagte Stina, errötete und fügte hinzu, sie habe immer schon das Gedicht von Karlfeldt geliebt, in dem Maria in Sjugareby über die Wiesen wandert.

»Also wird sie Maria Gunilla Rask heißen.«

Diesen Namen fanden alle schön.

Die Sonne ließ den Himmel rosa schimmern, als sie ins Gesindehaus hinübergingen, wo Roger in beiden Zimmern geheizt hatte.

Schöne Kachelöfen, niedrige Decken, breite Bodenbretter.

Stina fing an zu weinen.

»Vor Glück«, stammelte sie.

Alle lachten.

»Ich weiß gar nicht, wie ich euch allen danken soll«, sagte Stina.

»Du kannst dich bei deinem Vater bedanken, der hat die Miete für ein halbes Jahr bezahlt«, sagte Roger, nahm sie in den Arm und fragte, ob er das Kind tragen dürfe. Maria schmiegte sich in die Umarmung des hochgewachsenen Mannes und alle sahen zu ihrer Überraschung, dass sie zufrieden in seinen Armen einschlief.

»Hier ist es zu kalt«, sagte er und ging mit dem Kind zurück in die Villa.

Am nächsten Tag stand Ikea auf dem Programm, wo Stina rasch ein rotes Sofa, einen soliden Tisch aus Fichtenholz und einen Sessel im gleichen warmen Farbton fand. Dazu ein breites Bett.

»Diesmal hab ich Bettwäsche genug«, sagte sie zu Sirkka. Beide lachten.

»Ich habe in Bergshamra schöne weiße Vorhänge, die müssen allerdings noch gekürzt werden. Und ich habe ausreichend Porzellan, Besteck und Töpfe, alles von meinem eigenen Geld gekauft.«

Als alles ausgesucht, bestellt und bezahlt war, sagte Stina, ihr Herz hämmere vor Glück.

12.

Frühling und Sommer waren mit Windeln wechseln, füttern und der Einrichtung des neuen Heims vergangen. Jetzt wurden die Schatten schon wieder länger, der Herbst war da. Die kleine Maria war jetzt über ein Jahr alt und würde demnächst in den Kinderhort gebracht werden.

Im Arbeitszimmer saß Stina mit Erik und Roger zusammen und beschrieb alle Unterlagen, die sich noch in der Wohnung in Bergshamra befanden. Und die Roger brauchte, um für Stina eine neue Identität besorgen zu können. Er hatte die Trennung amtlich registrieren lassen und die Scheidung eingereicht.

»Aber Pass und Steuerunterlagen, Sparbücher und andere Papiere hat sie klugerweise im doppelten Boden ihres Make-up-Koffers versteckt. Alles liegt unter Cremes und Lippenstiften versteckt. Der Koffer steht ganz oben im Kleiderschrank in ihrem Zimmer hinter den Pullovern«, meinte Roger.

Erik sagte: »Wir müssen uns Zugang zur Wohnung verschaffen, sowie die Scheidungspapiere eingereicht sind. Sie hat ja noch die Schlüssel, aber ich rate davon ab, dass ihr da alleine hingeht«, fügte er hinzu. »Offenbar weiß niemand, wo Per Stenberg steckt. Bis jetzt hat er sich noch nicht blicken lassen, weder bei Verwandten noch bei Freunden. Ich komme am Freitag wieder, dann gehen wir zusammen hin.«

Erik war besorgt und sich ziemlich sicher, dass es Per Stenberg nicht gelungen war, Skandinavien zu verlassen.

Er führte ein langes Gespräch mit Karl Bengtsson, einem Freund und einer der Chefs der Stockholmer Kriminalpolizei.

Die Wohnung in Bergshamra wurde observiert.

»Ich komme am Freitag wieder. Meine Frau, Stina und das Kind holen mich ab. Ich lande um kurz vor eins.«

»Wir werden zur Stelle sein,« meinte Karl Bengtsson, »mach dir keine Sorgen.«

»Danke.«

Als sie am Freitag die große Flughafenhalle in Arlanda betraten, verkündeten die Lautsprecher, dass die Maschine aus Göteborg verspätet sei und erst um 13.30 Uhr landen werde.

Als Erik endlich die Sperre passiert hatte, rief er gleich Karl Bengtsson an, und der sagte, er habe einen Wagen auf der E4 in der Nähe zur Ausfahrt nach Bergshamra stehen. Und einen weiteren in Ulriksdal, also ebenfalls in unmittelbarer Nähe.

Was dann passierte, konnte Stina sich später nie wieder klar in Erinnerung rufen.

Kaum hatte sie den Wohnungsschlüssel in das Schloss gesteckt, als auch schon die Tür aufgerissen wurde und Per vor ihr stand. In Sekundenschnelle riss er sie und das Kind in die Diele und schlug krachend die Tür zu. Er zerrte ihr das Kind aus den Armen und schrie, das sei sein Kind und er werde es mit in die USA nehmen.

Maria schrie, und um sie zum Schweigen zu bringen, warf er sie zu Boden.

»Um dich kümmere ich mich später«, sagte Per nun gelassen. »Aber zuerst kommst du an die Reihe, du verdammte Nutte.«

Er stieß Stina zu Boden, riss ihr die Kleider vom Leib, lachte schallend, würgte sie und zerbiss ihre Brustwarzen. Der Schmerz jagte durch ihren Körper, aber noch schlimmer war ihre Verletzung, als er sein Glied in sie rammte. Sie konnte sich nur noch vage daran erinnern, aber plötzlich flog die Haustür auf und es wimmelte auf einmal von Polizisten in der Wohnung. In der Diele hatte Sirkka gleich die kleine Maria aufgehoben und war mit ihr ins Nebenzimmer gegangen, das Geschrei des Kindes schlug in Weinen um. Per schrie auf, als seine Hände von Stinas Hals gerissen und auf seinen Rücken gedreht wurden, und Erik ihm Handschellen anlegte.

»Ich werde euch wegen Körperverletzung anzeigen«, schrie Per. Doch Stinas Vater drückte ihn unsanft in einen Sessel, wo er von zwei Polizisten festgehalten wurde.

Irgendwer kümmerte sich um Stina, brachte ihre Atmung wieder in Gang, mahnte sie, tief durchzuatmen, im selben Rhythmus wie der Polizist. Lange Atemzüge, aus und ein, und das mehrere Minuten lang.

Verzweifelt flüsterte sie: »Wo ist das Kind?«

»Ihre Mutter kümmert sich im Nebenzimmer um sie«, sagte der Polizist, und das Mitleid in seiner Stimme ließ Stina in Tränen ausbrechen.

Plötzlich waren Fotografen da, die Stina von allen Seiten ablichteten. Der Polizist sagte: »Wo zum Teufel bleibt der verdammte Krankenwagen mit dem Arzt?«

»Hier«, sagte eine Frauenstimme und die Frau kniete sich vor Stina hin.

»Künstliche Beatmung scheint Ihre Stärke zu sein«, sagte sie dann zu dem Polizisten. »Aber sie hat Glück gehabt.« Sie hörte Stinas Herztöne ab, maß ihren Blutdruck und schaute ihr in den Hals.

»Wir müssen ins Krankenhaus.«

»Aber mein Kind«, flüsterte Stina.

»Das Baby und Ihre Mutter kommen mit.«

Als Stina auf einer Bahre durch das Wohnzimmer getragen wurde, sah sie Per im Sessel sitzen, man hatte ihm auch noch Fußketten angelegt.

Er lächelte sie an. »Bald bin ich wieder zu Hause, Liebling«, sagte er.

Ihr Vater begleitete sie zum Krankenwagen, er war weiß im Gesicht. Er streichelte Stinas Wange und küsste dann seine Frau. Dann fragte er die Ärztin, ob die Sache ernst sei. Die antwortete: »Wir müssen die Schwellung im Hals wegkriegen. Ich habe Angst, dass sie einschläft, ehe wir ihr eine Spritze geben können. Ich will sie unter Kontrolle behalten.«

»Aber sie stillt doch.«

»Damit muss sie jetzt leider aufhören.«

»Um Gottes willen«, sagte Erik.

»Wir müssen ganz rasch auch das Baby untersuchen, es kann eine Gehirnerschütterung haben, aber das muss sich ein Spezialist genau ansehen.«

Erik und Sirkka sahen einander lange an, beide dachten an Pers Geschichte von dem Säugling, der in einer Holzkiste im Kofferraum gelegen hatte, als seine Eltern gegen eine Felswand gefahren waren.

13.

Jetzt lag sie im großen Krankenhaus in Danderyd und ihre Atmung wurde fortlaufend kontrolliert.

Die freundliche Ärztin erstattete ihrem Chef Bericht und wurde gelobt. »Es besteht die Gefahr, dass ihr Hals noch mehr anschwillt, wenn sie einschläft.«

Dann wandte er sich an die Patientin und sagte:

»Ich habe gehört, dass Sie stillen, aber Sie müssen jetzt leider auf die Flasche umsteigen. Wir lassen eine Hebamme kommen, die Ihnen die Milch abpumpt. Und danach dürfen Sie dann endlich schlafen.«

Stina war zu müde, um zu widersprechen. Sie war so glücklich und stolz gewesen, weil sie stillte.

»Mama, bist du da?«, flüsterte sie.

»Wir schaffen das hier auch noch, und du bist bald wieder gesund. Ich kümmere mich um Maria. Ich kenne mich mit Flaschenfütterung aus, du hast doch damals auch die Flasche bekommen. Ich war versiegt, wie die Hebamme das so schön genannt hat.«

Ein weiteres Bett wurde ins Zimmer geschoben, und dort konnte Sirkka schlafen, dicht genug bei Stina, um deren Hand zu halten. Schließlich kam die Ärztin mit der Spritze, die die Schwellung im Hals zum Abklingen bringen sollte.

Stina schlief sofort ein, sie sah Sirkka kaum noch, als die mit dem Kind auf dem einen Arm und der Flasche in der anderen Hand ins Zimmer trat.

Stina schlief tief. Sirkka nickte ab und zu ein, horchte auf die langen, tiefen Atemzüge ihrer Tochter, hasste die Bestie Per und quälte sich mit der Frage, warum ihre Tochter ihn nicht sofort angezeigt hatte und zu ihren Eltern nach Hause gereist war.

Irgendwann wird sie das vielleicht erklären können, dachte sie.

Als das Frühstück gebracht wurde, trank Sirkka zwei Tassen Kaffee und zwang Stina zu trinken. Und ein Butterbrot zu probieren, aber das fiel Stina schwer. Sie konnte nicht schlucken.

Sie bekam Brei, mittags gab es Suppe.

Eine Stunde später kam Gunilla mit Kind und Flasche. Sirkka nahm ihr die Kleine ab und führte gewissenhaft vor, wie man einem Baby ein Bäuerchen entlockt.

»Das Loch im Schnuller ist zu groß«, sagte Sirkka, und das fand die Krankenschwester auch und holte eine neue Flasche. Maria schrie, als die Fütterung unterbrochen wurde.

»Ich kann mich nicht erinnern.«

»Gut«, sagte Sirkka.

»Aber ihr habt doch den Schminkkoffer mitgenommen?«

»Roger geht gerade alle deine Unterlagen durch«, sagte Gunilla und schilderte ihre Pläne. Sie würde mit einer Freundin hinfahren, alle Schränke ausleeren und Porzellan, Bücher, Wäsche und Bettzeug einpacken.

»Gibt es einen Teppich oder irgendein Bild oder einen Ziergegenstand, den du haben willst?«

»Rein gar nichts.«

»Karl Bengtsson kommt auch mit, aber der interessiert sich nur für die Festplatte in Pers Computer. Und dann hilft er uns beim Schleppen.«

»Die Vorhänge«, sagte Stina. »Sie sind so lang, dass ich sie in der Mitte durchschneiden kann. Einer reicht für zwei Wohnzimmerfenster.«

»Wir bringen sie zu uns, schneiden sie durch und stecken

sie in die Waschmaschine. Wenn wir Glück haben, sind wir vor dem Ikeawagen da«, sagte Gunilla. »Und du, Stina, hör mal zu, ich habe wunderbare Teppiche gefunden, mit großen Äpfeln. Es gibt sie in unterschiedlichen Farben, grün und rosa.«

»Ich weiß, das sind finnische«, sagte Sirkka. »Aber jetzt gehen wir, ich komme auch mit und helfe euch.«

Stina hatte ihr Kind auf dem Arm und Maria schlief bei ihr im Bett ein.

Eine Ärztin schaute herein und dachte, dass das Kind seiner Mutter Kraft gab.

Als Stina erwachte, gab sie Maria die Flasche. Das ging gut, die Kleine nuckelte und machte ihr Bäuerchen. Aber es tat ein wenig weh, als Stinas Gebärmutter sich zusammenzog.

»Können Sie auch die Windeln wechseln?«

»Natürlich«, sagte Stina, wickelte Maria neu und das Kind schlief wieder ein.

Stina lag wach und malte sich ihr Häuschen aus, es würde dort so schön sein, so gemütlich. Bald bin ich in meinem eigenen Heim, das Per niemals finden wird. Mit einem Garten, lieben Freunden und Nachbarn.

Sie war eingenickt, als Erik sich ins Zimmer schlich. Das Kind wachte auf und lächelte seinen Opa an. Der nahm Maria auf den Arm und ging mit ihr im Zimmer hin und her. Summte, wiegte.

Plötzlich wurde die Tür wieder geöffnet und die schöne Ärztin vom Vortag stand vor ihnen und sagte: »Ach, da geht der Herr Kommissar persönlich mit seiner Enkelin spazieren.«

Erik lachte, reichte ihr die Hand und dankte ihr für ihre Hilfe. »Nicht alle Polizeiärztinnen sind so tüchtig wie Sie.«

»Danke, ich wollte kurz mit Stina sprechen. Sie sagen, dass Sie sich an nichts erinnern können, was gestern passiert ist. Aber irgendwann werden diese schrecklichen Bilder sich in Ihrem Bewusstsein wieder melden, und dann brauchen Sie fachkundige Hilfe.«

»Das weiß ich«, sagte Stina. »Und eine Freundin wird für mich bei einem Dr. Axelsson einen Termin machen.«

»Der ist tüchtig, das ist gut. Wir können Sie morgen entlassen. Viel Glück und passen Sie auf sich auf. Und melden Sie sich, wenn irgendetwas anliegt.«

»Die Kleine quengelt, sie will schlafen«, sagte Stina. »Was hast du da für ein riesiges Paket mitgebracht?«

»Das soll ich dir zeigen, es ist ein Teppich«, meinte Erik.

»Der ist wunderbar, ruf Gunilla an und sag, so was hätte ich nicht mal erträumen können. Aber jetzt musst du gehen, die Besuchszeit ist zu Ende.«

Lange umarmten sie einander.

Sirkka kam, um ihrer Tochter eine gute Nacht im Krankenhaus zu wünschen. Die Besuchszeit war zwar vorbei, aber sie hatte der Stationsschwester zugeflüstert, sie könne der Patientin eine sehnsüchtig erwartete Nachricht bringen.

Also durfte sie noch einmal kurz zu Stina, umarmte sie und meinte, dass die Chirurgin Stinas Gesicht ja jetzt operieren könnte, da Stina nicht mehr stillte.

»Ich rufe sie an und sage ihr Bescheid. Und dann hast du dein süßes junges Gesicht bald wieder.«

Stina strahlte, als Sirkka ihr in der Tür zum Abschied zuwinkte.

14.

Am nächsten Morgen bat Stina Gunilla, in der Einfahrt anzuhalten. Sie wollte den Anblick ihres Häuschens genießen. Danach setzte sie sich mit dem Kind im Arm vor den knisternden Kachelofen.

Alles war sauber und aufgeräumt, vor den Fenstern hingen weiße Vorhänge und auf dem Boden lagen die wunderschönen Teppiche. Der Küchenschrank war voller Porzellan, der Computer stand auf dem Schreibtisch, und das Beste von allem waren die schönen weißen Bücherregale, die alle Literatur enthielten, die sie brauchte. Sie hatte jetzt ihr eigenes Leben.

Freudentränen liefen ihr über die Wangen, dann weinte sie wirklich, als sie mit dem Kind in dem großen behaglichen Bett lag. Sie weinte nicht aus Kummer, nicht nur. Die schreckliche Schande machte ihr zu schaffen. Ihr Vater hatte ihr damals offen zu verstehen gegeben, Per Stenberg zeige deutliche psychopathische Züge, aber sie hatte das nicht hören wollen. Und ihr fiel ein, dass sie es geahnt hatte. Er war gefährlich – für sie und ihr Kind.

Das war ihr schon beim ersten Mal aufgegangen, als er ihr Gesicht zerschlagen hatte. Schon damals hätte sie ihre Dissertation und ihre Kleider einpacken und sich ins erste Flugzeug nach Göteborg setzen sollen. Damals, als das Kind noch in ihrem Bauch gelegen hatte. Was war sie bloß für eine Mutter? Jetzt saß sie da mit einem Kind, das zu Boden geworfen worden war und vielleicht dauerhafte Schäden davontragen würde. War sie denn noch klar bei Verstand, war es möglich, dass Wahnsinn ansteckt?

Angst? Stolz? Prestige?

Und zwischendurch Mitleid mit einem verrückten Mann?

Himmel, wie dumm konnte eine Frau denn eigentlich sein?

Gunilla klopfte an die Tür und machte ein ängstliches Gesicht, als sie Stinas Blick sah. »Deine Eltern konnten sich nicht verabschieden, ihr habt ja geschlafen. Aber ich soll dir sagen, dass sie nach dem Wochenende zurückkommen. Dein Vater muss arbeiten.«

Gunilla registrierte überrascht die Erleichterung in Stinas Miene.

»Willst du denn allein sein?«

»Nein, aber Gunilla, ich schäme mich so entsetzlich.«

»Das verstehe ich.«

»Ich verstehe nicht, warum ich Per nicht schon viel früher verlassen habe, und das macht mir solche Angst. Hältst du mich auch für verrückt?«

»Nein, aber ich glaube, du brauchst Hilfe und solltest alles mit einem Psychiater durchgehen. Gut, dass du deinen Termin bei Dr. Axelsson hast.«

»Es ist so schrecklich, sich daran erinnern zu müssen, Gunilla. Es gab doch Anzeichen. Mein Vater hat Per von Anfang an misstraut.«

»Ein erfahrener Polizist hat viele Psychopathen gesehen«, sagte Gunilla. »Und Dr. Axelsson auch.«

Stina machte die Flasche warm und das Kind trank und machte brav sein Bäuerchen. Gunilla und Stina gönnten sich ein Glas Wein, ehe sie sich trennten, Stina verkroch sich mit dem Kind im Arm im Bett und war augenblicklich eingeschlafen.

Als sie aufwachte, regnete es, die alte Angst nagte ihr am Zwerchfell und die bösen Gedanken standen in ihrem Gehirn

Schlange. Sie bereitete sich Frühstück und beschloss, nicht zu dem Psychiater zu gehen, bei dem Gunilla sie angemeldet hatte. Sie würde selbst Ordnung in all dem Bösen schaffen.

Gunilla rief an und fragte, ob sie frisch aufgebrühten Kaffee habe.

»Ich bringe gute Nachrichten«, sagte sie. »Ich komme rüber.«

Sie strahlte, als sie hereinkam und sagte, sie habe schon für die nächste Woche einen Termin bei Dr. Axelsson machen können.

»Aber Gunilla, ich hab mir das anders überlegt.«

Gunilla wurde rot vor Wut und schrie:

»Du bist jämmerlich und feige. Und verdammt undankbar. Ich begreife einfach nicht, was du für ein Mensch bist!«

Dann stürzte sie davon, knallte die Tür und schrie: »Absagen kannst du aber allein!«

Stina blieb vor ihrem kalten Kaffee sitzen und starrte aus leeren Augen ins Nichts.

Sie sah ein, dass ihre Freundin Recht hatte. Sie war feige. Und undankbar, genau wie Gunilla gesagt hatte.

Endlich zog sie ihren Regenmantel an, ging zu Gunilla hinüber und sagte:

»Du hast Recht, ich bin ein Angsthase, der vor dem Fuchs um sein Leben rennt. Versuch zu verstehen und zu verzeihen.«

»Du sagst doch immer, man kann nicht verzeihen, wenn man nicht versteht. Du willst dich ja nicht einmal selbst verstehen.«

»Ich trau mich nicht«, flüsterte Stina.

»Du kannst Axelsson von meinem Telefon aus anrufen, die Nummer liegt auf dem Schreibtisch.«

»Nein, ich gehe doch hin.«

»Wenn du noch einmal kneifst, dann hau ich dir eine rein.«

Plötzlich konnten sie lachen.

Dann sagte Gunilla, sie wolle endlich ausrichten, was der Doktor vorgeschlagen hatte.

»Ich habe ihm ein wenig über deine Ehe erzählt und dass du alles, was du durchgemacht hast, wie Bilder siehst. Dass du sagst, das sei wie ein Film, mit Dialogen und Gefühlen. Angst und Schmerz. Er hält das für einen guten Ausgangspunkt für die Arbeit, die ihr zusammen erledigen müsst. Und er möchte gerne, dass du ihm deine Bilder aufschreibst, Szene für Szene. Du hast also eine Woche Zeit, und jetzt setz dich an deinen Computer und schreib.«

Stina nickte und sagte, Schreiben falle ihr leichter als Reden. Und dass ihr das gefiel, was Axelsson über ihre gemeinsame Arbeit gesagt hatte. Sie ging an ihren Schreibtisch und schrieb eine Szene nach der anderen auf. Die Buchstaben auf dem Bildschirm ließen alles lebendig werden.

15.

Schließlich saß sie dem Therapeuten gegenüber in einem bequemen Sessel. Er hatte ihre Hand genommen, mit warmem, trockenem Händedruck. Dr. Axelsson blätterte in ihrer langen Darstellung und sagte: »Da haben Sie mir ja einen reichhaltigen, lebhaften Bericht geschickt.«

»Ich hatte Angst, Sie würden mir nicht glauben.«

»Sie ahnen ja nicht, wie viele solcher Geschichten ich mir im Laufe der Jahre schon angehört habe. Frauenmisshandlung kommt entsetzlich oft vor. Oft liegt es am Alkoholismus, manchmal auch an Eifersucht oder einem übergroßen Kontrollbedürfnis auf Seiten des Mannes. In Ihrem Fall liegt es auf der Hand, dass Sie einen Psychopathen geheiratet haben.«

»Das hat mein Vater schon sehr früh gesagt. Aber ich wollte nicht auf ihn hören, konnte das nicht verstehen, ich war so wahnsinnig verliebt.«

»Ja, eben«, sagte Axelsson.

»Was denn?«

Er lächelte. »Sie sagen doch selber, dass Sie wahnsinnig verliebt waren.«

»Sie meinen doch nicht, dass Liebe eine Art Krankheit ist?«

»Nicht die Liebe, das ist etwas ganz anderes. Jeder Mensch muss bei sich selbst anfangen, Sie müssen sich mögen, Respekt vor einander haben.«

Dann schwieg er eine Weile.

»Als Sie diesen Mann kennen gelernt haben, haben Sie Ihren Mittelpunkt verloren, Ihr Ich, Ihr Recht auf Ihre Existenz. Jeder Mensch muss seine eigene Existenz bestätigen können. Und das geht nur, wenn er Kontakt zu seinem eigenen Mittelpunkt hat. Sie schreiben viel über die Schuldgefühle, die Sie quälen. Und das ist gut.«

»Es ist gut, dass ich mich schäme?«

»Ja. Ihre Bekannten sagen Ihnen immer wieder, dass Sie keinen Grund haben, sich zu schämen. An allem sei der Mann schuld, Sie seien nur ein Opfer. Aber ich betrachte Ihre Schuldgefühle als Zeichen einer stabilen Gesundheit. Sie haben wirklich allen Grund, sich zu schämen. Sie haben Ihren Kern aufgegeben, Ihren Mittelpunkt, Ihr Ich. Und dort sitzen Sie jetzt, mitten in einer Depression, auf die Sie ein Anrecht zu haben glauben. Sie belügen sich selbst, im tiefsten Inneren wissen Sie sehr gut, dass Sie nicht den Mut hatten, wegzugehen. Und deshalb schämen Sie sich.«

Wieder schwiegen sie lange. Stinas Augen starrten, ohne zu sehen.

Am Ende musste sie dem Therapeuten in die Augen schauen.

»Ich dachte doch, Per würde wieder so wie zu Anfang. Und ich könnte dann … vergeben.«

»Jetzt lügen Sie, Sie haben gewusst, dass Ihr Vater Recht hatte, als er Ihnen sagte, dass dieser Mann Anzeichen eines Psychopathen aufweise.«

Sie schwieg und kniff die Augen zu.

»Mein Vater hat mir ein Buch über Psychopathen gegeben. Aber das habe ich nie gelesen.«

Der Therapeut schüttelte den Kopf:

»Sie waren feige und wollten der Wahrheit nicht ins Auge blicken.«

Stinas Augen blitzen auf, ihr Gesicht wurde flammend rot vor Zorn, sie stammelte, als sie sagte:

»Mitten in der Hölle und mit einem Baby im Bauch habe ich geforscht und eine Abhandlung nach der anderen geschrieben. In Biologie und Mathematik. Ich habe promoviert.«

Sie holte Atem und fügte hinzu:

»Das alles habe ich geschafft, obwohl mein Mann gegen mich arbeitete, mich lächerlich machte, schrie, ich sei keine richtige Frau. Und ich würde eine ebenso schlechte Mutter werden, wie ich eine schlechte Ehefrau sei.«

Jetzt strahlten Axelssons Augen mit einer Freude, die sich in seinem ganzen Gesicht ausbreitete. Jetzt lachte er glücklich und freundschaftlich.

Dann beugte er sich über seinen Schreibtisch und sagte:

»Aber Stina, warum haben Sie in dem Bericht, den Sie mir geschickt haben, nicht eine einzige Zeile über Ihre Erfolge geschrieben? In Ihrem Bericht gibt es nur Erinnerungsbilder an das Schreckliche, was passiert ist.«

Er schüttelte den Kopf und sagte, er erinnere sich noch genau an jeden Moment dieses grauenhaften Tages, an dem seine Disputation stattgefunden hatte. Und daran, wie grenzenlos stolz er gewesen war, als alles geschafft war.

»Das Leben lag vor mir wie ein gerader Weg unter strahlender Sonne.«

Er lachte.

Stina lächelte ebenfalls und sagte: »Das ist für Männer und Frauen vielleicht nicht dasselbe … ich war auch stolz auf meine Dissertation, aber noch stolzer auf das Kind in meinem Bauch.«

Die Stunde war zu Ende, er reichte ihr die Hand und sagte: »Wenn Sie nächste Woche wieder kommen, will ich wissen, was Sie in Ihrem Leben gemacht haben, worauf Sie richtig stolz sind.«

»Wozu soll das denn gut sein?«

»Sie müssen lernen, sich das zu holen, was Ihnen gehört, und dafür die Verantwortung übernehmen.«

Sie stöhnte und sagte:

»Ich bin stocksauer auf Sie. Aber Sie haben mir viel Stoff zum Nachdenken gegeben. Sie haben mir klargemacht, dass ich mich selbst im Stich gelassen habe. Und dass ich mich deshalb so schrecklich schäme.«

Sie fuhr mit der Roslagsbahn nach Hause, sie hatte nicht das Auto genommen. Sie hatte erwartet, viel zu aufgewühlt zum Fahren zu sein. Aber sie war so ruhig wie schon lange nicht mehr. Ihre Trauer jedoch war noch schwerer geworden.

Zu Hause lief sie zu Gunilla und umarmte sie ausgiebig. »Aber ich will nicht darüber reden.«

»Dann solltest du das auch nicht tun.«

In der Tür drehte sie sich um und sagte:

»Er war noch viel schlimmer als die Ärzte, die damals mein Gesicht zusammengeflickt haben. Das hat längst nicht so wehgetan.«

»Nein, Psychoärzte benutzen keine Betäubung«, sagte Gunilla.

»Genau, sie stoßen gleich mit dem Messer zu.«

Als eine Weile darauf das Kind seine Flasche bekam und Stina eine große Tasse Kaffee trank, wurde ihr ausgerichtet, dass Professor Birgitta Johansson sie am Donnerstag um zehn Uhr in der Klinik treffen wolle, um mit ihr gemeinsam zu planen, wie Stinas Gesicht wieder hergestellt werden könnte.

Stina hatte Axelsson von der Schönheitsoperation erzählt, und er hatte sie angestrahlt und gesagt, ein neues Gesicht könne ihr ein neues Selbstvertrauen geben.

»Was für Dummheiten«, sagte sie zu sich, als sie ins Bett fiel, fror, das Kind in den Arm nahm und sie beide zudeckte.

In der Dämmerung wurde sie von Maria geweckt. Es regnete. Das Kind schrie vor Hunger. Stina wärmte die Flasche, wickelte die Kleine und sang ein Wiegenlied. Während sie darauf wartete, dass es hell wurde, machte sie Feuer im Kamin, setzte sich davor und hasste Axelsson.

Dieser Mistkerl hatte Recht.

Sie war kein Opfer.

Sie hatte ihre Entscheidungen selbst getroffen.

Warum, warum hatte sie nicht ihr Kind, ihre Kleider und ihre Bücher genommen und sich in die erste Maschine nach Göteborg gesetzt? Sie hatte eine Mutter, die die Verantwortung für das Kind mit ihr geteilt hätte, und einen Vater, der alles hatte, was nötig war, um sie zu beschützen.

Sie hatte Möglichkeiten, die Tausende andere misshandelte Frauen nicht hatten. Der Therapeut hatte schon Recht, sie war feige. Und deshalb schämte sie sich.

An diesem Tag hatte sie um drei Uhr einen Termin bei Axelsson, das hatte er so gewollt. Sie wollte nicht, aber sie hatte ihn schon verstanden, als er gesagt hatte: »Jetzt haben wir die Beule aufgestochen und können anfangen, den Eiter herauszudrücken.«

Sie lachte, das hörte sich an, als ob es schrecklich wehtun werde.

Gegen acht brachte Gunilla frischen Kaffee und Brote mit Käse, Schinken und Ei und sogar Krabben.

Axelsson hatte angerufen, jemand hatte abgesagt und Stina sollte schon vormittags kommen.

»Meine Güte, wie beneide ich die Person, die da abgesagt hat«, sagte Stina.

»Ein rechter Feigling«, meinte Gunilla.

»Ganz so feige bin ich immerhin nicht«, sagte Stina.

»Du kannst mit Roger in die Stadt fahren, zurück nimmst du dir dann ein Taxi.«

»Ja, ja …«

Stinas Stimme klang gereizt.

16.

Als Erstes sagte Dr. Axelsson:

»Alle Eltern, die ein Kind lieben, füttern es mit Slogans, offen und auch versteckt. Können Sie sich an die stärksten und die anspruchsvollsten Worte erinnern?«

»Aber sicher. Ich musste früh lernen, dass ich ein Wunderkind sei, ich fing früh an zu sprechen, brachte mir mit vier Jahren selbst das Lesen bei. Mein Vater war besonders schlimm. Stolz war er, hat fast ständig mit mir geprahlt. Ich sei ein Phänomen, hätte ein phantastisches Gedächtnis, das seien Gaben, die ich nicht missbrauchen dürfte. Er hat immer gesagt, dass jemand mit einem klugen Kopf für alle Menschen verantwortlich sei. Er hat immer über Respekt vor den anderen gesprochen. Und über Mitleid. In meiner Erziehung gab es auch viel Wertvolles.«

»Ja, in der Tat«, sagte der Psychiater.

»Meine Mutter war da gelassener und vielleicht auch ein wenig unsicher ihrem frühreifen Kind gegenüber. Sie sagte meistens, das Kind ist zwar begabt, aber es gibt viele früh entwickelte Kinder. Sie sah vielleicht, wie mir das alles zu Kopf stieg, und sagte dann immer: Wofür hältst du dich eigentlich? Sie wissen vielleicht, dass mein Vater Polizist ist, er ist wirklich bekannt und wird allenthalben wegen seiner Tüchtigkeit bewundert. Er ist eine Art Held. Das ist nur blödes Gefasel in den Medien, sagt er. Eine ganz klare Regel war, dass man niemanden im Stich lassen darf. Oder verletzen.«

Axelsson nickte.

Dann schwiegen beide eine Weile.

Schließlich musste Stina lachen. »Es hat so viele Sprüche gegeben.«

»Lassen Sie hören.«

»Wenn du den Teufel ins Boot genommen hast, musst du ihn auch zum Ufer rudern.«

Als sie das gesagt hatte, wurden ihre Augen rund vor Staunen. Dann schwieg sie lange und dachte über das nach, was passiert war.

Später sagte Stina: »Jetzt schiebe ich die Schuld wieder von mir weg, solche Redensarten können einen erwachsenen Menschen doch nicht leiten.«

Es folgte abermals ein langes Schweigen.

»Doch, wenn das Kind klein ist und einen Vater hat, der mächtig und stark ist wie Gott selber.«

Wieder schwieg sie.

»Aber jetzt bin ich wieder falsch und feige. Sie müssen verstehen, dass ich einen wunderbaren Vater habe. Den kann ich also wirklich nicht verantwortlich machen.«

»Nein, das können Sie nicht, aber es ist ja derzeit üblich, den Eltern alle Schuld zuzuschieben, wenn bei einem Kind etwas nicht klappt. In Ihrem Fall gibt es einen Vater, dem Sie sehr viel zu verdanken haben.«

Er sah ein wenig überrascht aus, als er dann fragte:

»Warum erzählen Sie so wenig über Ihre Mutter?«

»Ich weiß nicht, aber sie ist ein Rätsel. Sie ist die Einzige, die sich seiner Autorität nicht gebeugt hat. Sie hat jede Menge Temperament. Und Gefühle, vor allem überschäumende Liebe. Ich weiß noch, wie sie ihn ausgeschimpft hat, wegen … ja, wegen dem, was Sie Slogans nennen. Sie haben sich oft gestritten, aber nicht so arg, dass ich Angst bekommen hätte. Er wusste nämlich nie, wann sie böse wurde, weil sie dann Finnisch sprach. Sie war noch ein Baby, als ihre Mutter im Krieg vor den schrecklichen Zuständen in Karelien fliehen musste. Sie hatte Verwandte in Helsinki und die Familie hat die langen und kalten Bombennächte meistens im Luftschutzkeller verbracht. Ab und zu habe ich mir gedacht, dass ihre Ehe deshalb so glücklich ist, weil sie einander eben nicht verstehen. Das schafft Spannung und große Lust.«

Zum ersten Mal lachte Axelsson. »Sie haben sicher Recht, Logik und Vernunft können eine Liebe nur selten am Brennen erhalten.«

Axelsson reichte ihr die Hand und sie wünschten einander frohe Weihnachten. Er wollte ans Mittelmeer fahren, um sich zu wärmen und der Weihnachtshysterie zu entgehen, wie er das nannte. Über Neujahr wollten Stinas Eltern zu Besuch kommen. Und sie würde den Januar damit verbringen, sich ein neues Gesicht machen zu lassen.

17.

*D*ie Weihnachtstage kamen und gingen, zu Neujahr kamen Stinas Eltern. Sirkka wollte bleiben und sich um Maria kümmern, während Stinas Gesicht operiert würde.

Zu Weihnachten bekam Stina von Roger ihr Scheidungsurteil. Und ihre neue Identität. Aber alle mussten sie weiterhin Stina nennen, fand sie.

Ingegerd schickte eine Überweisung und bezahlte Pers Unterhaltsbeitrag für das Kind. Insgesamt sechstausend Kronen.

Stina sah nicht, dass Roger und Gunilla wütende Blicke wechselten.

In der Weihnachtsnacht schrieb Gunilla einen langen Brief an Ingegerd. Sie schilderte, was in Bergshamra passiert war, schrieb über ein Kind, das zu Boden geworfen worden war und ins Krankenhaus gebracht werden musste, weil ein Verdacht auf Gehirnerschütterung bestand. Und über die Vergewaltigung, bei der Stina fast erwürgt worden wäre.

»Mein Mann, Stinas Anwalt, schickt Ihnen das Protokoll der Gerichtsverhandlung, bei der Per erklärt hat, es handele sich um seine Frau und sein Kind, und er habe vor, sie umzubringen. Jetzt sitzt er für ein Jahr in einem schwedischen Gefängnis, während Stina und das Kind unter anderer Identität irgendwo anders geschützt leben. Man kann ihr nicht schreiben und sie auch nicht anrufen. In der nächsten Woche werden die Ärzte damit anfangen, ihr zerschlagenes Gesicht zu operieren.«

Und sie fügte hinzu, Ingegerd könne sie gerne anrufen, wenn sie noch mehr wissen wollte.

Stina und Sirkka waren ins Gesindehaus zurückgegangen. Gunilla zeigte Erik, der sich für die Hilfe bedankte, eine Kopie des Scheidungsurteils und ihren Brief.

»Wir unterschreiben alle drei, erst du, dann Roger als Stinas Anwalt, und ich.«

Zwei Nächte darauf rief Ingegerd an, nachdem sie Gunillas Brief erhalten hatte. Sie schien verzweifelt zu sein.

»Ich habe den ganzen Herbst versucht, Kontakt zu Stina aufzunehmen, deshalb bin ich sehr dankbar für Ihren Brief. Hat das Gericht denn keine psychiatrische Untersuchung verlangt?«

»Doch, aber die hat er verweigert. Sein Verteidiger hat mit den Schultern gezuckt und gesagt, sie hätten einen Test gemacht, bei dem klar erwiesen wurde, dass Per ein Psychopath ist. Und einen Psychopathen kann man angeblich nicht ändern. Der Staatsanwalt wollte ihm seinen schwedischen Pass abnehmen. Ich weiß aber nicht, ob er damit durchgekommen ist.«

Ingegerd sagte kein Wort, sie weinte nur verzweifelt.

Gunilla sagte:

»Stinas Eltern und mein Mann und ich haben Darlehen auf unsere Häuser aufgenommen, um ihr zu helfen. Ihre sechstausend Kronen kamen uns da vor wie ein Hohn, verstehen Sie. Allein die plastischen Operationen, die im Januar gemacht werden sollen, kosten über dreihunderttausend Kronen.«

»Aber warum hat niemand angerufen, nicht Stina, nicht Erik oder Sirkka?«

»Sie wissen ja nicht, welche Angst wir um ihre psychische Gesundheit haben. Aber ich werde Stina bitten, Sie morgen vom Büro meines Mannes aus anzurufen. Aber bitte, seien Sie vorsichtig. Sie ist zerbrechlich, sie sagt, sie sitzt in einer Grube, wo Schrecken und Angst wüten. Sie ist bei einem Psychiater in Behandlung und wirkt nach jedem Besuch etwas weniger verzweifelt.«

»Ich komme, so schnell ich kann.«

»Nein, warten Sie, am Montag findet doch die erste Gesichtsoperation statt. Und verzeihen Sie, dass ich so wütend auf Sie war. Natürlich hätten wir Sie informieren müssen.«

Am nächsten Tag rief Stina bei Ingegerd an. Ihre Stimme war dünn und angespannt, als sie sagte: »Ich hatte Sehnsucht nach dir, ich weiß doch, dass du gekommen wärst, wenn ich dich darum gebeten hätte. Aber im Moment wohnt meine Mutter bei mir, und sie kümmert sich um das Baby, ach, Ingegerd, es ist so ein wunderbares kleines Kind und entwickelt sich ganz normal.«

Dann schwiegen sie beide lange.

»Sie heißt Maria. Maria Gunilla Rask. Die Kinderärztin sagt, dass alles in Ordnung mit ihr ist. Aber dummerweise kann ich sie nicht mehr stillen, weil ich ohne starke Medikamente nicht atmen konnte. Und die hätten die Kleine vergiftet. Und jetzt bekomme ich ein neues Gesicht und dann wird es wieder leichter sein zu leben.«

Ingegerd sagte: »Gleich morgen wird meine Bank deinem Anwalt eine große Summe als Vorschuss auf Marias Erbe überweisen, und dieses Geld kannst du dann allein verwalten.«

»Und im Frühjahr kommst du? Ich habe Sehnsucht nach dir. Und jetzt kann ich nicht mehr reden.«

18.

Stina hatte mit argen Schmerzen gerechnet, aber als Erstes kam ein Friseur, der allerlei Perücken mit kurzem und langem Pony und langen Locken über den Wangen ausprobierte, und das lenkte sie ab.

Der Friseur war sehr zufrieden, man sehe nur selten Haare mit so schönen natürlichen Locken und von solch kräftiger Qualität. »Aber Sie haben schon weiße Strähnen, und da schlage ich eine rote Tönung vor.«

Als sie das geklärt hatten, ging er.

Stina bekam einige Betäubungsspritzen, dann begann die Operation. Sie hatte keine Schmerzen, außer in den wenigen Sekunden, in denen die Narben zu Ohren und Stirn hingezogen wurden.

Die Wunden wurden vernäht, sie versuchte zu lächeln, aber ihr Lächeln fiel starr aus, die verpflanzte Haut spannte.

»Das muss erst einmal heilen, ich schaue mir das jeden Tag an«, sagte die Ärztin.

Und so ging es weiter. Der Heilungsprozess wurde immer wieder überprüft. Stina musste ausruhen und Grimassen schneiden.

Also setzte sie sich vor den großen Spiegel und verzog das Gesicht. Jeden Tag musste sie turnen, dehnen und ziehen, Arme hoch, genau wie vor langer Zeit in der Schule. Noch nie hatte sie Gymnastik so lustig gefunden.

Jetzt machte es Spaß: dehnen und strecken.

Als die Ärztin am nächsten Tag nach ihrer Patientin sah, sagte sie, sie habe sich überlegt, mit der Nase noch zu warten. »Sie ist schief, aber ich finde das pikant.«

Am Freitag durfte Stina dann nach Hause. Noch immer sollte sie Penicillintabletten nehmen und sich viel Bewegung verschaffen.

»Das große Lachen ist zu dir zurückgekehrt«, sagte die Ärztin und umarmte Stina.

Eine Stunde darauf erschien Gunilla, um die Patientin abzuholen, die mitten im Zimmer stand, schön wie der Frühling in ihrem hellgrünen Kleid. Gunilla klappte wirklich das Kinn nach unten, aber sie riss sich zusammen und fragte: »Wer ist denn diese rothaarige Schönheit?«

Und dann kam es, das Lachen, von dem die Ärztin gesprochen hatte, und Stina und Gunilla jubelten.

»Wo ist die Frau, die immer so ernst und vernünftig war, so sachlich, klug und informiert?«

»Die ist verschwunden«, erklärte Stina und fügte hinzu: »Du musst dich damit abfinden, dass sie verschwunden ist. Sieh nur, wie sie jetzt geht, mit geradem Rücken und hocherhobenen Hauptes.«

Gunilla schüttelte verwundert den Kopf.

»Verstehst du, sie ist nie gesehen worden, und deshalb hat sie die anderen auch nie gesehen. Allein an diesen Tagen im Krankenhaus habe ich mehr Menschen gesehen als je zuvor. Und weil ich sichtbar geworden bin, sind auch die anderen sichtbar und lebendig geworden.«

Gunilla schüttelte den Kopf.

Stina machte mit ihrer Erklärung weiter:

»Ich rede hier nicht von dem hässlichen Entlein, das zum Schwan geworden ist, ich rede davon, dass ich für mich selber sichtbar geworden bin. Und Gunilla, ich will herumlaufen, über die Straßen der Großstadt gehen, Blicke erwidern, den nächsten Menschen und den dritten und alle anderen kennen lernen. Ich will grobe Komplimente hören und lüsterne Blicke spüren.«

»Ich kann dich verstehen, ich finde es auch immer noch aufregend, wenn ich Typen begegne, die mir unsittliche Anträge machen und mich zudringlich anstarren.«

Sie lachten und sagten, das sei wohl ein angeborener weiblicher Instinkt.

»Ich habe Stunden vor dem Spiegel gesessen und mein Gesicht genossen. Und dann bin ich über den Korridor gegangen und habe andere Gesichter gesehen, alle interessant, aus vielen sprach eine große Erfahrung. Ich habe vorher nie begriffen, dass ein Gesicht eine Identität hat. Und deshalb interessant ist.«

19.

*E*s war an einem Morgen Anfang Februar, die Sonne schien und Stina brachte wie immer Maria zum gleich um die Ecke gelegenen Kinderhort, begrüßte Mütter, Kindergärtnerinnen und einen seltenen Vater. Jetzt kannte Stina sie alle, Eltern, Personal und Kinder. Sie gehörte zu ihnen. Eines Tages hatte sich sogar eine Großmutter nach ihrem soeben erschienenen Buch erkundigt. Stina war gleich um einige Zentimeter gewachsen.

Aber auf dem Heimweg wurde ihr plötzlich schlecht, ihre Füße glitten ihr davon, ihre Knie gaben nach. Als sie endlich das Gartentor erreicht hatte, drehten sich die Häuser vor ihr, ihr eigenes und Gunillas. Sie musste sich am Torpfosten festhalten, um nicht ohnmächtig zu werden. Als sie sich ins Haus geschleppt hatte, übergab sie sich.

Ich darf jetzt nicht krank werden, ich muss mich um Maria kümmern und das Buch fertig schreiben.

Sie dachte an Grippe, einen verdorbenen Magen, irgendein seltsames Virus, etwas, das sie gegessen hatte. Sie legte sich auf das Bett im Arbeitszimmer, atmete tief durch.

Langsam ging ihr die Wahrheit auf, brachte sie vor Angst fast um den Verstand. Sie erkannte alle Symptome.

Er hatte sie vergewaltigt.

Sie war schwanger.

Ich armer sündiger Mensch, in Sünde geboren … sie wusste nicht, woher diese Worte kamen, sie konnte nicht denken, sondern wiederholte sie nur in klangvollem Finnlandschwedisch. Mama, Mama … Sie rief an und Sirkka meldete sich und ihre Stimme war Geborgenheit mitten in der Panik.

Ganz schnell sagte Stina die Wahrheit.

Und ihre Mutter fluchte auf Finnisch und Stina wusste, dass sie diesen Scheißkerl verwünschte. Dann sagte Sirkka in ruhigerem Tonfall:

»Abtreibung.«

Am Ende sagte sie: »Ich komm morgen mit dem Zug. Wie dein Vater reagieren wird, weiß Gott allein.«

Stina verkroch sich im Bett und legte beide Hände auf ihren Bauch.

Darin wuchs ein Leben heran.

Plötzlich stand Gunilla in der Tür und sagte: »Deine Mutter hat angerufen. Sie macht sich Sorgen um dich.«

»Setz dich aufs Bett und nimm meine Hand.«

»Aber was ist denn passiert? Bist du krank?«

»Nein, ich kotze, weil ich schwanger bin. Weil er mich vergewaltigt hat. Ich weiß das alles kaum noch, ich war irgendwie weit weg, als die Polizei gekommen ist.«

»O Gott.«

Warum reden alle über Gott, fragte Stina sich. Dann sagte Gunilla ebenso entschieden wie vorhin Sirkka:

»Abtreibung.«

»Könntest du Maria abholen und etwas Lustiges mit ihr unternehmen?«

»Du weißt, wie gern ich mit Maria zusammen bin, wir gehen in den Zoo und sehen uns die Tiere und einen Film über Bärenjunge an.«

»Danke, ich muss jetzt allein sein und nachdenken.«

Aber sie dachte nicht nach, sie faltete die Hände auf ihrem Bauch und schlief ein.

Sie erwachte, als draußen die Dämmerung einsetzte und Maria sich an sie schmiegte. Gunilla sagte: »Jetzt gehen wir zum Essen zu mir. Also aufgestanden, ihr zwei, wascht euch ein wenig und dann gibt es Frikadellen.«

Als sie im Badezimmer standen, schaute Maria Stina forschend an und fragte: »Bist du krank, Mama?«

»Nein, mir war nur ein bisschen schlecht. Halt jetzt still, damit ich dir die Haare bürsten kann.«

Während Gunilla in ihrer großen Küche den Tisch deckte, erzählte sie ihrem Mann, dass Per seine Frau nicht nur vergewaltigt, sondern dabei gleich auch geschwängert habe.

»Verdammt, die arme Kleine«, sagte Roger.

Dann fügte er hinzu:

»Abtreibung.«

Trotz allem war es eine lockere Mahlzeit mit gutem Essen und gutem Wein. Maria erzählte glücklich über die neugeborenen Bärenjungen, wie niedlich die waren, fast wie Schmuseteddys.

»Mama, wir können uns doch einen kaufen! Du hast doch so viel Geld!«

Stina sagte energisch nein.

»Die müssen bei ihrer Mama bleiben, denn die hat das Essen, das die Bärchen brauchen.«

»Wir kaufen eine Nuckelflasche«, sagte Maria.

Gunilla konnte ihr Lachen kaum unterdrücken und Roger sagte:

»Bären essen schrecklich viel und wachsen sehr schnell. In ein paar Monaten wäre dein Teddy schon viel größer als ich. Und dann würde er mich zerreißen. Und dich würde er auf das Dach werfen.«

»Mama, stimmt das?«

»Ja, Maria. Wenn dir im Wald ein Bär begegnet, dann musst du wirklich um dein Leben rennen.«

Maria machte ein trauriges Gesicht, doch das heiterte sich rasch wieder auf, als Gunilla sagte, »jetzt gibt's Eis«. Aber die Kleine schlief über ihrem Teller fast ein. Stina bedankte sich für das schöne Essen, nahm ihr Kind auf den Arm und trug es nach Hause. Auf der Treppe sagte Gunilla, sie werde Maria am nächsten Morgen in den Kindergarten bringen.

»Und dann mache ich für dich einen Arzttermin aus.«

»Warte noch, ich habe mich noch nicht entschieden.«

Sirkka kam fahrplanmäßig an. Gunilla holte sie am Hauptbahnhof ab.

»Wir geht es ihr?«, fragte Sirkka.

»Sie ist beunruhigend ruhig.«

»Ich verstehe, was du meinst.«

Als sie vor dem Haus vorfuhren, sah Sirkka, dass Gunilla weinte, zog ihr Taschentuch hervor und trocknete die Tränen der anderen.

Dann sagte Gunilla, das Leben sei entsetzlich ungerecht.

»Du musst wissen, ich hatte vier Fehlgeburten. Das letzte Mädchen hat einige Tage gelebt, aber … sie wäre jetzt so alt wie Stina.«

Sie blieben lange im Auto sitzen und sahen einander an.

Dann wurde die Tür aufgerissen und Stina fiel ihrer Mutter um den Hals.

»Ich hab schon Kaffee gekocht, kommt rein, dann gibt's auch frisch gebackenes Brot.«

»Riecht gut hier«, sagte Gunilla und nahm an dem gedeckten Tisch Platz. Neben ihrem Teller stand eine Schale mit Huflattich und Schneeglöckchen. Das keimende Leben, dachte Gunilla.

Im Haus war alles sauber und ordentlich, stellte Sirkka fest. Ihre Tochter lebte nicht im Chaos.

Ein wenig später ging Gunilla zum Kindergarten, um Maria abzuholen. In der Tür flüsterte sie:

»Lass dir ja Zeit, wenn du deine Mutter zu überreden versuchst.«

»Du weißt es also.«

»Das haben mir die Blumen auf dem Tisch gesagt. Ich gehe mit Maria ins Naturgeschichtliche Museum.«

Mutter und Tochter sahen einander lange an. Am Ende sagte Stina ganz einfach, dass sie eine Abtreibung verweigern werde.

Mutter und Tochter liebten einander, standen einander nah, hatten aber fast immer unterschiedliche Ansichten.

Der Vater behauptete, Sirkka habe ein dramatisches Temperament, Stina dagegen sei fast phlegmatisch in ihrem kindlichen Glauben, dass sich alles immer aufs Beste fügen werde.

Sirkka vermutete bei den meisten das Schlechteste, Stina sah bei jedem Menschen nur das Gute.

Jetzt schrie Sirkka:

»Sind dir denn die Konsequenzen nicht klar? Nicht nur für deine Arbeit, von der du abhängig bist. Hast du an die Nächte gedacht, wenn das Kind schreit, an die fürchterliche Müdigkeit, an die schmerzhafte Geburt …«

»Ja, daran habe ich gedacht, aber ich habe doch dich und Papa. Und meine Freundinnen, ich werde es schon schaffen.«

Sie schwiegen lange.

Endlich sagte Stina:

»Mama, ich trage ein Menschenleben in meinem Körper.«

»Sei nicht so verdammt pathetisch.«

»Mama, als du mit mir schwanger geworden bist, warst du

nicht einmal verheiratet. Hast du damals an eine Abtreibung gedacht?«

»Nein, das hätte ich niemals über mich gebracht.«

»Aber mich willst du überreden …«

Sirkka weinte. Stina hatte Angst. Ihre Mutter weinte sonst nie. Sie holte Küchenpapier.

»Wir müssen ehrlich sein«, sagte Sirkka. »Ich hatte doch einen Mann, einen guten Mann, der mich oder unser Kind niemals im Stich gelassen hätte. Mich nie verletzt …«

Dann biss sie die Zähne zusammen und sagte nichts mehr.

Stina sagte:

»Ich habe heute Nacht viel darüber nachgedacht. Aber ich habe auch daran gedacht, dass ich ein Kind bekommen werde, das ich lieben werde und für das ich die Verantwortung übernehmen muss. Du musst verstehen, dass ich mich schrecklich schuldig fühle, weil Maria es in der ersten Zeit so schwer hatte.«

»Ja, das ist mir schon klar.«

Gleich darauf hörten sie ein Auto bremsen. Gunilla und Maria waren wieder da, und Sirkka lief hinaus ins Badezimmer, um sich die Tränen abzuwischen und einen Tropfen Parfüm hinter ihrem Ohr zu verreiben. Maria warf sich um ihren Hals und sagte, niemand riecht so fein wie du, Oma.

Gunilla und Stina packten in der Küche aus, sie hatten Würstchen und Spaghetti gekauft. »Maria hat einen Waaaahnsinnshunger«, flüsterte Gunilla. »Und wie ist es hier gegangen?«

»Ich glaube, ich habe es ihr erklären können.«

Maria langte gierig zu und wollte dann mit Oma im großen Bett schlafen.

Ein wenig später rief Stina ihren Vater an, der sagte, er werde am nächsten Morgen das erste Flugzeug nehmen und gegen zehn Uhr bei ihnen sein. »Erzähl Maria nichts, bring sie wie immer in den Kindergarten. Ich habe mit deinem Nachbarn, dem Anwalt, gesprochen und für morgen mit ihm einen Termin gemacht.«

»Ich hol dich am Flughafen ab«, sagte Stina. »Aber du wirst nicht begeistert sein.«

»Ich weiß, dass du dich bereits entschieden hast. Und ich verstehe dich.«

»Danke.«

Vater und Tochter trafen sich in der Ankunftshalle. Sie umarmten einander lange.

»Aber es gibt ein Problem, woran du noch nicht gedacht hast. In acht Monaten wird dein Exmann aus dem Gefängnis entlassen. Und bis dahin ist dein Kind geboren. Also haben wir ein Problem.«

Stina fing an zu zittern: Wieder in der Grube, ganz unten, nein, nicht noch einmal.

»Ich fahre«, sagte Erik, als sie das Parkhaus erreicht hatten. »Und ich habe mir die Sache überlegt. Du wirst mit deinen Kindern in Sicherheit leben. Aber wir müssen mit Roger reden, der kennt sich mit den Gesetzen besser aus als ich. Es ist Samstag, also hat er Zeit, wir haben Glück.«

Gunilla machte die Tür für sie auf. Sirkka hatte ihr geholfen, einen Mittagsimbiss herzurichten. Sie tranken in der Küche eine Tasse Kaffee, dann nahmen sie in Rogers Arbeitszimmer Platz.

Erik ergriff als Erster das Wort und sagte, er wisse, dass Stina sich entschieden habe. Sie sei immer schon ihren Gefühlen gefolgt, nie ihrer Vernunft. »Mitten in der Nacht ist mir dann aber aufgegangen, dass unser Psychopath um diese Zeit herum auf freien Fuß gesetzt wird, wenn Stina ihr Kind bekommt.«

Ein langes, düsteres Schweigen folgte.

»Meine erste Frage an Roger ist: Besteht die Möglichkeit, ihn ausweisen zu lassen?«

»Nein, das ist ganz und gar ausgeschlossen.«

»Na gut, das hab ich mir schon gedacht.«

»Eine Möglichkeit wäre, wenn er noch eine Frau misshandeln würde. Und die dann den Mut aufbringen würde, ihn anzuzeigen. Aber richtig helfen würde uns das wohl auch nicht.«

»Aber er hat doch einen US-Pass.«

»Hilft aber nichts, sein Verbrechen hat er in Schweden begangen«, sagte Roger und wandte sich an Erik. »Du musst einen Kampfplan machen.«

»Ich habe heute Nacht schon wilde Pläne geschmiedet«, sagte Erik und lachte schallend.

Langes Schweigen.

»Wenn der Stichtag näher rückt, siedeln Stina und die Kinder nach Göteborg über. Bis dahin räumen wir das Gartenhaus aus und möblieren es mit Möbeln vom Flohmarkt. Dann setzen wir zwei Kriminalbeamte da rein, in verschlissenen Jeans und verdreckten Pullovern. Wenn er da auftaucht, wird er von verborgenen Kameras aufgenommen. Die überraschten Bewohner trinken Bier und spielen Karten. Sie haben nie gehört, dass irgendeine Frau in dem Haus gewohnt hat. Dann erstatten sie bei Kommissar Bengtsson in Stockholm Bericht. Der ist über unseren Psychopathen ziemlich gut informiert.«

Erik lachte wieder, aber Gunilla sagte:

»An dir ist ein Dramatiker verloren gegangen.«

Erik wandte sich nun mit ernster Miene an Roger.

»Weiß er, dass du hier wohnst?«

»Nein, ich habe mich an deine Wünsche gehalten, alle Post an Stina geht an meine Kanzlei in der Stadt.«

»Dann wird er dich dort aufsuchen.«

Stina wirkte verängstigt, Gunilla und Sirkka gingen in die Küche und tischten den Imbiss auf.

»Das sollte ja wohl ein Witz sein«, sagte Gunilla.

»Da bin ich mir nicht ganz sicher«, sagte Sirkka. »Aber uns bleibt immerhin der ganze Sommer.«

20.

Der Sommer 2000 war lang und warm. Gegen Mittsommer, als die Nacht nur eine leichte Dämmerung war, brachte Stina ihre zweite Tochter zur Welt. Sie erhielt die Namen Katarina und Sirkka.

Sie war ein ungewöhnliches Kind, sie lachte schon, als die Hebamme sie auf Stinas Bauch legte. Sie war immer munter, und alle nannten sie das »Sonnenscheinkind«.

Stina achtete sehr darauf, dass auch Maria sich um die Kleine kümmerte, und Maria lernte, ihr das Fläschchen zu halten und das Baby am Bauch zu kitzeln.

Katarina war ein zufriedenes Baby und lieb zu allen, aber nur Maria durfte ihre klebrigen Liebkosungen annehmen.

Oma Sirkka war dabei, als das Neugeborene nach Hause kam, und alle ließen sich von ihrer guten Laune anstecken.

»Sie scheint zu merken, dass sie in die richtige Familie gekommen ist«, sagte Gunilla.

Aber Sirkka meinte, es liege daran, dass Katarina mitten in der Mittsommernacht geboren worden sei, der längsten und hellsten Nacht im ganzen Jahr.

Alles, was in den folgenden Jahren geschah, war gut.

Stina schrieb ihre Bücher, die auch veröffentlicht wurden. Maria wurde im August 2003 sechs und Katarina am Mittsommertag vier Jahre alt. Beide Kinder entwickelten sich wunschgemäß.

Aber dann trafen die Briefe aus den USA ein.

Und Gerichte dort wie auch in Schweden erklärten, Per Stenberg habe das Recht, seine Kinder zu sehen.

Ingegerd, Pers Tante, hatte versprochen, die Verantwortung für die Kinder zu übernehmen und die ganze Zeit bei ihnen zu bleiben. Trotzdem kroch Stinas alte Angst wieder in ihr hoch.

Wieder saß sie tief unten in der Grube.

Ihr Haus jedoch war da, wo es sein sollte, klein und schön. Aber ohne Leben, ohne Kinder.

Nein, sagte sie, als sie die Tür aufschloss, nein zu der Angst, die in der Einsamkeit auf der Lauer lag. Ich bin schon sehr weit gekommen, und den Rest werde ich auch noch schaffen.

Plötzlich fiel ihr das alte Bibelwort ein: Nur die Wahrheit kann euch befreien. Die Wahrheit, die sie bei Axelsson lernte.

Gleich darauf war Gunilla da, sie tanzte durch die Küche und jubelte: »Setz dich, damit du nicht in Ohnmacht fällst! ... Ingegerd hat angerufen, sie und die Kinder kommen am Sonntag. Nach Arlanda ... Du sollst sie heute Nacht um zwei Uhr anrufen.«

Stina brach in Tränen aus. Und ihr klapperten die Zähne. Aber irgendwie konnte Gunilla sie in eine Decke wickeln und zum Sofa führen.

»Jetzt hol ich eine Flasche Wein, das müssen wir schließlich feiern.«

Aber als Gunilla zurückkam, schlief Stina so tief, dass sie nicht geweckt werden konnte. Den Wein musste Gunilla wieder in den Kühlschrank stellen.

Gunilla schaute um drei Uhr nach ihr. Stina schlief. Um fünf Uhr war Gunilla wieder da und schüttelte ihre Freundin.

»Du darfst doch nicht verhungern.«

»Ich will nicht wachwerden, dann glaub ich bloß, ich hätte geträumt«, flüsterte Stina.

Dann mussten sie lachen.

»Per verzichtet also nach sieben Wochen. Hatte sie eine Erklärung?«

»Ich glaube, sie will mit dir reden.«

»Ich habe Hunger, einen unglaublichen Hunger.«

»Roger macht uns bei uns was zu essen. Also komm jetzt und stoß mit uns an.«

Sie aßen und tranken und es war lustig, wirklich lustig. Stina beteiligte sich nicht am Gespräch, lachte aber oft und herzlich.

Um elf Uhr rief sie bei ihren Eltern an, ihr Vater meldete sich und klang nicht so begeistert, wie sie erwartet hatte.

»Dann muss etwas passiert sein. Ruf nachher nochmal an, wenn du mit Ingegerd gesprochen hast.«

»Du bist ein richtiger alter Miesepeter«, sagte Stina und legte auf.

Zur abgemachten Zeit wählte sie die lange Nummer in den USA. Maria meldete sich und schrie:

»Mama, Mama, wir wollen nach Hause. Wir haben so schreckliche Sehnsucht nach dir. Weißt du was, dieser fiese Mann, den wir Papa nennen sollen, hat mich ausgezogen und mir den Po geleckt. Ich hab so laut geschrien, wie ich konnte. Norman kam angerannt und hat ihn totgeschlagen. Dann war da ganz viel Polizei mit Autos und Krankenwagen. Und Tante Ingegerd weint nur noch.«

Ingegerd weinte noch immer, als sie in ihrem Schlafzimmer den Hörer abnahm und Norman bat, sich um die Kinder zu kümmern.

»Ich habe die ganze Familie gegen mich und für alle hier den Sommer ruiniert. Mein Neffe ist gefährlich. Norman hat das von Anfang an gesagt.«

»Aber was ist mit Maria …«, schrie Stina.

»Per war noch nicht weit gekommen, als Norman schon da war und ihn bewusstlos geschlagen hat. Meine Schwiegertochter Julie ist Kinderpsychologin, sie hat mit Maria gesprochen und sie genau beobachtet. Sie glaubt nicht, dass die Kleine einen bleibenden Schaden davongetragen hat. Wir landen am Sonntag um 14 Uhr in Arlanda«, sagte Ingegerd und weinte noch immer, als sie auflegte.

Mit zitternden Fingern wählte Stina noch einmal die Nummer ihres Vaters in Göteborg. Er fluchte heftig, geriet aber nicht so außer sich, wie sie befürchtet hatte.

»Vielleicht ist es gut, dass das passiert ist«, sagte er. »Jetzt verliert er jedenfalls das Besuchsrecht. Ich rufe Ingegerd an und rede mit Norman, der weiß sicher, welcher Polizeidistrikt den Fall bearbeitet und wer zuständig ist.«

»Vergiss nicht, Norman zu danken«, flüsterte Stina.

Aber Erik war noch nicht fertig:

»Du musst mit deinem Anwalt sprechen. Er weiß vielleicht viel besser als wir, was die Gesetze in den USA zu Übergriffen gegen Kinder sagen. Ich glaube, die sind da viel härter als unsere. Versuch jetzt zu schlafen, Herzchen.«

Aber Stina schlief nicht, sie griff zu dem Buch, das Dr. Axelsson ihr gegeben hatte. Ihre Verzweiflung wuchs, sie glaubte, die Kinder im stillen Zimmer schreien zu hören.

Wie konnte ich, warum bin ich in dieser Hölle geblieben?

Die Antwort lag bereit, griffbereit:

Er hat mir Leid getan.

Aber hier stand es schwarz auf weiß, die Merkmale, die die Psychologie beschrieb, um dann eine Diagnose zu stellen: Er ist ein Psychopath.

Ein Psychopath hat keine neurotischen Angstsymptome, er

leidet nicht an Phobien, Ängsten oder Zwangsvorstellungen. Er ist gelassen und ausgeglichen in Situationen, in denen andere sich fürchten. Solche Momente bringen ihm einen Kick. Er empfindet kein Mitgefühl und bereut nie.

Sie ließ das Buch sinken und kniff die Augen zusammen.

Aber nur für eine Weile, sie hatte sich ihrer Feigheit gestellt. Alles war da, sie erkannte alles wieder: Charme, Lügen, das großartige Auftreten, das wahnsinnige Kontrollbedürfnis.

Die Unfähigkeit zu lieben, sich zu schämen, sich schuldig zu fühlen.

Die Unfähigkeit, aus Erfahrung zu lernen. Trotz hoher Intelligenz besitzt ein Psychopath oft ein ungeheuer schlechtes Urteilsvermögen.

Am Ende nahm der barmherzige Schlaf Stina in sich auf.

21.

Sie erwachte spät, rief bei Gunilla an, doch die meldete sich nicht und Stina fiel ein, dass ihre Freundin mittwochs um diese Zeit in der Reitschule war. In Rogers Kanzlei teilte die Sekretärin mit, ihr Chef sei im Gericht. Stinas Angst steigerte sich fast zur Panik, aber sie duschte und trug Make-up auf, viel Tönungscreme über ihrer Blässe und einen hellen Lippenstift. Starker Kaffee, ein Käsebrot. Fesche Jeans und ein frisch gebügeltes blaues Hemd.

Dann versuchte sie, sich darüber zu freuen, dass die Sonne durch ihr Fenster schien.

Bei der zweiten Tasse Kaffee schlug sie Robert Hares Buch über Psychopathologie auf und las die Geschichte über eine Familie in den USA, in die Zwillinge geboren wurden. Zwei Mädchen. Allerdings waren es keine eineiigen Zwillinge. Die eine war destruktiv, tückisch, sie tötete auf ausgesprochen grausame Weise das geliebte Kätzchen ihrer Schwester. Sie wurde zur Ladendiebin, rauchte Hasch und wechselte dann auf Kokain über. Schon bald musste sie in eine Klinik eingewiesen werden, brach aus, wurde in andere Anstalten mit teuren Psychologen und Ärzten geschafft. Lief wieder weg, ihre Eltern standen am Ende finanziell vor dem Nichts.

Nach dem letzten Ausbruch verschwand sie in der Menge der vielen Straßenprostituierten, sie nahm Drogen, stahl, floh in verschiedene Städte und Staaten, rief zu Hause an und verlangte immer mehr Geld.

Was Stina am meisten berührte, waren die Schuldgefühle der verzweifelten Eltern. Was hatten sie diesem einen Zwilling nur angetan? Hatten sie den anderen mehr geliebt? Ihre Schuldgefühle wuchsen, obwohl dazu kein Grund bestand.

In all den Jahren schauten die Eltern einander über den Tisch hinweg an und quälten sich mit ihrer Trauer und der ewigen Frage:

»Ist sie verrückt oder einfach schlecht?«

Stina dachte, dass genau diese Frage sie bis an ihr Lebensende verfolgen würde: War Per verrückt oder schlecht?

Da riss Gunilla die Tür auf und rief: »Ich stinke nach Pferd, aber ich brauche einen Kaffee.«

Während Stina Kaffee eingoss, fragte sie:

»Hältst du Per für verrückt oder für schlecht?«

»Ich bin ein ganz normaler Mensch und habe ihn immer für durch und durch schlecht gehalten. Aber, Stina, was hat Ingegerd denn letzte Nacht gesagt?«

»Nicht viel, vor allem hat sie geweint.«

»Geweint? Ingegerd?«

»Aber Maria hat geredet.«

Es war so kalt in der Küche, dass sie zitterten. Stina riss sich zusammen: »Per hat sich an Maria vergriffen.«

»Nein!« Gunilla schrie: »Das kann doch nicht wahr sein!«

»Doch.«

»Wir müssen mit Roger reden.«

»Der ist im Gericht. Mein Vater hat schon mit dem Polizisten gesprochen, der für den Fall zuständig ist. Maria ist im Krankenhaus untersucht worden, unter Narkose, damit sie sich später nicht daran erinnert. Sie hat Kratzer an den Schamlippen. Ingegerd und Norman waren die ganze Zeit bei ihr. Norman hat eine Kollegin, die Gynäkologin ist. Sie schreibt den Bericht für die Polizei.«

Stina weinte nicht, ihre Stimme war unter Kontrolle und sie

sprach so deutlich wie eine Nachrichtensprecherin im Fernsehen.

Sie steht unter Schock, dachte Gunilla und sagte:

»Wir gehen zu mir und rufen Roger an. Und genehmigen uns einen großen Cognac für mich und einen kleinen für dich. Komm, ehe wir hier erfrieren.«

Stina gehorchte wie ein Kind, ließ sich in Gunillas großen Sessel setzen und in eine Decke wickeln, trank den Cognac wie Wasser und schlief dann sofort ein.

Gunilla rief im Gericht an und sprach mit einem Gerichtsdiener, der versprach, Anwalt Skog auszurichten, dass er sofort nach Ende der Verhandlung nach Hause kommen müsse.

Dann wählte sie die Nummer der Göteborger Polizei und ließ sich zu Kommissar Rask durchstellen. Der saß gerade in einer Besprechung.

»Dann sagen Sie ihm, dass Gunilla in Stockholm mit ihm sprechen muss.«

»Sollte ich nicht auch einen Nachnamen nennen?«

»Nein. Gunilla reicht.«

Schon nach einer Minute war Erik am Apparat. »Wie geht es ihr?«

»Sie steht unter Schock, hast du von der Untersuchung im Krankenhaus gehört?«

»Nein.«

Gunilla fasste das Ergebnis zusammen und hörte, wie der Mann am anderen Ende der Leitung weinte.

»Sollen wir nach Stockholm kommen, was meinst du?«

»Nein, ich glaube nicht, dass sie jetzt Trost haben will. Zuerst muss ich mit Roger über die Gesetze in den USA reden. Und dann werde ich Stinas Therapeuten Beine machen. Ich halte dich auf dem Laufenden. Und bitte, verschone Stina, so lange das geht. Hast du die Nummer des Polizisten in Richmond, der für die Untersuchungen zuständig ist?«

Er nannte ihr die Nummer und sagte, es wäre wohl besser, wenn Roger zuerst anriefe und sich als Anwalt der Familie vorstellte.

Dann ging sie ins Wohnzimmer und stellte fest, dass Stina auf seltsame Weise atmete und sich nicht wecken ließ.

Voller Panik rief Gunilla Dr. Axelsson an und sagte, er müsse sofort kommen. »Stina ist bewusstlos, und ich habe solche Angst, dass ich einfach nicht mehr weiter weiß.« Sie hörte, wie er seine Sekretärin bat, alle seine Termine für diesen Tag abzusagen.

»Ich nehm mir ein Taxi. Hat sie versucht, Selbstmord zu begehen?«

»Nein, aber sie steht unter Schock.«

Als Roger nach Hause kam, war Axelsson mit Herz- und Lungenmassage beschäftigt. Bald schon schlug Stinas Herz wieder normal und sie schaute ihn aus großen, überraschten Augen an.

»Ich bin offenbar ohnmächtig geworden«, sagte sie und dann setzte ihre Erinnerung wieder ein. »Maria«, flüsterte sie. »Maria, verzeih mir ...«

Roger ging in sein Arbeitszimmer, wählte die lange Nummer der Polizei in Richmond und hoffte, dass Kommissar Jenkins trotz des Zeitunterschiedes im Dienst sein würde.

Das war er, sie führten ein langes und offenes Gespräch. Per Stenberg saß schon in einer Einzelzelle im Gefängnis und wartete auf sein Urteil. Er hatte gestanden.

»Wir haben außerdem technische Beweise, zum Beispiel sein Sperma im Unterleib des Kindes«, sagte Jenkins. »Wir glauben, dass er lebenslänglich bekommen kann. Zehn Jahre werden es auf jeden Fall, und die wird er wohl kaum überleben. Sie wissen ja, dass Pädophile auch hinter Gefängnismauern zutiefst verachtet werden.«

»Das ist auch in schwedischen Gefängnissen so.«

Dann fragte Roger, ob der Polizei bereits das Ergebnis der ärztlichen Untersuchung vorliege. »Verletzungen an den äußeren Schamlippen und eine Schwellung im Gebärmutterhals. Keine ernstlichen körperlichen Verletzungen, mit Hilfe von Medikamenten wird alles abheilen. Was die Psyche des Kindes angeht, so ist es noch zu früh, um das zu beurteilen. Darum müsst ihr euch in Schweden kümmern und uns dann informieren.«

Ingegerds Mann, Senator Gordon hatte angerufen, er wollte natürlich nicht, dass das in seinem Haus begangene Verbrechen an die Öffentlichkeit gelangte. »Wir halten Sie auf dem Laufenden, bitte, geben Sie mir Ihre Telefonnummer.« Roger nannte seine Privat- und seine Kanzleinummer. Dann bedankte er sich und fügte hinzu: »God bless America.« Ehe Roger dann das Gespräch zusammenfasste, wandte er sich an Axelsson und fragte, ob er ein psychiatrisches Gutachten über Marias Zustand verfassen könne. Das Gericht verlange das.

»Darum kümmere ich mich.«

Aber ehe Axelsson das Haus verließ, schaute er Stina an und sagte:

»Sie tragen jetzt eine große und schwere Verantwortung.«

»Das ist mir schon klar.«

22.

Um zehn Uhr am Samstagmorgen saß Stina abermals vor ihrem Therapeuten im Sessel. Sie war blass, aber gefasst, als sie sagte:

»Wir haben so viel über mein Elend gesprochen und dabei ganz vergessen, dass es in meinem Leben auch Freude gibt. Heute habe ich also beschlossen, Ihnen von Katarina zu erzählen, dem Kind, das durch eine Vergewaltigung entstanden ist, und von dem alle verlangten, dass ich es abtreiben lassen sollte. Aber ich habe mich geweigert. Und ich habe … ein Sonnenscheinkind geboren.«

Stina lächelte, ehe sie weitersprach.

»Ich glaube, sie hat mich schon angelächelt, noch ehe die Nabelschnur durchtrennt worden war. Mit etwas über einem Jahr sang sie, ganze Melodien. Glockenrein. Sie hat nie geschrien, war niemals krank. Sie hat die wunderbare Fähigkeit, sich überall wohl zu fühlen. Und sie ist immer lustig. Schon am ersten Tag im Kindergarten haben alle behauptet, selten so ein sonniges Kind gesehen zu haben. Ich hatte ja Angst, Maria könnte eifersüchtig werden, aber das war nicht der Fall. Sie und ich haben uns von Anfang an zusammen um das Baby gekümmert. Maria hat Katarina ›das lachende Baby‹ genannt. Und wie die beiden miteinander lachen konnten!

Einmal nur hat Maria gefragt, wo denn ihr Papa sei. Und ich sagte, er sei nach Amerika umgezogen. Da sagte sie: Das ist gut.

Es hat mir schrecklich wehgetan, als mir aufging, dass sie sich vielleicht erinnern könnte.«

»Bisher sind ihre Erinnerungen aber in ihrem Unterbewusstsein vergraben«, sagte Axelsson. »Und da werden sie auch noch eine Weile bleiben. Es freut mich, zu hören, dass sie ihn nicht wieder erkannt hat.«

Mitten im Elend lachte Stina, als ihr einfiel, wie Maria von diesem fiesen Kerl erzählt hatte, der unbedingt Papa von ihr genannt werden wollte.

Axelsson biss sich auf die Lippe, sagte dann aber: »Wir haben vielleicht nicht sehr viel Zeit, bis ihre Erinnerungen wieder hochkommen.«

Einige Minuten schwiegen sie, dann sagte er:

»Jetzt müssen wir Pläne für die nächste Zukunft machen. Es ist wichtig, dass sie Ihnen erzählen kann, gern mehrmals, was an diesem Abend passiert ist, in allen Einzelheiten. Und dass Sie zuhören, ohne entsetzt oder wütend zu wirken. Oder, schlimmer noch, anfangen zu weinen. Schaffen Sie das?«

»Das verspreche ich.«

»Dann sehen wir uns morgen am Flughafen. Ich werde mich im Hintergrund halten.«

Als sie einander die Hand reichten, sagte er:

»Nach Weihnachten haben wir einen Termin bei einer Kollegin, sie ist Professorin, Psychologin und auf Kinder spezialisiert. Eine ältere Frau, die viele Jahre in den USA gearbeitet hat und auch dort höchste Anerkennung genießt.«

Als Stina von diesem Termin nach Hause kam, wurde in ihrem Wohnzimmer ein Großreinemachen veranstaltet, es wurde Staub gesaugt und der Boden wurde geputzt. Alle geliebten Bücher wurden hervorgenommen, alte Puppen und anderes Spielzeug, die Waschmaschine brummte, Kleider und Laken wurden gebügelt, saubere Vorhänge wurden vor die Fenster gehängt. Gunilla und Hillevi, die ihr schon seit Jahren im Haus half, waren schwer bei der Arbeit. Am Ende hängte Gunilla einen Adventskranz an die Tür und schrieb in großen bunten Buchstaben auf weißen Karton:

»Willkommen zu Hause.«

Stina fuhr ins Feinkostgeschäft im Zentrum und kaufte alles, was die Kinder gern aßen: Würstchen, Kartoffelpüree, Spaghetti, frische Krabben, Eis und alle Sorten von Obst und Süßigkeiten. Knäckebrot und Käse …

Als sie auf dem Heimweg war, fing es an zu schneien, große Flocken umwirbelten das Auto. Und Stina dankte den Mächten, die Zeit des Regens war vorbei, jetzt bekommen wir Schnee zu Weihnachten … vielleicht? Aber am Sonntagmorgen schneite es noch immer und die Welt war neu und funkelnd weiß.

Das Warten am Flughafen wurde wie immer zu einer Geduldsprobe. Stinas Herz klopfte und ihre Knie zitterten. Als die Fluggäste endlich den Zoll passiert hatten, stürzten die Kinder auf Stina zu, die eins auf jeden Arm nahm und mitten in der Ankunftshalle auf die Knie fiel. Sie umarmte die beiden, ihre Tränen strömten nur so und die Kinder schrien wild vor Freude.

Die vielen Menschen, die an ihnen vorüberkamen, lachten und lächelten.

Als Stina sich endlich erhob, stand vor ihr ein junger blonder Mann. Sie streckte die Hand aus.

»You must be Norman. I am so glad to meet you.«

Dann musste sie Ingegerd umarmen, die gealtert war. Der Schock und die vielen Tränen hatten tiefe Furchen in ihr Gesicht gepflügt.

»Ich schäme mich so schrecklich«, flüsterte sie Stina ins Ohr.

Dann waren Gunilla und ihr Mann da. Sie hatten ja schon viele Male miteinander telefoniert.

»Wir dachten, ihr könntet bei uns wohnen, du und dein Sohn. Und das Mittagessen ist fertig und die Betten im Gästezimmer sind bezogen.«

Stina stellte den Gästen Dr. Axelsson vor, der vor allem Augen für Maria hatte.

Der Schnee wirbelte auf, als sie die Autos beluden. Norman lächelte Roger bittend an, er wollte gern fahren.

Roger lachte, sagte aber: »Tomorrow.«

Als Stina nach langer Wartezeit auftauchte, sagte sie: »Überall sind Staus, und auf der E4 ist angeblich die Hölle los.«

Roger rief Gunilla durch das Schneegestöber hindurch zu:

»Du fährst Stinas Wagen und schnallst sie und die Kinder auf dem Rücksitz an!«

Sie nickte. Zu Norman sagte er als Erklärung, dass seine Frau in Nordschweden Rallyes fuhr.

Der Schnee wehte über die Straße, sie konnten kaum etwas sehen. Die beiden Wagen krochen auf der inneren Fahrspur über die Autobahn. An den Zubringern lagen verunglückte Autos, die meisten auf der Seite, ab und zu eins auf dem Dach. Krankenwagen und Polizeifahrzeuge waren pausenlos im Einsatz, und Roger fragte Ingegerd, was es für ein Gefühl sei, nach Hause zu kommen. »Wunderbar«, sagte sie und lachte. Erstaunt ging ihm auf, dass sie das ernst meinte.

In den Straßen in den Wohnvierteln war bereits geräumt worden. Und die Wege zu beiden Häusern waren freigeschaufelt.

»Das muss Göran gewesen sein«, sagte Stina. »Du weißt schon, Daniels Vater …«

»Das ist aber lieb«, sagte Maria, die von Norman ins Wohnzimmer getragen wurde, während Gunilla Katarina auf den Arm nahm und auf hochhackigen Schuhen durch den Schnee stakste.

Im Kachelofen brannte ein Feuer. Roger holte vom Dachboden Stiefel und dicke Jacken. Die Wolken hatten sich verzogen, schräg stehende Sonnenstrahlen ließen die Landschaft funkeln.

Die Kinder liefen im Häuschen in ein Zimmer nach dem anderen. Marias Augen glänzten vor Glück, Katarina lachte. Alles war, wie es früher gewesen war und wie es immer bleiben sollte.

Stina briet Würstchen und rührte Kartoffelpüree an.

»Nicht noch mehr so fieser grüner Kram mit ›Wie Termine‹«, sagte Maria zufrieden.

Beide waren müde und schliefen im großen Bett im Arbeitszimmer ein, dicht an ihre Mama geschmiegt.

23.

Es war neun Uhr vormittags, und es war noch fast dunkel. Als an die Tür geklopft wurde, sagte Maria: »Jetzt kommt der Troll uns holen!« Und dann lachten sie.

»Das ist ein ganz kleiner Troll«, sagte Stina, als Daniel auf Katarina zustürzte. Beide kippten um und wälzten sich auf dem Teppich. Und johlten, umarmten sich und lachten.

»Hast du je zwei so verliebte kleine Kinder gesehen? Er hatte solche Sehnsucht nach ihr, dass er kaum schlafen konnte. Und in den Kindergarten wollte er auch nicht gehen«, sagte Daniels besorgter Papa Göran.

»Ich glaube nicht, dass das so selten vorkommt«, sagte Stina. »Das legt sich wieder.«

In diesem Moment rief Gunilla an und teilte mit, in ihrer Küche sei ein großes Frühstück aufgetischt.

Die geräumige Küche wirkte eng, als sich alle am Tisch zusammendrängten.

Maria hatte eben ihr erstes Brot bekommen, als plötzlich Norman in die Tür trat. Maria rannte auf ihn zu, nahm seine Hand und rief:

»Norman ist ein Held. Der stärkste Mann der Welt!«

Alle verstummten.

Aber Roger brach das Schweigen, er wandte sich an Göran und sagte: »Du hast alle Wege zu den Häusern freigeschaufelt, und da bist du wirklich auch ein Held. Das war eine Leistung, und zum Dank singen wir jetzt: Hoch soll er leben …«

Sie sangen. Göran wollte schon sagen, das sei doch nicht …, verstummte aber, als Gunilla zischte: »Jetzt hältst du die Klappe!«

Dann erzählte Göran, dass sie einen Weihnachtsbaum aus dem Wald bekommen würden. Er kannte einen Bauern mit Forstbetrieb und wollte den Baum am nächsten Morgen mit Pferd und Wagen holen.

Maria rief: »Ich will mit!«

Daniel und Katarina wollten im Häuschen spielen und Stina wollte ein Auge auf sie haben.

Ingegerd wollte mitkommen, sie freute sich schon so. Gunilla meldete sich ebenfalls, zusammen mit den Männern, Norman, Roger und Göran.

Am nächsten Tag, dick eingemummelt und mit robusten Stiefeln, standen die sechs am Straßenrand und sahen, wie der große Rappe mit dem Schlitten angeklappert kam. Der Bauer war jung, blond und gutaussehend, er stellte sich als Anders vor, packte seine Fahrgäste in den Schlitten und wickelte sie in Decken.

»Jetzt wird's lustig«, sagte er und setzte Göran neben sich auf den Kutschbock.

»Die Kleine kannst du auf den Schoß nehmen«, sagte er. Maria jubelte. Gunilla kicherte und flüsterte Ingegerd zu, es sei doch herrlich, den Blick auf einem richtig feschen Mannsbild ruhen lassen zu können.

Nach einer halben Stunde glitten sie in den tiefen Wald mit seiner andächtigen Stille.

Anders hatte die Bäume, die gefällt werden durften, bereits gekennzeichnet. Als die große Tanne fiel, die Gunilla sich ausgesucht hatte, fing Maria an zu weinen.

»Das ist gemein, jetzt stirbt sie doch«, sagte sie. Und dann schrie sie: »Wir wollen keinen Weihnachtsbaum im Haus haben!«

»Aber dann zeige ich dir ein paar kleine Tannen, die wegmüssen. Die sterben, weil sie kein Licht bekommen.«

»Leben Bäume vom Licht?«

»Ja, alles, was wächst, braucht Licht. Blumen und Gras, Vögel und Bienen«, sagte Anders. »Also sehen wir uns jetzt drei kleine Tannen für euer Häuschen an. Wenn Ihr sie in Wasser stellt, leben sie ein bisschen länger.«

»Der ist wirklich nicht nur hübsch«, flüsterte Ingegerd.

Mit den Tannen wuchs die Vorfreude auf Weihnachten. Und am nächsten Tag wollten sie Pfefferkuchen backen.

Aber an diesem Abend konnte Stina nicht einschlafen, die alte Angst wütete mit frischer Kraft in ihrem Zwerchfell. Sie lag so still da, wie sie nur konnte. Nach einer Weile aber versuchte sie aufzustehen, ohne die Kinder zu wecken. Maria erwachte trotzdem und schrie: »Mama!«

»Ich muss nur Pipi machen«, flüsterte Stina.

»Du darfst nicht aufs Klo«, schrie Maria.

»Bitte, weck Katarina nicht auf. Komm doch einfach mit. Vielleicht musst du ja auch Pipi machen.«

»Ich will nachts nie wieder Pipi machen.«

Stina hätte weinen mögen, riss sich aber zusammen und sagte:

»Du, ich hab eine Idee. Wir machen uns ein Feuer und dann setzen wir uns aufs Sofa und reden ein bisschen.«

Maria nickte und schmiegte sich an Stina, die wusste, dass jetzt der entscheidende Moment gekommen war.

»Du hast mir noch gar nicht richtig erzählt, was passiert ist, als der fiese Kerl dich auf dem Klo gefunden hat. Ich weiß nur, was du am Telefon gesagt hast.«

Maria schwieg. Aber als sie dann anfing zu reden, sprudelte alles nur so aus ihr heraus.

»Ich weiß das nicht mehr genau, er hat mir das Nachthemd

ausgezogen und mich in einen Sessel geschmissen und dann hat er meinen Po geleckt, er hatte einen Bart, und deshalb hat das gekratzt, und dann hat er ein hartes Ding in mich reingesteckt, das hat wehgetan, und ich hab geschrien, ich hab das ganze Haus zusammengeschrien. Und dann kam Norman und dann hab ich schreckliche Angst gekriegt. Denn Norman hat den blöden Kerl totgeschlagen. Das Blut hat nur so gespritzt, und dann bin ich wohl eingeschlafen, und als ich die Augen wieder aufgemacht hab, war das Haus voller Polizisten und ich lag neben Ingegerd, und dann kam eine Ärztin und hat irgendwas untersucht und gesagt, ich wäre nicht verletzt. Dann hat sie mir den Po mit etwas gewaschen, das wie Medizin roch, und sie hat mich mit Salbe eingerieben und da hat es nicht mehr wehgetan. Dann bin ich eingeschlafen, und als ich dann wieder wach geworden bin, hast du angerufen, und da hab ich geweint, weil ich nach Hause wollte.«

»Denkst du oft daran, dass das passiert ist?«

»Nö, aber eben, als du Pipi machen wolltest, hab ich schreckliche Angst gekriegt. Doof, nicht?«

»Wir machen uns Milch mit Honig warm, davon kann man gut schlafen. Und jetzt gehen wir Pipi machen, dann schlafen wir wunderbar.«

»Die Badezimmertür darf aber nicht offen sein …«

»Wie du willst«, sagte Stina.

Sie stand in der Küche und machte die Milch warm, während Maria ins Badezimmer ging.

Stina hörte das Klicken, als die Kleine den Schlüssel umdrehte.

24.

Sie wühlten sich durch den Schnee zum Kindergarten. Vor der Tür stand Daniel, klein und zusammengekrümmt. Aber er erwachte sofort zum Leben, als er Katarina entdeckte. Sein Vater und Marias Mutter wechselten besorgte Blicke.

Die Kindergärtnerin kam auf die Treppe und sagte, sie freue sich, dass Katarina und Maria wieder da seien.

»Willkommen zu Hause«, sagte sie. »Ihr habt uns gefehlt.«

»Ich würde gern mit Ihnen sprechen«, sagte Stina zu der Kindergärtnerin, dachte dabei aber verzweifelt, was um Himmels willen soll ich ihr denn sagen?

Zu Göran sagte sie. »Kannst du alle drei Kinder holen und ihnen bei dir Saft und Plätzchen geben?«

»Wird gemacht«, sagte Göran, und sie dachte: Das ist wirklich ein netter Mann.

»Wir müssen reden.«

Sie holte ihr Auto und fuhr zu Dr. Axelsson, setzte sich in dessen Besuchersessel und merkte, wie die Angst ihr Zwerchfell losließ, wie immer, wenn sie zu weinen anfing.

Er reichte ihr die Schachtel mit den Papiertaschentüchern und sagte auffordernd: »Also los.«

Sie erzählte von der Nacht, wie sie zur Toilette gemusst hatte, über Marias schreckliche Angst, wie sie sich vor den Kachelofen gesetzt, Milch mit Honig getrunken und über diesen furchtbaren Abend in Richmond gesprochen hatten.

»Wissen Sie noch genau, was sie gesagt hat?«

»Sie hat ohne Punkt und Komma geredet, fast ohne Atem zu holen, schnell, wie Kinder das eben machen. Sie musste Pipi machen und ist aus dem Bett geklettert, wo sie zusammen mit Ingegerd schlief. Offenbar hat sie die Badezimmertür nicht mehr abschließen können, als er auch schon da war, er hat ihr das Nachthemd ausgezogen und dann ... ja, Sie wissen schon. Als er in sie eindringen wollte, tat es weh und sie hat schrecklich geschrien. Aber Angst hatte sie erst, als Norman angerannt kam und auf den Kerl einschlug, den sie Papa nennen sollte. Dann ist sie offenbar ohnmächtig geworden, denn als nächstes hat sie die Polizisten gesehen, die das Zimmer durchsuchten. Sie ist zu Ingegerd gegangen und da eingeschlafen.«

»War das alles?«

»Nein, sie hat noch von einer Ärztin erzählt, die ihren Po untersucht und sie mit Salbe eingerieben hat.«

»DNA-Probe«, sagte Axelsson.

»Aber jetzt kommt das Schlimme: Als ich Milch warm gemacht habe, habe ich gehört, wie sie das Badezimmer abgeschlossen hat. Und das hat sie auch heute Morgen gemacht, und Katarina und ich mussten in einen alten Eimer pinkeln und uns in der Küche waschen. Wir haben gefleht und gedroht, aber sie hat nicht aufgemacht.

Als wir Mäntel und Stiefel angezogen hatten, habe ich noch einmal an die Tür geklopft. Sie öffnete und schrie Katarina an: Glaub Mama kein Wort, die lügt ja bloß. Die schickt uns zurück nach Amerika!

Ich konnte ihr dann wenigstens Jacke und Stiefel anziehen. Sie hat die ganze Zeit die Augen zugekniffen, sie wollte mich nicht sehen.«

Stina war gespenstisch weiß im Gesicht und zitterte am ganzen Leib, konnte aber flüstern: »Verstehen Sie?«

»Ich bringe Sie jetzt nach Hause, Sie holen Maria und erzählen endlich die ganze Wahrheit.«

Dann saßen sie im Wohnzimmer, Dr. Axelsson auf dem Sofa, zusammen mit Maria, Stina ihnen gegenüber in dem unbequemen gustavianischen Sessel, den sie von Gunilla bekommen hatte. Mit fast toter Stimme brachte Stina hervor, wie sie Per Stenberg kennen gelernt und Sinn und Verstand verloren hatte. »Er war so ungeheuer reizend.«

»Du lügst schon wieder«, sagte Maria. »Alle im Haus haben ihn doch gehasst«, fügte sie hinzu. »Wenn er zu uns kam, hat er mich nur angestarrt. Das war überhaupt nicht lustig, und ich bekam Angst. Dann ist der Kerl verreist und das ganze Haus hat erleichtert aufgeatmet.«

»Weißt du, wohin er gefahren ist?«

»Er wollte seine neue Frau und die Kinder besuchen, hat Tante Ingegerd erzählt, aber die hat bestimmt auch gelogen, so wie alle anderen.«

Jetzt stand Stina auf und holte tief Atem:

»Du hast mich oft gefragt, warum ich so viele Narben im Gesicht habe, und jetzt werde ich dir das beantworten. Dein Papa hat mich schrecklich verprügelt, ich musste mehrere Male im Krankenhaus operiert werden. Beim letzten Mal hat er dich auf den Boden geworfen, du warst noch ganz klein und hattest danach eine Gehirnerschütterung. Oma Sirkka ist gekommen und hat sich um dich gekümmert. Und Opa Erik ist mit seinen Polizisten angerückt und hat Per ins Gefängnis gesteckt. Ich habe mich scheiden lassen und Gunilla hat uns dieses Häuschen überlassen. Da sollten wir wohnen, während wir auf … Katarina warteten. Wir müssen versuchen zu begreifen, dass Per Stenberg krank im Kopf ist, er ist verrückt und weiß nicht, was er tut.«

»Weiter«, sagte Dr. Axelsson.

»Das versuche ich ja«, sagte Stina, zitterte aber am ganzen Leib und fand nur mit Mühe Worte.

Maria dagegen war nicht um Worte verlegen, als sie schrie:

»Du hast uns Kinder also zu einem Irren in ein anderes Land geschickt. Ich glaub dir nicht, kein Wort glaub ich dir. Du lügst, ich weiß doch, dass es um Geld ging. Mein fieser Papa ist reich und du bist bettelarm.«

»Du bist wirklich gemein«, sagte Axelsson. »Deine Mama hat wie eine Löwin gekämpft, um euch hierbehalten zu dürfen. Es gibt nämlich ein Gesetz, das Vätern nach der Scheidung erlaubt, ihre Kinder zu treffen. Das kannst du dir von Anwalt Skog bestätigen lassen. Du kannst zu ihm gehen und ihn bitten, dir alle Briefe vorzulesen, die zwischen den verschiedenen Behörden gewechselt worden sind, als Per Stenberg verlangte, seine Kinder sehen zu dürfen.«

»Du lügst doch auch, du bist Mamas Doktor.«

Sie schwiegen lange, Maria hatte die Hände vors Gesicht geschlagen, als Dr. Axelsson sich zu ihr vorbeugte.

Dann sagte er mit leiser, warmer Stimme: »Hast du denn einen Menschen, auf den du dich verlassen kannst, der nie lügt?«

»Ja, mein Opa. Der ist bei der Polizei, er weiß alles über Mörder und Lügner und Schurken.«

»Ich ruf ihn an und bitte ihn, herzukommen.«

Stina gab ihm die Telefonnummer ihres Vaters. Dr. Axelsson rief an und erfuhr, dass Kommissar Rask gerade nicht im Dienst war. Er ließ sich die Privatnummer geben und sagte offen, dass Maria seine Hilfe brauche.

»Um sieben Uhr heute Abend gibt es einen Flug, sagen Sie Stina und Maria, dass ich komme.«

»Er kommt in ein paar Stunden«, sagte Axelsson.

»Gut«, sagte Maria. »Dann krieg ich endlich die Wahrheit zu hören.«

Göran kam mit Katarina, fragte, ob sie bei ihm und Daniel übernachten dürfte. »Die haben mitten im Haus einen See, wo man schwimmen kann«, rief Katarina begeistert.

»Natürlich darfst du«, sagte Stina.

Das Haus füllte sich mit Kinderlachen. Aber Maria machte sich im Badezimmer ein Bett, schleppte eine Matratze in die Badewanne, holte sich eine Decke und so viele Kissen, wie sie nur tragen konnte. Da wolle sie schlafen, denn da könne sie die Tür abschließen.

Als Stina sich von Dr. Axelsson verabschiedete, sagte der:

»Das hier ist nicht gefährlich, im Gegenteil. Sie hat eine Möglichkeit gefunden, ihre schreckliche Angst zum Ausdruck zu bringen, sie schließt sich ein. Und sie sucht verzweifelt nach einer Erklärung. Und kommt zu dem Schluss, dass Sie an allem schuld sind, was passiert ist.«

Kurz nach zehn klingelte Erik an der Tür. Eine unnatürlich blasse Stina öffnete und flüsterte: »Danke, Papa.«

»Wo ist Maria?«

»Sie hat sich im Badezimmer eingeschlossen.«

Er klopfte an die Tür und rief: »Mach sofort auf, sonst schlag ich die Tür ein, ist das klar?«

»Sag Mama, dass sie weggehen soll.«

»Warum denn?«

»Weil sie die ganze Zeit lügt.«

»Wenn du so was über deine Mama behauptest, muss sie hier bleiben. Jeder Dieb hat das Recht, sich zu verteidigen, wenn er angeklagt wird.«

Zu Stina sagte er unnötig laut: »Hol eine Axt. Ich schlag jetzt die Tür ein.«

»Nein«, schrie Maria, aber Erik zerschlug ein Brett in der Tür, steckte die Hand durch das Loch und öffnete den Riegel. Sein Herz wurde schwer, als er seine verzweifelte Enkelin sah. Er nahm sie in den Arm, drückte sie an sich, küsste ihre Wange und setzte sich mit dem Kind auf dem Schoß aufs Sofa.

»Hier lügen alle«, sagte Maria. »Und Mama ganz besonders. Sie hat uns nach Amerika geschickt, weil sie Papas Geld haben wollte.«

»Wer hat das gesagt?«

»Ich hab gehört, wie Norman und Tante Ingegerd gesagt haben, dass sie meine anderen Großeltern ins Irrenhaus sperren wollen, damit sie und Mama das ganze Geld kriegen. Und da hab ich gewusst, warum Mama uns unbedingt nach Amerika schicken wollte.«

»Was hat Stina zu dieser Anklage zu sagen?«

»Ich weiß, dass weder Norman noch Ingegerd die Alten betrügen würden. Und ich würde bei so einem widerwärtigen Plan niemals mitmachen. Wer hier lügt, das bist du.«

»Aber ich bin der Richter«, sagte Erik mit seiner strengsten Stimme. »Und ich weiß, wie diese Reise uns allen aufgezwungen worden ist. Ich weiß, dass deine Mutter so schreckliche Sehnsucht nach euch Kindern hatte, dass sie vor Verzweiflung krank wurde und deshalb zum Arzt musste. Sirkka, deine Oma, war hier, um ihr zu helfen, und als sie nach Göteborg zurückkam, hat sie aus Sorge um ihre Tochter geweint.«

»Aber warum hat sie uns dann weggeschickt?«

»Das musste sie, denn das Gesetz sagt, dass geschiedene Papas mit ihren Kindern zusammen sein dürfen. Wir wollten uns weigern und vor Gericht gehen. Aber da sagte dein Papa, der seine Gefängnisstrafe in Schweden abgesessen hatte, wenn seine Kinder nicht zu ihm kämen, würde er herkommen, herausfinden, wo ihr wohnt und eure Mama totschlagen.«

»Woher weißt du das?«

»Weil er mich angerufen und das gesagt hat.«

Langes Schweigen.

Aber dann fügte er hinzu: »Und du weißt, dass ich niemals lüge.«

»Wir haben sehr viel mit Ingegerd telefoniert, und nach einer Woche kam sie dann her, hat bei euch gewohnt und versprochen, dass ihre beiden Söhne in Amerika eure Leibwächter sein würden.«

»Ach deshalb … Norman hat immer auf dem Sofa in der Diele vor dem Schlafzimmer geschlafen und war immer da, wenn ich gespielt oder gebadet habe.«

Maria weinte, schluchzte und weinte und flüsterte am Ende: »Verzeih mir, Mama.«

Dann schrie sie:

»Bin ich vielleicht genauso verrückt wie mein Papa?«

»Nein, dein Papa hat einen Fehler im Gehirn. Er spürt nicht dasselbe wie wir anderen, er hat kein Mitgefühl und kann andere Menschen nicht verstehen. Leute, die Schmerzen haben oder traurig sind, tun dir Leid. Wenn du etwas Böses tust, hast du ein schlechtes Gewissen, du fühlst dich schuldig und schämst dich. Dein Papa hat überhaupt kein Gewissen. Aber gerade jetzt hast du ein wahnsinnig schlechtes Gewissen, weil du so schlimme Sachen über deine Mama gesagt und geglaubt hast.«

Maria nickte.

»Ich kann dir vielleicht ein bisschen helfen. Wenn uns etwas richtig Schreckliches passiert, etwas Unbegreifliches, dann kriegen wir schreckliche Angst. Und diese Angst sitzt uns noch lange im Nacken. Dann versuchen wir, eine Erklärung zu finden. Warum ist mir dieses Schreckliche passiert? Wer ist daran schuld? Und dann hast du dir einen Sündenbock gesucht. An allem war nur Mama schuld.«

»Woher weißt du das so genau?«

»Weil ich schon Hunderten von Menschen begegnet bin, denen eine Katastrophe passiert ist, sie haben ein Kind verloren oder ihre Frau ist ermordet worden. Alle suchen dann verzweifelt nach einem Sündenbock, die meisten sagen: Ich war schuld. Aber dann fällt ihnen ein, dass Mama schuld war oder Papa oder die Nachbarn. Deshalb ist es so wichtig, dass die Polizei den wirklichen Verbrecher findet.«

»Und wer ist das?«, flüsterte das Mädchen.

»Maria, das weißt du. Das wissen alle, es gibt viele Zeugen. Per Stenberg sitzt in Amerika im Gefängnis und wartet auf seine Verurteilung. Ich telefoniere fast jeden Tag mit Kommissar Jenkins, und der ist sicher, dass Per Stenberg mindestens zehn Jahre im Gefängnis sitzen muss.«

»Weil er das mit mir gemacht hat?«

»Nicht nur deshalb, es gibt noch andere Opfer. Andere Kinder, die keinen Norman hatten, der sie retten konnte.«

»Das muss ich mir alles überlegen«, flüsterte Maria. »Ich muss jetzt schlafen. Und dann werde ich morgen den ganzen Tag nachdenken.«

Sie ging ins Badezimmer mit der eingeschlagenen Tür und legte sich auf die Matratze in der Badewanne.

»Sie hat Recht, das war zu viel«, sagte Erik und nahm Stina in den Arm. »Wir beide, wir schmieren uns jetzt ein paar Brote und gönnen uns einen großzügigen Wodka. Ich schlafe hier auf dem Sofa und ich kann dir fast versprechen, dass Maria zu dir ins große Bett im Arbeitszimmer schleichen wird.«

25.

Es fiel Stina sehr schwer, in ihrem einsamen Bett einzuschlafen, wie ihr Vater gesagt hatte, das war alles zu viel. Sie wollte sich gerade eine Schlaftablette holen, als sie Marias leise Schritte auf dem Boden hörte. Die Kleine legte sich zu Stina ins Bett, und die zog sie an sich und wickelte sie in die Decke.

Sie sagten nichts, einige Minuten darauf schliefen sie beide.

Sie wurden davon geweckt, dass Erik am Telefon stöhnte und sagte: »Nicht noch eins. Ich komme mit dem ersten Flugzeug.«

Als Stina im Bademantel in die Küche kam, verfluchte er die verdammte Kaffeemaschine, mit der er nicht umgehen konnte. Stina übernahm die Sache. »Damit du in fünf Minuten deinen Kaffee bekommen kannst. Was ist denn los?«

»Göteborgs Serienmörder hat wieder zugeschlagen. Ich muss mit der ersten Maschine hin.«

Nach zwei Tassen Kaffee und zwei dicken Butterbroten führte er ein langes Telefongespräch mit den Kollegen in Göteborg, machte sich Notizen, überlegte. »Ich komme, so schnell ich kann. Und besorg mir schon mal den Bericht aus der Pathologie.«

Dann sah er Maria an, die mit weit aufgerissenen Augen auf der Türschwelle stand.

»In Göteborg geht ein wahnsinniger Mörder um«, sagte Erik und Stina sah plötzlich, wie müde er war.

Göran rief bei Stina an und hatte im Radio schon von dem neuen Fall in Göteborg gehört. Ihm war klar, dass Erik sofort losmusste, aber er hoffte, dass sie doch vorher noch seinen Swimming Pool testen und frühstücken könnten. »Sag ihm, dass ich ihn zum Flughafen fahre.«

Sie informierte ihren Vater über dieses Angebot, Erik nickte. Maria lachte und freute sich schon auf das Bad.

Aber sie wollte ihren Badeanzug, und Stina holte ihn ganz schnell, wechselte aber mit Erik einen ängstlichen Blick.

»Du hast deinen Kram wirklich in Ordnung«, sagte er.

»Das muss man doch, wenn man in einem so kleinen Haus wohnt«, sagte sie und versuchte zu lächeln.

Sie nahmen den Wagen. Katarina fiel ihrem Opa um den Hals, nackt und nass. »Rein ins Warme mit euch«, sagte Göran.

Er hatte den Frühstückstisch in seinem Wintergarten gedeckt, der gleich ans Becken grenzte. Einen großen Tisch mit allen nur vorstellbaren Leckerbissen.

Erik sagte, er habe in einer Zeitschrift Bilder dieses Hauses gesehen. Seine Frau habe davon geträumt und würde am liebsten auf den Felsen am Meer ein ähnliches bauen.

Erik duschte und stand bald im Wasser auf dem Kopf, und Daniel schrie: »Der ist ja weg!«

Als Erik wieder auftauchte, schwamm er auf den verängstigten Jungen zu und sagte ruhig: »Jetzt bist du dran, spring rein.«

»Das trau ich mich nicht«, sagte der Junge und zitterte vor Angst.

»Natürlich traust du dich. Nimm es wie ein Mann«, sagte Erik, und das Wunder geschah, der Junge sprang, kam wie ein Korken an die Oberfläche und dort wartete der Polizist und schwamm mit dem Jungen an den Beckenrand. »Und jetzt rauf und gleich nochmal springen.«

Als Daniel wieder auftauchte, applaudierten alle.

Sie aßen Brote und Dickmilch, Leberwurst, gekochte Eier, Schinken und Wurst. Erik trank seinen Kaffee und zwinkerte Daniel zu, der aufgeregt fragte: »Wie ist ein Mann?«

»Der muss lernen, keine Angst zu haben.«

»Warum denn?«

»Er muss Frauen und Kinder verteidigen können«, sagte der Polizist und lachte.

Als er sich verabschiedete, stand Daniel neben ihm, sie gaben einander die Hand und Erik sagte:

»Im nächsten Sommer kannst du eine Weile bei mir wohnen. Dann bring ich dir bei, wie man auf dem echten Meer segelt.«

Als sie auf die Autobahn fuhren, sagte Erik zu Göran:

»Erzähl doch mal ein bisschen von dir.«

»Ich habe Architektur studiert, ich habe immer davon geträumt, Häuser zu entwerfen und keine Kartons, in denen die Leute aufeinander gestapelt werden. Dann habe ich mich heftig in Umweltfragen engagiert, denn was wir damals gebaut haben, war nicht nur scheußlich, sondern auch giftig, du erinnerst dich doch an den Eternitskandal, Blaubeton, Lüftung. Ich wollte versuchen, mit anderen Materialien für menschenfreundlicheres Wohnen zu sorgen.«

»Ist dir das gelungen?«

»Nein, natürlich nicht, wer kann schon gegen die riesigen Wohnungsbaugesellschaften kämpfen, gegen die verstockten Gemeinderäte und den ewigen Geldmangel.« Er holte tief Atem und fügte dann hinzu: »Ich habe mich in eine Kommilitonin verliebt, eine wunderbare Frau mit denselben Zukunftsplänen wie ich. Wir haben geheiratet, wir hatten zwei Jahre und bekamen einen kleinen Sohn. Als er ein Jahr alt war, wurde bei meiner Frau ein inoperabler Gehirntumor entdeckt. Sie wollte zu Hause sterben, mit dem Kind neben sich. Du verstehst sicher, warum er so geworden ist, wie er jetzt ist. Ich bin dieser ganzen Hölle entflohen, habe mein Haus gebaut, meinen Traum in die Tat umgesetzt und das stolz vorgezeigt. Ich bekam Aufträge aus dem ganzen Land und dann auch aus den USA, Großbritannien und Deutschland. Wichtig war nicht das Geld, das hereinströmte, wichtig war, dass ich neue Gedanken ausprobieren konnte, neue Materialien. Und dass ich mich von der Trauer wegschleichen konnte. Und ich hatte keine Ahnung von Kindern.«

Erik schmunzelte, er schien Göran trotz allem nicht zu verurteilen.

Als sie vor der Abflughalle vorfuhren, klingelte sein Telefon, eine Stimme erstattete Bericht und Erik seufzte erleichtert auf.

»Sie haben ihn«, sagte er.

Als sie sich verabschiedeten, sagte Erik:

»Sei ein bisschen vorsichtig mit Stina, sie hat die Hölle hinter sich.«

Den ganzen Weg zurück nach Hause dachte Göran über diese Abschiedsworte nach. Hatte der Polizist seine Gedanken gelesen? Stina hatte eine gute Figur und ein interessantes Gesicht. Aber wichtiger war, dass sie eine wirkliche Mutter war. Sie war intelligent und gebildet, hatte irgendeinen Doktor gemacht, niemals würde er sich ihrer schämen müssen.

Sein Haus hatte ihr gefallen. Daniel und Katarina hingen schon aneinander. Bald würden sie Geschwister werden.

Nach einer Weile überlegte er sich dann, wie sie wohl im Bett sein würde. Sie war keine romantische Närrin, er würde ihr nichts von Liebe vorgaukeln müssen.

Als er zu Gunillas Haus fuhr, schämte er sich seiner Gedanken. In der großen Küche war der Pfefferkuchenteig ausgerollt worden und verwandelte sich jetzt in Sterne, Männlein, Weiblein und Schweine.

Die Kinder lachten, es duftete himmlisch, wenn ein Blech nach dem anderen in den Ofen geschoben wurde.

»Ist mit Papa alles gut gegangen?«, fragte Stina.

»Er hat seinen Flug noch erreicht, und als wir ankamen, erhielt er einen Anruf aus Göteborg. Er war sehr erleichtert, weil seine Kollegen glauben, dass sie den Täter geschnappt haben. Sie haben DNA-Spuren und warten jetzt auf deinen Vater. Der muss die Verhöre leiten.«

Göran lächelte sie an, sie war rosig von der Wärme des Backofens, hatte Mehl auf der Nase und sah einfach reizend aus.

Gunilla half ihm aus dem Mantel und band ihm eine große Schürze um. »Und jetzt wird der Architekt uns ein Pfefferkuchenhaus bauen. Aber zuerst sieh dir mal Daniels Kuchen an. Die sind wirklich schön und interessant. Dein Sohn hat eine künstlerische Ader.«

Als Daniels Blech aus dem Ofen gezogen wurde, sagte Göran:

»Wer hat die gemacht?«

»Ich«, rief Daniel.

»Die sind seltsam, aber die schönsten von allen«, sagte Maria.

Es wurde kein Pfefferkuchenhaus, es wurde ein Pfefferkuchenschloss mit Zinnen und Türmen. Göran amüsierte sich ebenso prächtig wie die Kinder.

Alle halfen beim Aufräumen. Göran saugte Staub, Gunilla wischte Tisch und Stühle ab. Am Ende putzte Roger noch den Küchenboden mit Seifenwasser. Die Kinder wurden in den Sonnenschein hinausgeschickt, um auf der Böschung zu rodeln.

Nur Stina und Maria gingen zu sich nach Hause. Sie setzten sich zwischen die vielen Kissen im großen Bett und umarmten einander.

»Verzeihung«, flüsterte Maria.

»Es gibt nichts zu verzeihen, natürlich hast du eine Erklärung suchen müssen. Eigentlich müsste ich dich um Verzeihung bitten, weil ich es nicht geschafft habe, dir die Wahrheit zu sagen.«

»Du hast sicher gedacht, dass ich das doch nicht verstehen würde.«

»Nein, so war das nicht. Ich habe es aufgeschoben, ich wollte nicht, dass du es erfährst. Ich wollte erst mit dir darüber reden, wenn du groß genug wärst, um alles zu verstehen. Ich hatte solche Angst, dass du dich an alles erinnern würdest, ach, was war ich für eine Idiotin!«

Stinas Gesicht sah runzlig aus und ihre Tränen füllten die Runzeln.

»Wein jetzt nicht, Mama. Ich kann mich an nichts erinnern. Aber ich habe ihn erkannt, sein Gesicht, sein Lachen und seine Umarmung. In meinem Bauch hab ich es gewusst. Als er gesagt hat, wir sollten ihn Papa nennen, war in meinem Kopf plötzlich alles klar. Und da hatte ich ein schlechtes Gewissen, weil ich ihn nicht leiden konnte. Einen Papa muss man doch leiden können.«

»Hattest du Angst vor ihm?«

»Ja, als er mich hochgehoben hat und mich angegrabbelt hat. Das war eklig, es war auf dem Schiff nach Florida. Norman hat es gesehen und war schrecklich wütend. Er hat ihn ausgeschimpft und geschrien: Wenn du deine Finger nicht bei dir halten kannst, dann bring ich dich um! Danach war ich immer mit Norman zusammen. Das war ja auch lustig, aber ich hatte fast die ganze Zeit Angst. Mama, wie kann ein Mensch so werden, so dumm und gemein?«

»Angeblich kommen sie mit einem Fehler im Gehirn auf die Welt. Sie haben nicht dieselben Gefühle wie wir anderen.«

»Das verstehe ich nicht …!«

»Ich auch nicht, Maria.«

»Stimmt es, dass er jetzt im Gefängnis sitzt?«

»Ja, und mein Papa telefoniert oft mit der Polizei in Richmond. Und sie glauben, dass er noch lange sitzen wird.«

»Irgendwann musst du mir erzählen, wie das war, wenn er dich geschlagen hat.«

»Ja, ich weiß, das wird schwer für uns beide.«

Maria nickte. Stina sagte:

»Aber zuerst gehst du zu einer lieben Tante und erzählst ihr, was du in Amerika erlebt hast.«

»Das will ich nicht«, sagte Maria, so energisch sie konnte.

»Wir müssen das aber, wir müssen beide untersucht werden, das verlangt das Gesetz in den USA. Wir reden mit Roger darüber, der kennt sich aus und kann alles erklären. Und er wird es auch regeln, dass du nicht nochmal in die USA musst«

»Aber erst nach Weihnachten, ja? Und jetzt schlafen wir«, sagte eine müde Maria.

26.

Sie erwachten einige Stunden später. Jemand hämmerte an die Tür und eine aufgeregte Stina fuhr sich mit den Fingern durch die Haare. Im blauen Dämmerlicht stand Anders mit drei kleinen grünen Tannen.

»Lauf rüber zu Gunilla und sag, dass der hübsche Bauer da ist«, flüsterte Stina Maria zu, die in ihre Stiefel stieg und losrannte. Anders schaute sich im Häuschen um und fand es sehr gemütlich.

Aber dann fiel sein Blick auf die Badezimmertür und er fragte überrascht, wie um alles in der Welt dieses Loch entstanden sei.

»Das erkläre ich dir ein andermal, an einem anderen Tag«, antwortete Stina zu ihrer eigenen Überraschung.

Er sah sie lange an, seine Augen waren blau wie die Dämmerung.

»Aber du, ich kann die Tür mitnehmen und zu Hause in meiner Werkstatt wieder herstellen.«

»Das ist aber lieb von dir!«

Er hob die Tür aus den Angeln und verstaute sie auf der Ladefläche seines Wagens.

Gleich darauf kamen Gunilla und Maria, und Maria fragte: »Wo ist denn dein Pferd?«

»Zu Hause im Stall«, sagte er. »Es liegt jetzt nicht mehr so viel Schnee, und da hab ich den Wagen genommen und die Tannen auf dem Dach festgezurrt.«

Zu Gunilla sagte er, er werde in einigen Minuten bei ihr sein. »Scheuch schon mal deinen Mann hoch, dann kann er mir helfen, den großen Baum zu löschen.«

»Was um Himmels willen habt ihr denn mit der Badezimmertür gemacht?«, fragte Gunilla.

»Die hat sich ein Loch geschlagen und ich habe Stina versprochen, das zu reparieren.«

Als er zu seinem Wagen ging, spürte Stina, dass ihr Herz in ihrer Brust hämmerte wie eine Dampframme. Ihr Gesicht war blutrot und in ihrem Unterleib krampfte sich alles zusammen.

»Ich bin doch verrückt«, sagte sie laut.

»Das sehe ich«, sagte Gunilla und lachte. »Und damit du an scharfe Mannsbilder nicht nur denken musst, habe ich an hungrige Kinder und darbende Mütter gedacht. Bei uns gibt es gleich Schinkenbrühe, Schinken, Würstchen und Rote Beete. In einer halben Stunde. Vielleicht kann ich ja den schönen Nachbarn zum Bleiben überreden.«

Mit diesen Worten war sie verschwunden.

»Anders redet ja vielleicht komisches Zeug«, sagte Maria, als sie sich wuschen und saubere Kleider anzogen.

»Wieso denn?«

»Er zurrt Tannen auf dem Wagendach fest und dann will er sie löschen. Und er behauptet, dass die Tür sich das Loch selbst geschlagen hat.«

Stina erklärte, dass jeder Beruf seine eigene Ausdrucksweise habe. »Und vielleicht war Anders ja mal auf See. Seeleute packen die Ladung ins Schiff und binden sie dann fest, damit sie nicht verrutschen kann. Das nennen sie festzurren. Und wenn sie dann im nächsten Hafen ankommen, bringen sie die Ladung an Land und nennen das Löschen. Und dass die Tür sich ein Loch geschlagen hat, sagt er, weil er ja nicht wissen kann, was passiert ist.«

»Aber die Tür war das nicht, das war Opa.«

»Du, das ist ein Geheimnis zwischen dir und mir.«
Maria nickte begeistert, sie schwärmte für Geheimnisse.

Ingegerd war wieder da, Maria flog ihr um den Hals, streichelte sie energisch und sagte: »Du siehst müde aus.«

»Ja, weißt du, meine Mama ist sehr krank.«

»Wie schrecklich.«

»Ja, sie muss bald sterben.«

»Woher weißt du das?«

»Das haben sie im Krankenhaus gesagt.«

Anders stand am Herd und war in eine eifrige Unterhaltung mit Norman vertieft. Er zeigte dem Gast, wie die Schinkenbrühe serviert wird, hielt die Brotscheibe einen Moment hinein, legte sie dann auf einen Teller und bedeckte sie mit einer dicken Scheibe Schinken. Dazu gab es viel Senf und noch mehr Bier.

»Das ist ein uralter Brauch«, sagte Anders. »Ich glaube, den gab es schon zur Wikingerzeit.«

Roger sagte: »Zuerst nimmt man einen Schluck und singt dazu ein lustiges Lied.«

Das taten sie dann.

Alle tranken, außer Anders, der ja noch fahren musste.

Norman grunzte, als der scharfe Schnaps durch seine Kehle floss. Aber dann fiel sein Blick auf Maria, er hob sie zur Decke und sagte zu Anders: »Das hier ist das wunderbarste kleine Mädchen auf der ganzen Welt! Damit du's weißt«, fügte er hinzu, »das ist mir schon bei unserer ersten Begegnung aufgegangen.«

»Quatsch«, sagte Katarina. »Die ist doch nur ein ganz normales Kind.«

Göran erschien mit Daniel auf dem Arm und bat um Entschuldigung für ihr Zuspätkommen. Gunilla befahl alle Mannsbilder nach draußen, um die große Tanne ins Haus zu holen. Sie hatte den Christbaumständer schon in eine Wanne voll Wasser gestellt.

Nach ausgiebigem Stöhnen stand der Baum da, wo er stehen sollte, vor dem Fenster im großen Wohnzimmer.

Ingegerd sagte, jetzt sei alles so, wie es sich gehöre, es dufte nach Tannenbaum und Schinken. Aber sie war müde, sie musste schlafen. Stina und Maria begleiteten sie, halfen ihr ins Bett, und Maria sagte: »Mach dir keine Sorgen um mich. Mama hat mir alles erklärt.«

Während der Baum geschmückt wurde, setzte Norman sich ans Klavier und sang das einzige schwedische Lied, das er konnte. »Wo die Ähren sich wiegen im Wind«, und Anders fiel ein, »wohnt die Schöne mit ihrem Kind.« Und dann mussten beide lachen.

Katarina war müde, kroch auf Mamas Schoß und wollte ins Bett. Und Anders sagte, er müsse nach Hause zu seinem Pferd.

Dann bedankte er sich für den freundlichen Empfang und verschwand in der Diele. Als er die Tür öffnete, sagte er: »Die Mittwinternacht ist kalt und hart, die Sterne funkeln und glitzern …«

»Aber Mama, warum hat er das Gedicht nicht zu Ende aufgesagt?«

»Wir werden ihn darum bitten, wenn er das nächste Mal kommt. Wenn noch genug Schnee liegt, kommt er am Ersten Weihnachtstag mit Pferd und Schlitten her.«

»He is a wonderful man«, sagte Norman. Alle stimmten zu, nur Roger behauptete, Anders sei wie eine Gestalt aus einem Lied von Evert Taube.

»Du bist doch nur eifersüchtig«, sagte Gunilla und lachte.

Zu Hause legte Stina sich ins Bett, ein Kind auf jeder Seite. Katarina schlief ein, sowie sie von ihren Kleidern befreit worden war, Maria musste wissen, wie das Gedicht weitergeht, aber schon an der Stelle, wo der Weihnachtswichtel in den Stall kommt, in dem die Kühe schlafen, schlief auch Maria.

Auch Stina lag jetzt gemütlich im Bett, erleichtert darüber, dass sie nicht noch einmal diese seltsamen Symptome gezeigt hatte, als Anders in Gunilla Skogs Küche gebeten worden war. Natürlich sah er gut aus und war sehr sympathisch, aber nie im Leben würde sie noch einmal … charmanter Typ, plötzlich fiel ihr wieder die Checkliste für Psychopathen ein.

Mit mir stimmt einfach irgendwas nicht, dachte sie.

Ingegerd wurde früh wach, mit schwerem Kopf und bangen Ahnungen. Sie hatte noch nie an einem Sterbebett gesessen, aber jetzt würde ihr nichts anderes übrig bleiben. Das Schlimmste war, dass sie nicht trauerte, sondern dass sie sich eher nach Befreiung sehnte.

Norman brachte Kaffee und einen Gruß von Gunilla. Wenn Ingegerd Trost und Unterstützung wünsche, dann wolle sie gern herkommen und ihr zuhören.

»Nein, um Himmels willen. Aber ich hätte heute gerne Stina bei mir. Meinst du, sie kann die Kinder allein lassen?«

»Ich habe einen Plan, also steh jetzt auf und mach, dass du unter die Dusche kommst.«

Sie zögerte in der Badezimmertür und sagte:

»Kannst du dir vorstellen, dass ich nicht eine einzige schöne Erinnerung an meine Mutter habe?«

»Das muss schwer sein«, sagte Norman.

In Gunillas Küche ging es derweil hoch her. Norman trank noch eine Tasse Kaffee und sagte: »Göran hat gerade angerufen und zu einem Bad eingeladen, er sagt, es sei jetzt schön, dazusitzen und aufs Schneegestöber hinauszuschauen. Ich weiß, dass die Kinder gern dorthin fahren würden«, fügte er hinzu. »Ingegerd möchte Stina heute bei sich haben … am Sterbebett.«

Norman ging hinüber ins Wohnzimmer, wo die Kinder spielten, und fragte, wer mit ihm zu Anders auf dessen Hof fahren wolle. Katarina wollte aber lieber zu Göran und Daniel, doch Maria war sofort Feuer und Flamme.

»Klasse«, sagte Maria. »Anders hat gesagt, dass ich auf dem Pferd reiten darf. Aber Mama muss mitkommen.«

Norman ging in die Hocke, schaute Maria in die Augen und sagte: »Ich soll von Ingegerd fragen, ob Stina heute mit ihr am Sterbebett sitzen kann.«

»Das musst du, Mama«, rief Maria.

»Natürlich«, sagte Stina, die gerade aus der Küche gekommen war. »Dann kannst du mit Norman zu dem Hof im Wald fahren und ich fahre mit Ingegerd ins Krankenhaus.«

27.

Maria, kannst du dich noch an den Weg erinnern?«, fragte Norman.

»Sure«, sagte Maria und Norman lachte.

Der Wagen kam nur langsam voran, der Weg war nach dem nächtlichen Schneefall noch nicht geräumt worden. Norman ließ das Auto im ersten Gang dahinkriechen, aber ab und zu rutschten die Hinterreifen doch weg.

Maria lachte laut. »Fast wie die Achterbahn«, sagte sie. Und dann streckte sie die Hand aus:

»Da ist die Abzweigung, da gibt es einen Tisch und darauf steht ein Vogel, den Anders gemacht hat.«

»Ein Künstler ist er also auch noch«, sagte Norman.

Die Auffahrt war geräumt.

Das Haus lag auf einer Anhöhe, vor dem Wald als Hintergrund, es war lang und rot angestrichen.

»Es ist viel größer als unseres«, sagte Maria und seufzte neidisch. Auch Norman war überrascht, er hatte sich eine graue Kate vorgestellt, ein wenig verfallen, samt Scheune und Stall. Aber der Hof strahlte vor Ordnung und Fürsorge.

Und nichts wies auf Junggesellenwirtschaft hin.

Hinter den Fenstern mit den vielen Sprossen brannten Kerzen, und die frisch gebügelten Vorhänge waren so blendend weiß, dass sie fast mit dem frisch gefallenen Schnee draußen wetteifern konnten.

Norman fuhr vor die Längsseite des Hauses, versuchte zu

halten und kam wieder ins Rutschen. Maria jubelte, und Anders kam angelaufen und lachte ebenfalls.

Er hieß die Gäste willkommen. »Schön, dass ihr da seid. Aber geritten wird heute nicht, Maria. Du musst verstehen, dass man bei dieser Kälte ein Pferd nicht aus dem Stall holen kann, das wäre Tierquälerei.«

Maria nickte, das sah sie ein.

»Und jetzt müsst ihr ins Warme kommen und meiner Mutter guten Tag sagen. Es sind fünfzehn Grad unter Null, also macht, dass ihr ins warme Wohnzimmer kommt.«

Maria zog die Stiefel aus und zeigte auf Normans. Und er gehorchte. In der Tür stand eine Frau von Mitte fünfzig, reichte Norman die Hand und hieß ihn willkommen.

Sie sprach Englisch, the Queen's English.

Zu Maria sagte sie, sie sei schön wie eine Elfe und es sei lieb von ihr, Weihnachten auf den Hof zu bringen.

»Du bist aber schön angezogen«, sagte Maria.

»Das ist eine Volkstracht, und wir können dir auch eine besorgen, wenn sie dir gefällt.«

»Ja, schrecklich gern«, sagte Maria.

»Und jetzt gehen wir hinein ins Warme.«

Aber Maria blieb in der Tür stehen, wortlos stand sie da und nahm alles in sich auf, die alten bemalten Schränke neben dem behaglichen Sofa, die bunten Flickenteppiche, den großen Kachelofen, in dem das Feuer knisterte.

Anders ging neben ihr in die Hocke und fragte:

»Hast du die Sprache verloren?«

»Ja, hab ich. So was Schönes wie dieses Zimmer hab ich in meinem ganzen Leben noch nicht gesehen. Darf ich mal die Zöpfe von deiner Mama anfassen?«

»Ich heiße Elin«, sagte die Frau, hob Maria hoch und setzte sich mit ihr in einen Sessel neben dem großen Tisch. »Ich weiß schon, dass wir beide gute Freundinnen sein werden.«

»Wie kannst du das so schnell wissen?«

Elin setzte das Mädchen auf den Tisch, sodass sie einander in die Augen schauen konnten, als sie erzählte, dass sie seit vielen Jahren als Lehrerin arbeite und sich mit Kindern deshalb auskenne.

»Kennst du dich aus?«

»Ja.«

»Und was kennst du von mir?«

»Dass du solche Angst hast, dass du dich nicht freuen kannst.«

»Ich darf das nicht erzählen.«

»Das sehe ich.«

»Wieso kannst du das sehen?«

»Ich kann das nicht erklären. Aber nach so vielen Jahren als Lehrerin kann ich in den Gesichtern von Kindern lesen.«

In der Küche kochte Anders Kaffee und schmierte Brote. Er klapperte mit dem Porzellan und fragte, wieso Maria ihre Lebensfreude verloren habe, eine Sechsjährige, das sei doch nicht gescheit!

Norman hatte Tränen in den Augen, als er Anders im Vertrauen die Geschichte über seinen charmanten Vetter Per erzählte, und dass Norman versprochen hatte, Maria vor dem Ungeheuer zu beschützen, und was dem Kind widerfahren war, als Norman einmal geschlafen hatte.

Gleich darauf fragte Elin, was denn aus Kaffee und Broten geworden sei.

»Hier riecht es aber gut«, sagte Maria.

»Das kommt davon, dass wir so viele Äpfel auf dem Dachboden haben. Wir wollten sie eben nach unten holen und hier in die Schüsseln legen.«

Elin klappte die Treppe herunter. Maria kletterte auf den Boden und reichte ihr vorsichtig eine Tüte mit guten Åkeröäpfeln nach der anderen.

»Jetzt gibt es was zu essen«, rief Anders.

Norman holte Maria vom Dachboden, sie war eiskalt und überglücklich.

»Ich hab fast alle gefunden«, sagte sie.

»Du bist einfach phantastisch«, sagte Anders, nahm sie in die Arme und drückte sie an sich. Aber er merkte, dass sie dabei erstarrte.

Als sie sich zum Aufwärmen vor den Kachelofen stellten, meinte Maria, Elin könne ihr doch das Lesen beibringen.

»Sie kann zu uns kommen, wenn Mama arbeitet und Katarina im Kindergarten ist.«

Gleich darauf wurde an die Tür geklopft, und vor ihnen stand ein schwarzgekleideter, gut aussehender Geistlicher.

»Ich wollte gerade zum Weihnachtsgebet in die Kirche und nur kurz reinschauen. Ich wusste ja nicht, dass ihr Besuch habt.«

Als Elin Marias überraschtes Gesicht sah, sagte sie: »Das ist mein älterer Sohn. Er heißt Ragnar und ist Pastor. Und das ist Maria, die Tochter von Stina Rask, der Nachbarin von Gunilla und Roger.«

Anders schaltete sich ins Gespräch und erklärte, der Pastor sei sein Bruder.

»Er ist auch ganz nett, trotz dieser schrecklichen Uniform.« Und dann zeigte er auf Norman und sagte: »Das ist ein Freund von mir aus den USA.«

»Ich dachte, die jungen Männer der USA kämpfen im Irak«, sagte der Pastor und niemand konnte den sarkastischen Unterton in seiner Stimme überhören.

»Da irrst du dich, ich gehöre zur Oberschicht, mein Vater ist Senator.«

Auch Norman konnte sarkastisch sein.

28.

Endlich war der Heilige Abend gekommen. Die Weihnachtsgeschenke waren unter dem Baum aufgehäuft. Die Kerzen funkelten und alle hatten sich versammelt. Es duftete nach Tanne und Weihnachtspunsch und Roger trug eine Nikolausmütze.

Aber nichts war so, wie es sein sollte. Ingegerd hatte sich in den alten Korbsessel gesetzt und Maria aufs Knie genommen. Sie hatten sich an den Rand verzogen und ihr Kummer warf düstere Schatten auf alle in dem großen Zimmer.

Als sie ihr erstes Geschenk auspackte, konnte man deutlich sehen, dass die sonst so starke Ingegerd auf einmal sehr gebrechlich wirkte. Ihr Alter hatte ihren Körper eingeholt.

Das Mädchen auf ihrem Schoß war bleich und starr wie eine Skulptur.

»Die spielen Weihnachtstheater«, flüsterte sie Ingegerd zu.

»Ja, und wir müssen so gut wir können mitspielen.«

Stina bekam ein gut eingewickeltes Päckchen von Göran. Er hatte sich bei diesem Paket wirklich alle Mühe gegeben. Der Spruch, den er beigelegt hatte, war ziemlich blöd, aber alle lachten wohlerzogen.

Nur Katarina und Daniel waren aufgeregt und voller Weihnachtsfreude, sie rissen und zerrten an ihren Geschenken und jubelten, wenn sie Spielzeug aus den schönen Verpackungen befreien konnten. Maria bekam von Roger einen großen Teddy, und Roger lächelte, als er sagte, der stamme nicht aus dem Zoo.

Maria gab sich alle Mühe und sagte:

»Wie gut, dass er dich nicht aufs Dach werfen kann.«

Plötzlich flüsterte Ingegerd: »Ihr müsst mich entschuldigen, aber ich muss jetzt ins Bett.«

Norman sprang auf, setzte Maria auf Stinas Knie und trug seine Mutter die Treppe hoch. Gunilla lief hinterher und half Ingegerd beim Ausziehen und dann ins Bett, zwischen die kühlen Laken.

»Sie braucht ein Schlafmittel«, flüsterte sie Norman zu. Der holte aus dem Badezimmer eine Tablette. Gunilla setzte sich auf die Bettkante, nahm Ingegerds Hand und flüsterte: »So habe ich auch am Bett gesessen, als meine Mutter gestorben ist.«

»Und wie ist es dann mit dir weitergegangen?«, flüsterte Ingegerd.

»Dann kam die Trauer. Die war schwer vor Sehnsucht und erfüllt von Bildern aus meiner Kindheit, von den schönen Augenblicken, der Geborgenheit ... davon, dass sie immer da gewesen war ...«

Ingegerd lächelte, es war fast ein hämisches Grinsen, als sie sagte:

»Für mich wird es keine Trauer geben. Ich habe meine Mutter immer gehasst, ich habe sie gehasst. So, wie sie auch mich gehasst hat.«

Gunilla hörte ihr aufmerksam zu, versuchte zu verstehen. Endlich sagte sie:

»Aber dann wirst du bald sehr erleichtert sein.«

»Meinst du?«

»Da bin ich mir sicher. Du trauerst schon dein Leben lang um deine Mutter, und jetzt ist es vollbracht.«

Norman stand hinter seiner Mutter und sagte, Gunilla habe Recht. »Du hast genug getrauert und jetzt wirst du endlich frei sein. Und bei deinem Vater verhält es sich doch genauso. Mit ihm bist du doch auch fertig.«

Maria saß auf dem Boden unter der großen Tanne, als Norman wieder nach unten kam und zu Stina sagte: »Jetzt bringe ich Maria zu dir nach Hause. Und du nimmst Katarina.«

Eingewickelt in Decken, denn die Nacht war kalt und sternenklar, wurden die Kinder ins Holzhäuschen getragen. Norman machte ein Feuer und drehte die Heizkörper höher. Küsste Maria und flüsterte: »Wir sehen uns morgen früh, denn dann fahren wir mit Pferd und Schlitten zum Weihnachtsgottesdienst.«

Als er zurückkehrte, saß Gunilla noch immer bei seiner Mutter. Die drei Männer spülten in der Küche und räumten im Wohnzimmer auf, stopften Geschenkpapier in Müllsäcke, und der Weihnachtsbaum nadelte auch schon.

29.

Am Morgen des Ersten Weihnachtstages, als die Schlittenschellen bimmelten, standen sie fertig angekleidet im Wohnzimmer. Und bald dröhnten die Kirchenglocken. Norman und Ingegerd saßen schon im Schlitten und Katarina war noch ganz verschlafen, als sie zu Gunilla hinübergetragen wurde. Eine kalte Sonne war am östlichen Horizont zu ahnen, und viele Menschen stampften sich auf der Kirchentreppe den Schnee von den Stiefeln.

Dann wurden die Türen aufgeschlagen. Maria schnappte vor Erstaunen nach Luft, »wie wunderbar, wie schön«, flüsterte sie ihrer Mutter zu.

»Und wie feierlich«, flüsterte Stina zurück.

Es war eine alte Kirche mit dicken Mauern.

»Wie alt?«, fragte Norman.

»So an die tausend Jahre, nehme ich an«, sagte Anders, der sich nicht sonderlich für Geschichte interessierte.

Gleich darauf ertönte die Orgel auf der Empore und alle erhoben sich und sangen, und Maria schaute überrascht ihre Mama an, die ebenfalls einstimmte:

»Zu Bethlehem geboren ist uns ein Kindelein …«

Dann war der Pastor da, kniete vor dem Altar nieder und sprach ein Gebet.

Maria schaute zu ihrer Mutter hoch. »Was sagt er«, flüsterte sie. »Er betet«, flüsterte Stina zurück.

Dann stieg er auf die Kanzel.

»Ein Kind ist geboren worden, und das ist immer ein Wunder. Alle, die je ein neugeborenes Kind im Arm gehalten haben, haben das schon empfunden. Eine Mutter hüllt es in ihre Wärme, und auf der Welt ist etwas Großartiges geschehen. Ein neuer Mensch, eine neue Hoffnung für uns alle. Für mich war der Weihnachtstag immer der Tag der Vergebung, der Tag, an dem alle werden können wie das neugeborene Kind. Den meisten unter uns fällt es schwer, das Wort Vergebung zu verstehen, es ist nicht leicht, uns von den Ungerechtigkeiten zu befreien, die uns getroffen haben, wir können nicht einfach einen Strich darunter ziehen. Wie sollen wir die andere Wange hinhalten, wozu uns das Kind im Stall doch aufgefordert hat.«

Stina saß jetzt kerzengerade da und hörte ungeheuer konzentriert zu.

»Dieses Kind wuchs heran und veränderte die Welt und lehrte uns zu beten: Vergib uns unsere Schuld, denn auch wir sind schuldig …

Ich glaube, die schwere Kunst der Vergebung muss damit beginnen, dass wir uns selbst vergeben. Was geschehen ist, ist geschehen, das Böse, das wir getan haben, die Gemeinheiten, die wir gesagt haben. Die sind Wirklichkeit. Aber wir können es lernen, uns mit unserer eigenen Wirklichkeit zu versöhnen. Und mit der Vergangenheit.

Ich rede nicht davon, unsere Schuld zu verleugnen.

Aber alle Vergebung muss bei uns selbst beginnen. Wir müssen allesamt aufhören, unsere Schuld zu verleugnen. Wir müssen aufhören, den Splitter in den Augen des anderen zu sehen und den Balken in unseren eigenen zu ignorieren, das sagt Jesus. Nur wer diese Fähigkeit trainiert, kann sich von Schuldgefühlen und Kummer befreien. Nicht die Rache ist süß, sondern die Vergebung.

Ihr müsst aufhören, nach Sündenböcken zu suchen, eure

Schuld nicht von euch zu schieben, sondern versuchen, eure eigene Schuld in dem zu sehen, was passiert ist.

Das Wichtigste aber ist, dass wir uns nicht selbst als Opfer sehen. Das ist immer verlockend, wir freuen uns über Mitleid und Trost. Die Opferrolle ist wirklich ungeheuer einträglich.«

Die ganze Gemeinde schnappte nach Luft. Vor Überraschung und Empörung. Aber der Pastor redete unangefochten weiter:

»Nur wer sich selbst verzeiht, kann sich von seinen Schuldgefühlen befreien. Schuld ist Sünde, denn der Kern des Daseins ist Seligkeit, hat einer unserer großen Dichter geschrieben.«

Nun war der Chor auf der Empore an der Reihe, der Gesang der einzelnen Stimmen hob sich in dem alten Gewölbe.

Am Ende stand die Gemeinde auf und sang das abschließende Lied: Stille Nacht, heilige Nacht. Und endlich konnte Norman auch einstimmen: »Silent night, holy night ...«

Der Pastor sprach den Segen, verbeugte sich und wandte sich der Sakristei zu. Er entdeckte das Kind, das hinter ihm herlief, nicht sofort. Endlich hörte er sie, drehte sich um, ging in die Hocke. Das Mädchen verwirrte sich in seinem Wortstrom, seine Predigt hatte ihr so viele neue Gedanken gebracht. Ihre Tante hatte gesagt, ein Pastor habe Gott versprochen, niemals ein Geheimnis weiterzusagen.

»Möchtest du denn mit mir sprechen? Ich will deine Geheimnisse gern mit dir teilen. Aber ich glaube, deine Mama sollte dabei sein.«

Sie nickte.

»Dann treffen wir uns morgen um zehn Uhr hier in der Kirche. Weißt du, nachher muss ich noch einen Toten begraben und versuchen, seine Kinder zu trösten.«

»Du hast einen schweren Beruf«, sagte das Kind.

»Ja, das finde ich auch«, sagte er und seufzte. »Aber jetzt reden wir erst mal mit deiner Mama.«

Er ging mit dem Kind ins Kircheninnere. Dort standen die Mutter und die Tante, und Maria sagte, sie werde am nächsten Morgen mit dem Pastor sprechen. »Jetzt kann er nicht, er muss einen Toten begraben.«

Stina reichte dem Pastor die Hand und sagte:

»Ich möchte dir für die Predigt danken. Du hast mir ein ganz neues Verständnis gebracht.«

Anders war mit dem Pferd verschwunden, als sie aus der Kirche kamen, Gunilla aber wartete in ihrem Auto.

»Er wollte das Pferd nicht in der Kälte warten lassen«, erklärte Gunilla. »Es sind zwanzig Grad unter Null, also macht, dass ihr ins Auto kommt. War das ein schöner Gottesdienst?«

»Er war voller Freude, es gab schöne Lieder und einen Pastor, der sich geradewegs in mein Herz gepredigt hat«, sagte Stina.

»Und jetzt werdet ihr vielleicht fromm?«

»Nein, es ging nicht um Gott, er hat direkt mit mir darüber gesprochen, wie wichtig es ist, sich selbst zu verzeihen.«

»Auch ich bin zu einer wichtigen Erkenntnis gelangt«, sagte Ingegerd.

»Herrje«, sagte Gunilla überrascht. »Da steht ein alter Pfaffe in einem blöden Kostüm auf der hohen Kanzel und donnert über Vergebung. Und ihr geht ihm auf den Leim?«

»Du hast Vorurteile«, sagte Ingegerd.

Da schrie Maria:

»Er war jung und schön und hat kluge Sachen gesagt. Wir müssen uns verzeihen, sonst werden wir gemein und suchen Sündenböcke.«

»Meine Güte«, sagte Gunilla, als der Wagen anhielt.

Als sie in der Diele die Mäntel ablegten, sagte Maria:

»Ich kenne ihn auch schon. Vom Hof. Er ist der Bruder von Anders und noch schöner. Und wenn ihr glaubt, dass ich lüge, dann könnt ihr Norman fragen, der war schließlich dabei.«

Alle machten große Augen und Gunilla lachte:

»Himmel, wie schade, dass ich nicht mit in die Kirche gegangen bin.«

Und dann lud sie zu Schinkenbroten in die Küche.

Stina rief Göran an, der sagte, dass die Kinder fröhlich im Becken planschten. Er wollte nicht mit ihnen hinaus in die Kälte: »Sie können doch hier Mittagsschlaf halten. Genug zu essen habe ich.«

Stina war erleichtert, denn sie wollte mit Maria allein sein.

30.

Sirkka und Erik trafen kurz vor dem Termin bei Roger ein. Der Kommissar bekam eine Tasse starken Kaffee und ging gleich ins Arbeitszimmer zu ihm. Roger erhob sich und begrüßte Erik mit einem langen, warmen Händedruck.

»Ich habe gute Nachrichten«, sagte Roger.

Alle sahen erleichtert aus.

Er hatte vor den Feiertagen den Anwalt von Ingegerds Eltern angerufen und verlangt, das von den alten Leuten diktierte Testament einzusehen. Die beiden Anwälte hatten dafür gleich einen Termin vereinbart.

»Also war ich heute früh bei ihm.«

Roger lächelte Ingegerd an und gönnte sich eine lange Pause.

»Du hattest Recht«, sagte er. »Das gesamte Vermögen sollte ungeteilt dem Enkel Per Stenberg zufallen, alle Aktien und die große Wohnung auf Östermalm samt Einrichtung, Kunst und Antiquitäten.«

Er schwieg lange und fügte dann hinzu:

»Das Testament wurde ohne Zeugen geschrieben und hat daher keine Gültigkeit. Als ich darauf hingewiesen habe, lachte der Kollege, der alte Mann habe das genauso gewollt. Er gab zu, dass das eine Gemeinheit war. Aber niemand kann bezeugen, dass die beiden Alten im Vollbesitz ihrer geistigen Kräfte waren.«

Ingegerd übersetzte für Norman.

»Also gibt es nur eine einzige leibliche Erbin«, fügte Roger hinzu. »Alles geht an Ingegerd.«

Alle gratulierten, Ingegerd dachte: Es gibt also doch noch eine Gerechtigkeit.

»Du brauchst zuerst einen Testamentsvollstrecker. Mit dem hast du zusammen mit Norman morgen einen Termin auf Östermalm.«

»Kommst du mit?«

»Die Feiertage sind ja noch nicht vorbei, also hab ich Zeit genug. Und jetzt müssen wir mit Sekt darauf anstoßen.«

Auf dem großen Wohnzimmersofa saß Gunilla und hatte die Arme um Sirkka gelegt. Beide weinten. Gunilla hatte von Maria erzählt, die in der Badewanne geschlafen und die Tür abgeschlossen hatte. Und von dem Pastor, der ihnen so gut gefiel und der jetzt in der Kirche mit Mutter und Kind sprach.

»Glaubst du, sie wird jemals darüber hinwegkommen?«

»Ich weiß es nicht, niemand weiß es.«

Dann stand plötzlich Roger in der Tür und sagte: »Jetzt gibt's Sekt. Komm schon, Gunilla, Gläser und eine große Flasche.«

»Was haben wir denn zu feiern?«

»Dass Ingegerd plötzlich Millionärin geworden ist. Das bedeutet, dass Geld genug für die besten Behandlungsmethoden vorhanden ist, die es in den USA oder Europa überhaupt gibt. Und dass Stina und die Kinder das Häuschen ausbauen lassen können.«

»Ich muss mir die Nase pudern«, sagte Sirkka.

»Geh du dir die Nase pudern, ich hole die Gläser«, sagte Gunilla.

An diesem Tag war es kalt in der Kirche, aber Maria wollte vor dem Altar sitzen. Sie hatte lange nachgedacht und fragte jetzt ihre Mutter:

»Wie konntest du ihn heiraten?«

Stina schloss die Augen, riss sich aber zusammen und schaute in die Augen ihres Kindes.

»Weil ich dumm war, ich hatte allen festen Boden unter den Füßen verloren. Maria, es gab Warnungen, mein Papa hat ganz offen gesagt, dass Per ihm vorkam wie ein Psychopath. Papa hat mir ein Buch gegeben, das diese Krankheit beschrieb. Ich habe es nicht gelesen, ich habe nicht zugehört, ich war in einem anderen Land.«

Der Pastor wandte sich an Stina:

»Du bist dort gelandet, was ich als das Land der Unschuld bezeichnen würde, das Paradies, das es nicht gibt und das es nie gegeben hat. Vergessene Träume aus der Kindheit erwachen zum Leben. Das wird Leidenschaft genannt, man schwebt wie ein Engel unter einem blauen Himmel. Man verliert den festen Boden unter den Füßen, wie du es selbst ausgedrückt hast.«

»Ja, genauso war es«, sagte Stina.

»Aber wie konntest du dann noch ein Kind kriegen?«

Stinas Augen richteten sich flehend auf den Pastor. Aber der sagte: »Du sitzt hier vor Gottes Altar, da musst du die Wahrheit sagen.«

Stinas Blick verdüsterte sich:

»Er hat mich bewusstlos geschlagen … und dann … dann hat er mich vergewaltigt. Ich wusste nicht, was passiert war. Dann kam mein Vater mit sehr viel Polizei … Roger hat die Scheidung dann durchgesetzt.«

Sie schwiegen, aber endlich sagte Stina, mit langen Pausen zwischen den Worten, die ihr so schwer fielen:

»Das Schlimmste war, dass er Maria zu Boden geworfen hatte … Wir wurden beide ins Krankenhaus gebracht und bei ihr wurde eine leichte Gehirnerschütterung festgestellt.«

Stina weinte nicht, zitterte aber am ganzen Leib, als sie flüsterte:

»Ich habe erst nach langer Zeit begriffen, dass ich wieder ein Kind in mir trug. Ich konnte mich an die Vergewaltigung doch nicht erinnern.«

»Das hat er bei mir ja auch versucht«, flüsterte das Kind.

Maria sagte mit gepresster Stimme:

»Arme, arme Mama.«

Der Pastor hatte Papiertaschentücher, und endlich ließen beide ihren Tränen freien Lauf.

»Wir sind alle ein Teil von Gott. Wenn ihr lange und tief atmet, könnt ihr das spüren. Maria und Katarina sind einzigartig, und Gott wollte, dass gerade sie auf die Welt kommen. Kein Mensch auf der ganzen Erde kann sie ersetzen. Ihr beide seid unter schweren Bedingungen hergekommen, und ich glaube, das hat eine Bedeutung. Eine Aufgabe, die auf euch wartet.«

»Meinst du, dass ich unserem Papa vergeben soll?«, fragte Maria.

»Nein, der braucht keine Vergebung, die spürt er ja doch nicht. Ich habe als Gefängnispastor gearbeitet und bin da Psychopathen begegnet. Es gibt keine Möglichkeit, sie zu erreichen, und ich konnte nichts für sie tun. Wir sehen uns wieder«, sagte er, als sie Abschied nahmen.

Ein wenig zittrig und ungeheuer langsam fuhr Stina nach Hause. Dort verkrochen sie sich sofort in dem großen Bett.

Ich habe mein Kind zurückbekommen, dachte Stina in dem Moment, als sie einschlief.

Eine Stunde später wurden sie von Oma Sirkka mit Katarina auf den Armen geweckt. Im Hintergrund stand Gunilla mit den Augen voller Fragen, während Maria ihre Großmutter umarmte. Katarina schrie: »Wir sollen zu Göran kommen und essen und baden.«

»Wo sind denn die anderen, Opa und Roger und Ingegerd und Norman?«

»Die sind in der Stadt und zählen Möbel.«

»Komisch«, sagte Katarina und schaute Stina wütend an. »Oma Sirkka ist jetzt meine Mama, du willst mich ja nicht mehr. Du willst ja nur noch Maria.«

»Unsinn«, sagte Sirkka. »Eure Mama macht sich Sorgen um Maria, weil die ein bisschen krank war.«

Die kräftige Stimme und das singende Finnlandschwedisch beeindruckten das Kind. Lange sah Katarina ihre Mutter an.

»Ich werde auch krank«, sagte sie.

»Bitte, mein geliebtes Sonnenmädchen, tu das nicht, das wäre zu viel für mich.«

»Gut«, sagte Katarina und lachte laut.

Während Sirkka den Kindern in der engen Diele Overalls, dicke Socken und Stiefel anzog, flüsterte Gunilla:

»Wie war das, was hat der Pastor gesagt?«

»Komischerweise dasselbe wie Dr. Axelsson. Nur in einer anderen Sprache. Das erzähl ich dir später.«

Als sie gerade ins Auto steigen wollten, klingelte das Telefon. Stina stürzte zurück ins Haus, es war der Pastor, der es für wichtig hielt, dass Norman für einen gewissen Zeitraum aus Marias Leben verschwand.

»Ich glaube … danke, ich melde mich.«

31.

Am nächsten Morgen schliefen sie lange im Wohnzimmer. Stina hatte um jedes Kind einen Arm gelegt. Sie fühlte sich am ganzen Körper steif, als Sirkka rief, das Frühstück sei fertig.

»Na los, ihr Siebenschläfer«, sagte sie in ihrem schönen Finnlandschwedisch. Sie hatte Dickmilch mit Müsli aufgetischt, streute Zucker und Bananenscheiben darauf. Und für Stina und sie selbst gab es starken Kaffee und Käsebrote.

»Du siehst ruhiger aus«, sagte Sirkka.

»Ja, ich glaube, wir schaffen das.«

»Ist heute endlich ein normaler Tag?«, fragte Maria. Als Stina nickte, sprang sie auf:

»Dann kommt meine Lehrerin.«

»Nein, erst nach allen Feiertagen, haben wir gesagt. Also musst du bis nach Neujahr warten. Oma Sirkka geht mit euch zu Gunilla, dann könnt ihr beim Aufräumen helfen.«

»Gut, sie hat Würstchen, und Daniel ist auch da«, sagte Katarina.

»Ich schaffe hier Ordnung«, sagte Stina. »Und dann muss ich telefonieren.« Sie wählte die Nummer von Pastor Ragnar Ståhl.

Es wurde ein langes Gespräch.

Er hatte den Eindruck, dass Maria sich ihre ganze Sicherheit bei Norman holte, nur in seiner Nähe legte sich ihre Angst. Sie musste Beziehungen zu anderen Männern aufbauen: »... zu Roger Skog, zu meinem Bruder Anders, zu mir, ganz zu schweigen von Lennart, der im Kindergarten arbeitet und mit Kindern sehr gut umgehen kann. Es wäre gut, wenn du ihm endlich erzählen würdest, was passiert ist.«

Stina begriff, sie hatte sich selber schon überlegt, dass Marias Abhängigkeit von Norman das Mädchen an ihre Erinnerungen fesselte.

»Ich werde mit Lennart und der Kindergartenleiterin sprechen, die stehen doch sicher auch unter Schweigepflicht.«

Aber gleich darauf dachte sie an den Mann, der in Marias Leben immer für Geborgenheit garantiert hatte.

Papa Erik, der nach Marias Worten niemals log.

Am Telefon war alles still, der Pastor wartete.

Endlich sagte sie:

»Meinst du, ich sollte sie zu meinem Vater schicken, er ist Kriminalbeamter in Göteborg? Er hat sie immer geliebt und zu ihr gehalten. Und meine Mutter ist eine richtige Oma.«

»Klingt gut, aber du musst dann mitfahren.«

»Ja, natürlich.«

Stina ging direkt zum Kindergarten, wo nicht viele Kinder waren, weshalb sie problemlos mit Birgit und Lennart sprechen konnte. Rasch berichtete sie die schreckliche Wahrheit darüber, was Maria in den USA durchgemacht hatte.

Birgit lief vor Wut rot an. Lennart wurde weiß, dann sagte er, er werde alles tun, damit Maria Vertrauen zu ihm entwickeln könnte. Er hatte schon Erfahrung mit Kindern, die misshandelt worden waren.

»Soll das heißen, das kommt oft vor?«, fragte Stina.

»Ja, häufiger, als wir glauben mögen.«

Ich glaube immer, ich bin die Einzige, die schreckliche Erfahrungen gemacht hat, dachte Stina auf dem Heimweg.

Als sie sich den Schnee abgeschüttelt und in Gunillas Diele die Stiefel gewechselt hatte, ging sie in die Küche und fand dort ihre Freundin vor.

»Endlich haben wir Zeit zum Reden«, sagte sie, setzte sich auf einen Hocker und schlang die Arme um die Knie.

Ihr normale Haltung beim Zuhören, dachte Stina und legte los – die Predigt über die Vergebung, das Gespräch mit dem Pastor und endlich sein Vorschlag, dass Norman sich zurückziehen solle.

Doch da fiel Gunilla ihr ins Wort und sagte mit lauter Stimme:

»Das habe ich mir während der ganzen Feiertage schon überlegt. So lange sie ihn sieht, wird sie an das Schreckliche erinnert, und dann ist er der Einzige, der sie retten kann.«

»Ja, aber es gibt noch einen, bei dem die Angst sie aus ihren Klauen lässt, nämlich mein Vater.«

»Der große Polizist, ja, das stimmt. Also nimm Maria und fahr zu deinen Eltern nach Göteborg. Ich kümmere mich um Katarina, ich weiß schon, wie, ich werde ihr zuflüstern, dass ich sie am liebsten habe.«

Sie schwiegen eine Weile, dann wagte Stina zu fragen:

»Glaubst du, wir könnten Anders, seinen Bruder, den Pastor, und die Mutter für morgen Abend einladen?«

»Das wäre sehr schön, das machen wir. Ich lecke mir schon die Lippen, wenn zwei so gut aussehende Männer kommen. Und ich bin neugierig auf die Mutter.«

»Du bist ein Engel, aber das weißt du ja.«

»Sicher weiß ich das. Außerdem weiß ich, dass du den Vorschlag nur machst, weil du den jungen Pastor wiedersehen möchtest.«

»Gunilla …«

»Versuch gar nicht erst, das abzustreiten«, sagte Gunilla, lachte und ging dann zu praktischen Dingen über. Sie hatte ein großes Stück Lammbraten, Avocados mit frischen Krabben als Vorspeise und eine große Eistorte als Nachtisch.

»Vergiss nicht, dass wir auch Ingegerds Sieg zu feiern haben.

Und jetzt rufe ich diese seltsamen Brüder an, den Pastor und den Bauern.«

Sie verschwand im Nebenzimmer und ihr Gespräch mit der Lehrerin dauerte lange, die beiden Damen plauderten wie alte Bekannte. Die Lehrerin freute sich über die Einladung und wollte sofort mit ihren Söhnen sprechen. Nach kurzem Schweigen sagte sie, die Jungen hätten dankend angenommen. »Sagen wir, um sechs?«

»Ihr seid uns herzlich willkommen.«

Dann fingen sie an zu rechnen. Drei Gäste vom Bauernhof, zwei Rasks, Ingegerd, Norman und Roger. Göran und drei Kinder. »Und dann wir zwei. Das ist gut, gerade genug, damit jeder jeden kennen lernen kann«, sagte Gunilla.

Stina sollte einen Salat vorbereiten. Gunilla schrieb die Tischkarten, ein niedrigerer Tisch wurde an den Esstisch geschoben, der Kindertisch bekam eine rote Papierdecke, der Esstisch feines weißes Leinen.

Stina murmelte beim Decken neidisch: »Herrgott, was gibt es hier so viel schönes Porzellan! Und so viele verschiedene Gläser!«

Und dann wurde es wirklich wunderschön. Es ging los mit einem Glas Sekt für alle außer den Kindern, die Limonade bekamen. Roger hieß alle willkommen und sagte, sie hätten sich hier versammelt, um Ingegerds Sieg über die bösen Mächte zu feiern. Sie hatte ihre alte Haltung zurückgewonnen, hielt sich gerade und stand mit hocherhobenem Kopf vor ihnen. »Wenn hier jemand Ehre verdient, dann Roger, der bei diesem eigentümlichen Prozess wirklich jeden Stein umgedreht hat. Und der außerdem eine Frau mit einem ungewöhnlich großen Herzen hat«, sagte Ingegerd.

»Schluss mit Schmeicheleien und Bewunderung«, sagte Gunilla. »Wir haben hier neue Freunde, eine Familie, die in Zukunft zu unserem Kreis gehören wird. Anders war der Erste.

Er hat Weihnachten zu uns gebracht. Mit Pferd und Schlitten und Tannenbäumen.«

Sie holte Luft und wandte sich dann Elin Ståhl zu, »die Maria das Lesen beibringen wird. Du bist die Schönste hier im Saal. Sirkka muss schon verzeihen. Ich nehme an, dass du da eine Tracht aus Uppland trägst. Und dann haben wir einen Bruder, den Pastor, der in einer schweren Zeit zu einer großen Hilfe geworden ist.«

»Und was ist mit mir?«, fragte Norman auf Englisch. »Ich muss neben Ingegerd sitzen, sie kann dann dolmetschen.«

»Du kannst neben mir sitzen und ich übersetze«, sagte Elin Ståhl auf Englisch. Norman verzog sein Gesicht zu einem Lächeln, seufzte und sagte dann:

»In Queen's English wirst du mich schlagen. Ich werde mir vulgär und unterlegen vorkommen.«

Alles lachte.

Das Gespräch lief munter weiter, wie das so ist, wenn alle neugierig aufeinander sind. Und alle gratulierten Ingegerd, aber nur wenige wussten, worauf sie hier anstießen.

Gunilla stellte Göran vor, den Architekten, der Häuser baute, die sich selbst wärmten und die Umwelt nicht verschmutzten. Schöne Häuser, deren Geheimnis Glas sei. »Göran, ich gehe davon aus, dass du uns morgen zum Baden einlädst.«

»Alle sind willkommen«, sagte Göran. »Es ist wirklich etwas ganz Besonderes, von einem Schwimmbecken aus dem Schneegestöber zuzusehen.«

»Klasse, klasse«, riefen die Kinder.

»Dann haben wir hier einen berühmten Kommissar, der Erik heißt und in Westschweden Mörder jagt. Und die Kommissarsfrau, die finnische Literatur ins Schwedische übersetzt, wenn sie nicht gerade hier ist, um ihre Enkelinnen zu verwöhnen.«

»Die Kommissarsfrau hat dazu noch einen Namen«, sagte die Kommissarsfrau in lautem, singendem Finnlandschwedisch.

»Ich heiße Sirkka, und ich wünsche mir schon lange, einmal Görans Haus zu sehen, ich habe schon viel darüber gelesen und davon geträumt.«

»Verzeihung«, sagte Gunilla, »ich beherrsche den feministischen Jargon nicht so ganz.«

Alle lachten, und Gunilla stellte weiter vor:

»Vor allem neugierig sind wir auf die Lehrerin Elin Ståhl und ihre Söhne, der eine pflügt den Acker und der andere ... pflügt die Seelen der Menschen. Würdest du ein wenig über euch erzählen?«

Elin sagte: »Das ist eine komplizierte Geschichte.«

Dann aber holte sie Atem und fing an.

»Um es kurz zu machen: Meinen Mann überkam eine Idee, ein typisch schwedischer Traum, ihr wisst schon, zurück zur Natur und den Ursprüngen. Er und ich hatten die neue und freie Jugend satt, die in den Schulen dominierte. Und dann haben wir diesen Hof gefunden. Es klingt blödsinnig, aber ich habe mich hier sofort wie zu Hause gefühlt. Ich bekam kurz hintereinander zwei Söhne, die beiden, die hier am Tisch sitzen. Zuerst Anders, dann anderthalb Jahre darauf Ragnar. Ich habe mich lange beurlauben lassen, dann bin ich wieder in den Schuldienst gegangen, wir brauchten doch wenigstens ein festes Einkommen. Dann starb mein Mann, er saß auf dem Trecker und pflügte für die Frühjahrssaat. Ich kam von der Arbeit nach Hause, und Anders rannte auf mich zu und schrie, Papa sei so komisch. Wir holten einen Krankenwagen und Ärzte, aber die konnten nur noch den Tod feststellen. Sein Herz war stehen geblieben.

Wir standen unter Schock, aber am schlimmsten war es für Anders, der viel Geborgenheit bei seinem Vater gefunden hatte. Mein lieber, guter Junge ließ alles los, schaffte die Schule nicht mehr, wollte mit dem Hof nichts mehr zu tun haben, brannte durch und ging zur See.

Es kamen Briefe und Karten aus der halben Welt. Anders war am Leben und versprach, bald nach Hause zu kommen. Und da beschlossen Ragnar und ich, den Hof zu behalten. Ich konnte keine Landarbeiter bezahlen, und Haus und Stall und Felder verkamen. Aber dann kam der Anruf aus Göteborg.

Und am Tag danach war Anders da und ging ans Werk. Alles sollte so werden wie früher. Er war schon immer geschickt, stark und praktisch veranlagt.

Meine Jungen sind so unterschiedlich. Ragnar ist ungeschickt, aber überaus intellektuell. Er hat an meiner alten Schule Abitur gemacht und ist danach direkt auf die Universität nach Uppsala gegangen. Da hat er seine Doktorarbeit über Nietzsche geschrieben. Ihr wisst schon, über den, der gesagt hat: Gott ist tot.

Am Ende wollte er dann Pastor werden. Ich habe ihn nie gefragt, wie er das miteinander verbinden kann. Puh«, sagte Elin und hielt Roger ihr Glas hin, um sich Wein nachschenken zu lassen. Und dann wandte sie sich an Norman und sagte: »Entschuldige, aber das muss deine Mutter dir jetzt auf Englisch übersetzen.«

Norman nickte und sagte, seltsamerweise habe er fast alles verstanden.

Ragnar lachte laut. »Also, Norman, jetzt werde ich dich entlarven. Du verstehst sehr gut Schwedisch, du kannst es sogar sprechen, wenn du dir Mühe gibst. Aber du spielst deine Rolle, und auf diese Weise erfährst du sehr viel über uns, was?«

Norman wurde rot und nickte. »Als Kind war ich oft mit meiner Mutter in Schweden. Fast jeden Frühling. Ich habe viel mit den Kindern in der Nachbarschaft auf Östermalm gespielt und mit allen Leuten draußen auf der Insel gesprochen.«

Maria schlief in Stinas Armen und Katarina in Gunillas, beide wickelten sich in Decken und die anderen halfen ihnen, Stiefel anzuziehen, dann stapften sie durch den Schnee zu Häuschen und Bett.

»Kaffee gibt's in Thermoskannen in der Küche«, flüsterte Gunilla ihrem Mann zu. »Biete Cognac an, die Gläser stehen schon bereit.«

Der schöne Abend endete also in der Küche, Elin, Sirkka, Ingegerd und Roger tranken ihren Cognac und alle dankten für einen ungewöhnlichen und reichen Abend.

32.

Maria schlief in Stinas Bett, während Katarina in dieser Nacht zu Oma Sirkka aufs Sofa kletterte. Erik würde bei Gunilla und Roger übernachten. Obwohl es abends so spät geworden war, wurden die Kinder früh wach und riefen: »Jetzt wollen wir baden gehen. Wir können bei Göran frühstücken, der hat so gute Würstchen.«

»Zieht euch ordentlich an, es ist kalt draußen. Und Badeanzüge und Bademäntel nicht vergessen«, sagte Stina. Sirkka half den Kindern, und schon um halb zehn fuhren sie bei Göran vor.

»Ich bin schon ungeheuer gespannt auf dieses Haus«, sagte Sirkka zu Stina.

»Du wirst nicht enttäuscht werden.«

Zu ihrer Überraschung war Erik schon vor ihnen gekommen, er stand in Görans Küche und schmierte Butterbrote und flüsterte Stina zu, er habe nachts mit den Kollegen in den USA gesprochen.

»Gute Nachrichten?«

»Ja.«

Während die Kinder sich ins Becken fallen ließen, wanderte Sirkka mit Göran durch das wunderschöne Haus, seufzte und sagte, sie sei ja schon gelb vor Neid. »Und das ist mir ein bisschen peinlich. Hat mein Mann sich die ganze Herrlichkeit schon angesehen?«

»Ja, ich glaube, er war auch neidisch«, sagte Göran und

lachte. »Wir haben sogar schon darüber gesprochen, dass ich euch besuchen und überlegen soll, was sich aus eurem Haus machen lässt. Ich fand das schon verlockend, als er von eurem phantastischen Blick aufs Meer erzählt hat.«

»Aber das muss noch warten«, sagt Sirkka. »Du weißt ja, dass die ganze Familie in einer Krise steckt.«

»Das habe ich schon verstanden, aber eigentlich weiß ich von nichts.«

Beim Becken nahm der kleine Daniel Erik an der Hand und sagte: »Guck mal!« Und dann lief er zum Beckenrand und sprang geradewegs ins Wasser. Und schwamm zurück zur Treppe.

»Bravo«, rief Erik.

Göran stand neben ihm und sagte: »Der Junge wiederholt deine Worte wie ein Mantra.«

»Was habe ich denn gesagt?«, fragte Erik überrascht.

»Nimm es wie ein Mann.«

»In diesen Zeiten der Gleichberechtigung muss das eigentlich das falsche Motto sein«, sagte Erik. Sie lachten laut, und dann stand Sirkka neben ihnen und wollte wissen, was denn hier so komisch sei.

»Das verraten wir dir nicht«, sagte Erik und lachte weiter.

»Stammtischhumor«, sagte Sirkka und lächelte nachsichtig.

Göran sah lange hinter ihr her, hinter der schlanken Gestalt mit der Haltung einer Königin und dem Hinterteil, das sich verlockend hin und her bewegte. Und sie schwenkte auch ihre langen Locken, die ihr ungehindert über den Rücken fielen.

»Du bist ein glücklicher Mann, Erik«, sagte Göran.

Plötzlich erhob sich Lärm am Beckenrand. Katarina hatte einen Besen gefunden, der in der Gerätekammer neben dem Becken gestanden hatte, und schlug Maria damit auf den Rücken. Maria ging unter, kam aber rasch wieder an die Wasseroberfläche und schwamm zur Treppe, kletterte heraus und war wütend.

Sie lief auf Katarina zu, schlug ihr ins Gesicht und schrie: »Du bist eine blöde Kuh und eines Tages schmeiß ich dich ins Wasser. Und dann stirbst du, weil du nicht schwimmen kannst.«

Stina öffnete den Mund, um beide zur Ordnung zu rufen, aber Sirkka sagte:

»Lass sie, sie hat ein Recht auf ihren Zorn.«

Göran hob die Stimme und sagte: »Hier wird nicht geschlagen und nicht gezankt. Jetzt schließ ich das Beckenhaus ab. Trocknet euch ab und zieht euch an.«

Maria war noch immer rot vor Wut, aber Katarina war blass und schweigsam, als sie sich zu Saft, Kaffee und Rosinenbrötchen in der Küche trafen.

»Jetzt konzentrieren wir uns auf Stinas Weihnachtsgeschenk, darüber will ich nämlich diskutieren«, sagte Göran. »Hast du es dir schon angesehen, Stina?«

»Ja, das ist ein Traum, aber ich habe doch kein Geld. Und es würde doch Millionen kosten«, sagte Stina.

»Wir pfeifen auf das Geld, denn jetzt will ich, dass wir alle zusammen träumen.«

Er zog die erste Zeichnung hervor, die die Fassade des Häuschens zeigte, ein verlängertes und verschönertes Haus.

»Wir bauen an beiden Seiten an, jeweils vier Meter. Die gleichen Fenster wie bisher, die gleiche Farbe. Und das bedeutet, dass die Wohnfläche sich um fast fünfzig Quadratmeter vergrößert. Hier haben wir die Rückseite, und da bauen wir eine große verglaste Veranda an. Die Küche wird an der alten Stelle bleiben. Aber gegessen wird dann auf der Veranda. Ich weiß, dass ihr alle drei in einem Doppelbett schlaft, aber Kinder wachsen und in einigen Jahren werden die temperamentvollen jungen Damen ihr eigenes Zimmer brauchen. Der Dachboden muss ohnehin isoliert werden, ihr bekommt sonst Kälte von oben. Und da können wir ein richtig gemütliches Gästezimmer einrichten.«

»Das ist wunderbar, Göran«, sagte Stina. »Aber du hast eine Kleinigkeit vergessen. Haus und Grundstück gehören Gunilla und Roger. Ich bin nur die Mieterin.«

»Ich vergesse nichts, ich habe mit beiden schon gesprochen. Und sie freuen sich, sie werden billig verkaufen, um der Freude willen, dich und die Kinder in der Nähe zu haben.«

Jetzt brach Stina in Tränen aus. Sirkka dachte daran, was Gunilla über ihre Fehlgeburten erzählt hatte. An das kleine Mädchen, das nur einige Tage überlebt hatte und jetzt so alt wäre wie Stina.

Stina lud Eltern und Kinder in ihr Auto und fuhr nach Hause. Dort bat sie Sirkka, sich um die Kinder zu kümmern. Danach stapfte sie durch den Schnee zu Gunilla und Roger.

»Bitte, hört mir zu«, sagte sie, noch ehe sie ihre Stiefel ausgezogen hatte. »Göran hat uns seine Zeichnungen gezeigt, das ist ein Traum, hat aber nichts mit der Wirklichkeit zu tun. Dann hat er gesagt, dass ihr billig an mich verkaufen würdet. Aber das will ich nicht. Gunilla hat mir mal erzählt, dass ihr das Grundstück hier für eure Altersversorgung gekauft habt. Und diese Sicherheit würdet ihr meinetwegen verlieren. Nie im Leben kann ich darauf eingehen.«

»Setz dich und beruhige dich«, sagte Roger, der unverschämt munter wirkte. »Du erinnerst mich an die alte Frau, die in den Wald ging und Reisig sammelte, um im Winter eine warme Stube zu haben. Dann kam der Bauer, dem der Wald gehörte, sah die Alte, schämte sich und sagte, er werde ihr Brennholz nach Hause bringen lassen. Worauf die Alte antwortete: Ich habe mein Holz gestohlen und meine Strafe auf mich genommen und also bin ich niemandem Dank schuldig.«

Stina lachte und sagte, sie fühle sich mit dieser Alten durchaus verwandt.

»Du scheinst nicht zu wissen, was auf Östermalm passiert ist?«

»Nein.«

»Ihr werdet erben. Also kannst du dem armen Rentnerehepaar Skog den Marktpreis für das Häuschen bezahlen.«

33.

Endlich war wieder Alltag, ein normaler redlicher Alltag, und Stina sagte zu Maria: »Heute gehen wir zu der Psychologieprofessorin.«

»Ich hab doch nein gesagt. Ich will nicht, nie wieder geh ich zu einem Doktor. Ist das klar?«

Das sonst so liebe Kind schrie so laut, dass die Fensterscheiben klirrten. Sie war so wütend, dass sie ihr Milchglas an die Wand warf, die Glasscherben flogen über den Esstisch und die Milch floss in Bächen über die frisch tapezierte Wand.

»Nie im Leben«, schrie Maria.

»Zankt ihr euch?«, fragte ein erstaunter Erik, der plötzlich in die Tür trat.

»Ich kann das erklären«, sagte Stina.

»Nein, du sollst die Klappe halten«, schrie Maria, holte Luft und setzte zu einem ihrer langen Sätze an:

»Jetzt will Mama mit mir zu noch so einem alten Kerl oder einer alten Tante gehen, denen ich alles erzählen soll, und ich habe doch schon erzählt und erzählt und ich will vergessen, und manchmal kann ich das und dann ist alles ganz normal und ich bin ein normales Kind, aber das darf ich nicht sein, weil Mama alles immer wieder aufreißt und nur, weil sie glaubt, dass sie es falsch gemacht hat … und deshalb muss sie mich mit diesen Verhören quälen …«

Stina biss die Zähne zusammen, war aber entsetzlich blass, als Erik seine Blicke in Marias bohrte und sagte:

»Maria, du scheinst zu vergessen, was wir neulich besprochen haben, als du deine Mama zum Sündenbock gemacht hast. Ich glaube, du hast Dr. Axelsson noch nicht erzählt, was in Richmond passiert ist. Aber dann wolltest du selber mit dem Pastor sprechen. Du musst aufhören, die Schuld deiner Mama zuzuschieben, die hat es auch so schon schwer genug.« Er starrte Maria an und seine Stimme klang hart, als er nun weiterredete: »Der Sündenbock ist jetzt das Gericht in Amerika, das wissen will, wie es dir geht. Wir hier in Schweden können da nur gehorchen. Und sie wollen nicht deinen Bericht, sie wissen, was passiert ist. Sie wollen wissen, wie du heute denkst und fühlst.

Professor Anita Berg ist auch in den USA bekannt, denn sie hat dort viele Jahre mit Kindern gearbeitet, denen irgendetwas Schreckliches passiert ist. Sie will deine Geschichte nicht mehr hören, sondern mit dir sprechen.«

Es war ein großer Raum in einer alten Wohnung bei Tegnérlunden. Sie fuhren mit dem Fahrstuhl nach oben. Maria schaute mit großen Augen aus dem Fenster auf das Denkmal von Strindberg und sagte: »Was für ein fieser alter Kerl.«

»Ja, da hast du schon Recht«, sagte die alte Dame, die sie empfing. »Aber er war trotzdem ein großer Dichter.«

Dann verabschiedete Stina sich und Anita Berg und Maria betraten ein großes Zimmer, in dem allerlei Gegenstände auf dem Boden lagen.

»Hier sieht es ja fast aus wie in einem Kindergarten«, sagte Maria. »Aber hier gibt es mehr Trolle und jede Menge Puppen.«

»Du kannst mit allen spielen.«

»Aber ich bin schon ein großes Mädchen, ich spiele nicht mehr mit Puppen«, sagte Maria.

Lachen.

Sie setzten sich einander gegenüber an den Schreibtisch und musterten einander lange.

»Du bist aber richtig schön«, sagte das Kind. »Vor allem mit deinen weißen Haaren, die hast du dir ja wie eine Krone auf dem Kopf geflochten.«

»Du bist aber auch nicht schlecht«, sagte die Professorin und lachte.

Dann fragte sie:

»Du, ich habe ein Kätzchen, möchtest du es sehen?«

»O ja.«

»Ich hole sie. Sie heißt Maja.«

»Fast so wie ich also.«

»Genau.«

Das Kätzchen und das Kind sahen selig aus. Maria streichelte das Tierchen, sang ein kleines Lied, kraulte der Katze den Hals. Nach einer Weile rollte Maja sich auf Marias Knien zusammen und fing an zu schnurren.

»Sie mag dich«, sagte die Professorin.

»Sie ist müde, sie schläft. Wir müssen leise reden, damit wir sie nicht wecken«, flüsterte Maria.

»Kannst du lesen?«

»Nein, nicht richtig, aber ich kriege nach Neujahr eine Lehrerin, und dann braucht Mama mir bald nicht mehr vorzulesen.«

»Macht sie das oft?«

»Sicher, aber was sie nicht weiß, ist, dass ich oft den Großen heimlich zuhöre, und dann versuche ich, mir all die langen und komischen Wörter zu merken und später zu fragen, was die bedeuten. Aber seit ich in Amerika war, kommt mir alles ein bisschen durcheinander.«

»Ich weiß, das ist mir auch so passiert«, sagte die Professorin. »Ich habe in den USA gearbeitet und konnte nur schwer Worte finden, als ich dann wieder in Schweden war.«

Dann gab sie Maria ein Puzzle, das diese in einigen Minuten zusammenlegte. Sie bekam noch eins, das war schon komplizierter, aber bald hatte Maria es geschafft. Nun folgte ein Fragebogen, wenn sie etwas falsch fand, wurde es angekreuzt, wenn nicht, gab es eine Eins.

Die Professorin machte sich Notizen.

»Was schreibst du da?«

»Dass du eine sehr begabte Sechsjährige bist.«

»Aber das ist doch sicher gut?«

»Das ist großartig. Dein kluger Kopf wird dir noch sehr von Nutzen sein. Aber jetzt kommt eine schwere Frage. Kannst du mir erzählen, wovor du Angst hast, richtig schlimme Angst? Ich weiß, dass du dich manchmal im Badezimmer einschließt, aber das macht mir keine Sorgen. Das ist eine natürliche Reaktion auf das, was du erlebt hast, und es geht bald vorbei.«

Maria war weiß im Gesicht, fasste dann aber einen Entschluss.

»Du darfst das aber nicht weitersagen.«

»Ich stehe unter Schweigepflicht.«

»Das ist gut. Dr. Axelsson und ich wollten wissen, wie Mama Papa heiraten konnte, sie schämte sich so schrecklich, aber dann hat sie erzählt, dass er mich und Mama fast umgebracht hat, und dann hat sie gesagt, dass sie bewusstlos auf dem Boden lag und dass er sie dann vergewaltigt hat. Ich hab dieses Wort nicht verstanden, aber dann hab ich daran gedacht, dass meine kleine Schwester plötzlich in ihrem Bauch gewachsen ist: Als sie rauskam, war sie fröhlich, wir haben sie das lachende Baby genannt, aber verstehst du, ich hab so schreckliche Angst, dass ich auch ein Baby im Bauch habe, wo er mich in Amerika doch vergewaltigt hat.«

Dann musste Maria Atem holen, und die schöne alte Dame lächelte sie liebevoll an und sagte:

»Ich kann ja verstehen, dass du Angst hast, aber die Angst

kannst du vergessen. In der ganzen Weltgeschichte ist es noch nicht vorgekommen, dass ein Kind ein Kind bekommen hat. Du bist sechs Jahre alt, deine Gebärmutter ist noch nicht entwickelt und vor allem hast du noch keine Eierstöcke.«

Dann zeichnete sie auf ihrem großen Block, zeigte, wo bei einer erwachsenen Frau Eierstöcke und Gebärmutter sitzen. »Das alles wächst erst im Laufe der Jahre. Wenn du zwölf wirst, fängst du langsam an, Eier zu produzieren. Aber jetzt hast du noch keine Gebärmutter und keine Eierstöcke. Sprich mit deiner Mama, die ist Biologin, sie weiß alles über den Körper und wie er sich entwickelt.«

Maria brauchte eine Weile, um diese Informationen zu verkraften.

Am Ende holte sie dann noch einmal Luft und sagte: »Ich bin gemein zu meiner Mutter und sage schlimme Sachen zu ihr.«

»Und was sagst du dann?«

»Dass sie das alles so gewollt hat, dass wir nach Amerika fahren und dass sie mich immer wieder dazu zwingt zu erzählen, was da passiert ist. Immer wieder muss ich das erzählen, dem Doktor und dem Pastor und allen.«

»Jetzt weißt du, dass du lügst.«

»Ja, das weiß ich. Manchmal denke ich … dass ich verrückt bin. Und so schrecklich gemein. Mein Opa sagt, dass ich nach einem Sündenbock suche, an dem ich mich rächen kann.«

Tante Anita nickte. Maria redete weiter:

»Ich weiß, dass Mama uns nicht fahren lassen wollte, das weiß ich, sie hat mir ihre Briefe gezeigt, wo sie alle angefleht hat, die was zu sagen haben.«

Sie schwiegen eine Weile. Dann seufzte Anita und sagte:

»Kein Wunder, dass du so wütend bist und einen Sündenbock suchst, an dem du dich rächen kannst.«

Sie lächelte, dann schwieg sie wieder eine Weile.

»Und es ist auch kein Wunder, dass du dafür deine Mama nimmst.«

»Ich finde das ganz komisch und schrecklich gemein!«

Jetzt versagte Marias Stimme und ihre Tränen strömten nur so.

»Jetzt musst du dir einen kleinen Vortrag anhören«, sagte Anita. »Pass genau auf. Der wichtigste Mensch für ein Kind ist fast immer seine Mama. Sie ist Geborgenheit und Schutz und der Mensch, dem das Kind vertraut. In den Augen des Kindes ist Mama wie Gott selbst, der sichere Boden, auf dem das Kind steht. Aber deine Mama war nicht da, als das Schlimme geschehen ist. Der Boden hat sich unter dir geöffnet und du bist in ein schwarzes Loch des Schreckens gestürzt.«

»Ja, so war das », sagte Maria. »Da waren viele liebe Leute, die mich getröstet haben, Tante Ingegerd und Norman und seine Frau. Und all die Ärzte, die mich untersucht und gepflegt und getröstet haben. Aber das hat mir nicht geholfen, verstehst du? Die ganze Nacht lang hab ich Mama gerufen, aber die war doch hunderttausend Meilen von mir entfernt. Und da hab ich angefangen, sie zu hassen.«

»Aber jetzt verstehst du das alles vielleicht besser?«

»Ja, aber Mamas dürfen ihre Kinder nicht wegschicken und deshalb kann ich nicht lieb zu ihr sein. Ich werde ihr das nie verzeihen.«

»Doch, mit der Zeit wirst du verstehen, wie verzweifelt sie war.«

»Nein.«

Maria kniff die Lippen zusammen, sagte dann aber: »Opa hat erzählt, dass sie so traurig war, dass sie krank geworden ist, und Oma musste aus Göteborg kommen und bei ihr wohnen.«

Tante Anita schwieg. Endlich sagte sie:

»Wir sitzen jetzt seit zwei Stunden hier, und gleich kommt

deine Mama dich abholen. Aber wenn du mehr mit mir reden willst, dann bist du mir jederzeit willkommen.«

»Ja, das will ich.«

Gleich darauf hörten sie die Türklingel, und da stand Stina, und Maria rannte zur Tür, fiel ihrer Mutter um den Hals und weinte schrecklich.

Die beiden Frauen schauten einander fragend an.

Auf dem Weg von der Tür ins große Zimmer sah Maria die Katze, nahm sie auf den Arm, streichelte sie und flüsterte ihr Geheimnisse ins Ohr.

Die Professorin sagte:

»Wir sind ein Stück weit gekommen. Und ich würde gern noch einige Male mit ihr sprechen.«

»Aber will sie das auch?«

Maria sagte nur: »Ja!«

»Ich bin so dankbar«, sagte Stina.

Als sie zum Fahrstuhl gingen, wandte die Professorin sich an Stina und sagte:

»Sie bekommen eine Kopie meines Gutachtens für das Gericht in den USA.«

Auf der Heimfahrt im Auto sagte Maria: »Jetzt hab ich ganz viel verstanden.«

34.

Bei Roslagstull wurde der Himmel dunkel. Es wird wieder schneien, dachte Stina. Aber die Temperatur stieg, es konnte also auch Regen geben.

Als sie nach Hause kamen, legte Maria sich in ihr eigenes Bett im Wohnzimmer. Zum ersten Mal seit ihrer Rückkehr aus den USA. Das Haus war leer, alle waren zum Baden bei Göran.

»Hast du Hunger?«

»Nein, ich muss nachdenken«, sagte das Kind.

Einige Minuten darauf war sie eingeschlafen.

Stina saß im Arbeitszimmer und versuchte, ihr Manuskript durchzusehen, sie seufzte, es war das pure Chaos, auseinander laufende Gedanken schrien um Hilfe, was um Himmels willen hatte sie sich nur gedacht. Niemals hatte sie bei einer großen Arbeit dermaßen den roten Faden verloren.

Sie versuchte, Ordnung zu schaffen, aber in ihrem Kopf gab es nur die Gespenster. Aber auch Lichtpunkte. Sie kniff die Augen zusammen und sah ihren alten Professor vor sich. Er hatte große Hoffnungen in sie gesetzt. Mitten in dem Papierchaos auf ihrem Schreibtisch fand Stina einen Brief ihres Vaters.

»Liebe Stina,
hier kommt ein kurzer Bericht über die polizeilichen Ermittlungen in Richmond. Sie haben Pers neue Frau ausfindig gemacht, die in eine abgelegene Gegend zu Verwandten gezogen ist. Sie hat sich zu ihrem kurzen Zusammenleben mit dem charmanten

Schweden geäußert. Sie war von ihrem ersten Mann geschieden und allein mit zwei Jungen im Alter von drei und fünf Jahren.

Sie musste bald einsehen, dass Per Stenberg pädophil ist, er hat sich an beiden Kindern vergriffen. Sie hat ihn angezeigt, aber darauf ist er spurlos verschwunden. Es wurde nach ihm gefahndet, was aber kein Ergebnis brachte.

Jetzt möchte die Polizei Kontakt zu seiner Verwandtschaft aufnehmen. Ich bin gebeten worden, seine schwedischen Angehörigen zu informieren. Desweiteren verlangen sie von der schwedischen Polizei eine Durchsuchung seiner Wohnung, bei der die Festplatte in seinem Computer sichergestellt werden muss. Ich habe schon mit Ingegerd gesprochen, das war schwer, aber sie ist ja stark. Sie hat für die andere Frau eine größere Summe bereitgestellt. Ingegerd hat sie sogar angerufen und ihr erzählt, dass Per wegen eines weiteren Übergriffes auf ein kleines Kind in Haft sitzt. Und dass wir gemeinsam versuchen müssen, für ihn eine lebenslange Gefängnisstrafe zu erwirken.

Wenn du das hier liest, bin ich schon in der Wohnung in Bergshamra, zusammen mit Computerfachleuten der Polizei.

Dein Vater.«

Stinas Herz hämmerte, als sie Ingegerds Mobilnummer wählte. Keine Antwort. Sie rief in der Wohnung auf Östermalm an, doch dort meldete sich lediglich ein Makler, der sagte, Frau Gordon und ihr Sohn seien in aller Eile nach Hause gefahren. In den USA sei etwas passiert, er wisse nicht, was. Der Verkauf von Hinterlassenschaft und Wohnung werde nun vom Anwalt der Familie betreut, einem gewissen Roger Skog. Wenn sie mehr wissen wolle, solle sie sich an Herrn Skog wenden.

Sie rief Gunilla an, die sagte: »Wir haben viel zu erzählen, komm rüber.«

»Aber Maria schläft tief in ihrem eigenen Bett, auch bei ihr ist viel passiert. Ich kann hier nicht weg.«

»Na gut, dann komme ich.«

»Ich weiß in groben Zügen, was passiert ist, Papa hat mir einen Brief hinterlegt.«

»Darf ich den lesen?«

»Natürlich.«

»Ingegerd ist schon großartig, jetzt ist sie losgefahren, um sich auch noch um Pers unbekannte neue Frau zu kümmern«, sagte Stina.

»Nicht nur deshalb. Der Senator ist außer sich vor Zorn und hat Angst vor einem Skandal, der seiner politischen Stellung schaden könnte. Ich glaube, dass Ingegerd mit dem Gedanken spielt, sich scheiden zu lassen, jetzt, wo sie finanziell unabhängig ist. Sie sind in aller Eile aufgebrochen, Norman konnte Plätze im Flugzeug heute Abend um sechs bekommen. Das hat er der US-Botschaft zu verdanken. Roger hat sie vor einigen Stunden zum Flughafen gefahren. Sie wird dich morgen Nacht anrufen.«

Stina und Gunilla hatten sehr leise gesprochen, aber trotzdem weckten sie Maria, ein verschlafenes Mädchen, das sagte, sie müsse Pipi machen. Sie ging direkt ins Badezimmer und setzte sich auf die Toilette, ohne auch nur die Tür zuzuziehen.

»Da ist etwas passiert«, flüsterte Gunilla.

»Ja, die alte Dame hat bei Maria wahre Wunder vollbracht. Es scheint so, als ob sie mir endlich vergeben hätte.«

»Wird sie noch einmal mit der Professorin sprechen?«

Jetzt war Maria wieder da und sagte stolz:

»Sie mochte mich leiden und hat gesagt, dass ich einmal in der Woche mit ihr reden soll. Aber ich soll Mama was über Biologie fragen, weil sie da mehr weiß als die Professorin. Also, das müssen wir machen, Mama.«

Stina nickte.

Gunilla meinte: »Wir müssen aber trotz allem auch essen. Ich gehe nach Hause und mache uns was. Roger kommt sicher bald vom Flugplatz zurück, und in einer Stunde decke ich den Tisch.«

Maria setzte zu einem ihrer langen Sätze an:

»Verstehst du, ich hatte solche Angst, weil du gesagt hast, dass Per dich vergewaltigt hat, als du ohnmächtig warst, und danach ist Katarina gekommen, und da habe ich gedacht, dass ich auch ein Baby im Bauch habe, denn mich hat er doch auch vergewaltigt, da in Amerika, Tante Anita hat Eierstöcke und etwas aufgezeichnet, das irgendwas mit Mutter heißt, und sie hat gesagt, dass so was langsam wächst, bis man dann groß genug ist, um Kinder zu kriegen, verstehst du.«

Stina nickte, schluckte ihre Tränen hinunter, ging zum Bücherregal und nahm ein dickes Buch über den menschlichen Körper heraus. In diesem großartigen Fotoband von Lennart Nilsson gab es prachtvolle Farbbilder, die sie aufschlug.

»Sieh dir das genau an. So sehen wir unter der Haut aus.«

»Aber das ist ja schön!«

»Ja, der Körper ist schön und klug eingerichtet. Er wächst im Laufe der Jahre. Ein kleines Mädchen wie du hat noch keine Eierstöcke, keine Eileiter und nur eine kleine Blase, aus der sich später die Gebärmutter entwickelt.«

»Und wann fängt man mit Eierlegen an?«

Stina sagte mit ernster Miene, so mit zwölf, dreizehn Jahren, dann setze der Eisprung ein, ein Ei komme in die Gebärmutter und werde dann mit Blut ausgestoßen. »Dann kriegst du deine Tage, wie ich, einmal im Monat, das weißt du ja.«

»Aber ...?«

»Wir reden noch viel mehr darüber, damit du das richtig verstehst. Aber nicht jetzt, das nehmen wir uns für morgen vor, und dann wirst du alles erfahren.«

Maria nickte. »Jetzt gehen wir essen, ich hab einen Wahnsinnshunger.«

Sie kamen zusammen mit Roger, der wissen wollte, ob sie etwas von Erik gehört hätten. Stina schüttelte den Kopf.

Sie saßen bei Kaffee und Eis, als Rogers Telefon klingelte. Er erhob sich vom Tisch und ging in sein Arbeitszimmer. Als er zurückkam, sagte er verbissen, das Material, das in die USA geschickt worden sei, sei überaus … befriedigend. »Zusammen mit der Aussage der Frau aus den USA müsste es für lebenslänglich reichen.«

»Keine Details an Stina«, hatte Erik gemahnt.

Aber Stina hatte so ihre Ahnungen und war gespenstisch bleich, als sie sich für das Essen bedankte.

»Kannst du Katarina und Sirkka holen?«

»Natürlich, und ich mache ihnen hier ein Bett«, sagte Gunilla.

Es war nicht mehr so kalt, es tropfte von den Bäumen, als Stina und Maria nach Hause stapften.

»Bald wird der Schnee in großen Stücken vom Dach rutschen. Das macht ein wenig Krach, also werden wir heute Nacht vielleicht davon geweckt. Aber gefährlich ist es nicht«, sagte Stina.

»Ich hab keine Angst, aber kommt jetzt der Frühling?«

»Nein, das dauert noch. Aber das Jahr hat sich gedreht, jetzt wird es mit jedem Tag heller. Die Sonne wird jeden Tag ein wenig länger scheinen und das Licht frisst den Schnee auf.«

»Das ist aber komisch!«

Es war warm im Häuschen. Stina war müde und hatte Angst, Maria dagegen steckte voller Fragen. Am Ende musste Stina einen Globus und eine Taschenlampe holen. Aber mitten in ihrem Vortrag schlief die Kleine ein und Stina konnte sich ins Bett legen. Doch die ganze Zeit saß die Angst in ihrem Bauch. Der nächste Tag mit all seinen Fragen würde nicht leicht werden.

35.

Sie wurden vom Regen geweckt, der gegen die Fensterscheiben schlug, der Gartenweg hatte sich in einen Bach verwandelt, plätscherte munter vor sich hin.

»Wir brauchen ein Boot«, rief Maria von der Treppe her.

Vielleicht hat sie es vergessen, dachte Stina. Aber sie wusste ja, dass Maria nie etwas vergaß. So leicht würde Stina nicht davon kommen. Schon als Stina Frühstück machte, kam die erste Frage:

»Wozu sind Papas überhaupt gut? Wenn man doch selbst die Eier hat?«

Stina dachte an Hummeln und Bienen, verachtete sich aber für diesen Gedanken. Keine Schleichwege; sie schwieg lange, dann kam sie zur Sache und sagte:

»Es kann keine Kinder geben, wenn das Ei nicht von einem Mann befruchtet wird.«

»Befruchtet?«

»Ja.«

»Meinst du diesen ekligen Klitschkram in meinem Po, den der Blödmann in mich reingespritzt hat?«

»Ja.«

»Aber warum lassen erwachsene Tanten sich das gefallen?«

»Viele finden das schön.«

»Aber Mama, das ist doch eklig!«

»Manchmal wollen Frauen Kinder haben, sie sehnen sich nach einem Kind, das sie ihr Leben lang lieb haben können.«

»Hast du dich nach mir gesehnt?«

»Ja, mehr als nach irgendwas anderem im Leben. Du bist das Schönste, was mir je passiert ist.«

»Und also hast du den Blödmann meinetwegen in dich reingelassen?«

»Nein, anfangs nicht. Da wollte ich das, da war ich verliebt.«

»Du hast den festen Boden unter den Füßen verloren, hast du dem Pastor gesagt.«

»Ja, das ist das richtige Wort. Mein Doktor sagt, ich hätte mich selbst verloren, und das sei ein Verrat an mir. Deshalb schäme ich mich so schrecklich.«

»Aber dass du das ausgehalten hast!«

Maria fand das schier unglaublich und Stina dachte, dass sie auf dem falschen Weg sei, vielleicht hätte sie ja doch über Hummeln und Bienen reden sollen.

»Alles Leben auf der Erde will sich vermehren. Denk an die vielen Blumen in unseren Beeten, die stehen da eine Weile und sind schön. Dann verlieren sie ihre Schönheit und verstreuen ihren Samen im Wind, und dann bekommen sie neue Blumenkinder in anderen Beeten. Bald kommen die Zugvögel zurück zu uns, sie bauen sich Nester in den Bäumen, und das Weibchen legt Eier, die ausgebrütet werden, und die Jungen schlüpfen und schreien nach Futter. Und dann hat der Papa viel zu tun und jagt wie ein Irrer herum und sammelt alles, was Vogeljunge so essen.«

»Jetzt bist du blöd«, sagte Maria. »Wir sind ja wohl keine Blumen und keine Vögel.«

Stina lachte und sagte: »Da hast du Recht. Was glaubst du, was unterscheidet den Menschen von den Tieren?«

»Menschen können denken«, sagte Maria überzeugt.

»Ja, Menschen denken viel und wissen viel. Der Mensch ist das einzige Wesen auf der Welt, das weiß, dass es sterben muss.

Ich denke manchmal, dass das Wissen um den Tod die Menschen so ängstlich und böse macht.«

»Hast du Angst vor dem Tod?«

»Ja, ich will leben, bis meine Kinder erwachsen sind.«

»Das musst du doch.«

»Das verspreche ich. Aber jetzt will ich versuchen, dir zu erzählen, wie es ist, wenn man sich verliebt. Wenn du irgendwann einen Jungen triffst, den du lieb hast, der lieb und lustig ist wie Norman oder Ragnar oder Lennart im Kindergarten. Wenn so ein Junge dich berührt, wirst du vielleicht verwandelt, du wirst die, die du immer schon sein wolltest, wenn seine Hände deinen Körper streicheln, wenn sein Mund deinen küsst, und dann vergisst du alles, du wirst geliebt und bist glücklich. Ich weiß noch, dass ich mir vorkam wie im Himmel.«

»Und da hast du den festen Boden unter den Füßen verloren?«

»Ja, ich war dumm und hatte Pech, aber bei vielen geht es gut, wie bei Roger und Gunilla und Oma und Opa, die sind noch immer verliebt ineinander.«

»Und dann machen sie so was im Bett?«

»Ja, da bin ich mir sicher. Sie sind normale Menschen.«

»Ich will nie normal werden«, sagte Maria. »Jetzt will ich nachdenken, und das kann ich am besten, wenn ich schlafe.«

Obwohl es noch sehr früh am Tag war, holte Stina sich ein Glas Wein und versuchte fest daran zu glauben, dass sie ihr Bestes getan hatte. Aber sie wusste, dass sie versagt hatte. »Ich will nie normal werden!«

Maria hatte das so entschieden gesagt, voller Überzeugung. Und vielleicht würde es ja so kommen.

Stina schenkte sich Wein nach, als an die Tür geklopft wurde. Da stand Sirkka und sagte:

»Und hier sitzt du in deiner hoffnungslos engen Küche und schüttest dich am helllichten Vormittag mit Wein voll.«

»Wir haben den ganzen Morgen über Liebe und Sex gesprochen. Und jetzt findet Maria das alles widerlich. Als ich gesagt habe, dass alle normalen Menschen das machen, ist sie ins Bett gegangen und hat gesagt: Ich will nie normal werden.«

Plötzlich stand Maria da und sagte: »Ja, das stimmt. Nie im Leben werd ich so was Ekliges tun!«

Sirkka nickte und sagte:

»Heute gibt es viele Menschen, die so denken wie du. Immer mehr selbständige und starke Frauen entscheiden sich dafür, und sie kommen allein zurecht. Ich habe zwei Freundinnen, Frauen mit interessanten Berufen. Und weißt du, was die gemacht haben? Sie haben Kinder adoptiert, zwei wunderbare kleine Mädchen aus China. Wenn du uns in Göteborg besuchst, dann kannst du sie einmal kennen lernen.«

»Wie sehen die Kinder aus?«

»Sie sind so niedlich, da schmilzt dir das Herz. Und tüchtig sind sie auch. Stell dir vor, die fangen schon an zu reden. Schwedisch! Und ihre Mamas strahlen vor Glück. Und sie leben ein normales Leben und sind ganz normale Menschen.«

»Man kann also selbst entscheiden, wie man leben will?«

»Genau.«

»Gut«, sagte Maria.

36.

Stina öffnete ihren Kühlschrank und sah ein, dass sie einkaufen musste.

»Ihr beide scheint ja Gesprächsstoff genug zu haben«, sagte sie und lief zum Auto. Im Laden ging sie von einem Regal zum anderen und legte die notwendigen Dinge in den Einkaufswagen, tiefgefrorenen Fisch, Würstchen, Spaghetti, Kartoffeln, Obst, Milch, Dickmilch und Joghurt. Und Eis. Und einen leckeren Kuchen für den Nachmittagskaffee.

Bestechung, dachte sie.

Wie üblich stand vor der Kasse eine Schlange. Vor Stina stand die redselige Kerstin Persson, eine Nachbarin, vor der Gunilla sie gewarnt hatte. Die Klatschbase des Viertels. Aber Stina mochte Klatsch und fand Kerstin sympathisch.

Klatsch ist das Schmieröl in einer Nachbarschaft, dachte Stina.

Jetzt erfuhr sie, dass der junge Pastor, der so viele Menschen in die Kirche geholt hatte, seines Amtes enthoben worden war.

Stina schüttelte verständnislos den Kopf. Ich muss mit ihm sprechen, dachte sie und wählte seine Nummer, sobald sie im Auto saß.

»Stimmt es, dass du gefeuert worden bist?«

»Nein, ich habe gekündigt. Es ist eine lange Geschichte, komm zum Hof, dann erzähle ich dir alles.«

»Du bist also in der Gegend?«

»Ja, ohne geistliches Gewand. Wir können frischen Hecht aus dem Backofen anbieten.«

Er lachte und klang richtig glücklich.

Stina räumte Speisekammer und Kühlschrank ein und sagte nebenher, sie habe mit Ragnar gesprochen, der zum Mittagessen auf den Hof geladen habe. Seine Mutter wolle gerne mit Marias Unterricht beginnen. »Sirkka ist ebenfalls willkommen.«

»Danke, aber ich möchte zu Göran zum Baden, mich um Katarina kümmern und eine Weile mit Gunilla quatschen.«

Maria jubelte:

»Heute Abend lese ich das Märchen selbst!«

Stina stöhnte. Sirkka sagte:

»So schnell lernst du nicht Lesen, in der Schule dauert das meistens ein Jahr.«

»Aber ich bin sehr begabt, das hat die Professorin gesagt.«

»Trotzdem musst du Geduld haben«, sagte Sirkka.

Sie aßen einen Teller Dickmilch mit Bananenscheiben, um etwas im Magen zu haben. Dann stapften sie durch das Schmelzwasser und setzten sich ins Auto, Sirkka mit ihrem weiten Bademantel und Stina mit dem leckeren Kuchen. Es war nicht leicht zu fahren. Stina kroch durch das Wasser über den schmalen, kurvenreichen Weg zum Hof.

Ragnar empfing sie auf der Treppe, nahm Maria auf den Arm und schwenkte sie durch die Luft. In der Küche stand Anders am Herd, ging dann aber in die Hocke, um auf Augenhöhe mit dem Kind zu sein. Sie legte ihre Hände in seine und sagte: »Mensch, du hast ja vielleicht eine harte Haut!«

»Ja, das ist gut so, wenn man eine schwere Axt heben muss. Wenn man Schwielen hat, dann tut es an den Händen nicht so weh.«

»Sind die also wie Handschuhe?«

»Ja, genau.«

Aber dann fügte er hinzu:

»Jetzt gehst du zu deiner Lehrerin und Ragnar und Stina gehen in sein Zimmer vorne im Haus. Er will Stina etwas erzählen. Ihr habt eine gute Stunde, gegessen wird dann um drei.«

Sie fingen mit dem großen und dem kleinen A an. Maria strahlte, als sie alle A's in einem Text und in den Büchern gefunden hatte, die vor Elin auf dem Tisch lagen. Sie jubelte so laut, dass die Prismen der alten Kristallkrone klirrten.

Im vorderen Zimmer setzte Stina sich in den einzigen Sessel, während Ragnar sich auf dem Bett ausstreckte und anfing zu erzählen:

»Ich bin zum Probst bestellt worden, und der hat gesagt, dass so viele Klagen über meine unbegreiflichen Predigten eingegangen seien, dass er mich beim Bischof melden müsse. Und da habe ich gesagt, die Mühe könne er sich sparen. Ich hätte sowieso die geistliche Laufbahn aufgeben wollen. Danach hab ich mich geschämt, denn der alte Mann zitterte und wurde so rot, dass ich Angst um sein Herz hatte. Ich habe ihm gesagt, ich hätte schon lange gespürt, dass die Kirche nicht der rechte Ort für mich sei. Dann kam seine Frau und hat ihm irgendeine Tablette verabreicht.«

»Stimmt es denn, dass du schon lange mit dem Gedanken gespielt hast, aus der Kirche auszutreten?«

»Ja. Ich war dort von Anfang an fehl am Platze. Blinder Glaube liegt mir nicht, so viele gute Absichten führen uns direkt in die bösen Taten. Schlechte Vorhaben, Krieg, Torheit, Grausamkeit.«

Ragnars gute Laune blieb unverändert, er lachte und sagte: »Nietzsche hat etwas Wichtiges übersehen, als er proklamiert hat: Gott ist tot. Er hat vielleicht nicht begriffen, dass zusammen mit Gott auch der Teufel gestorben ist.«

»Ich bin sicher naiv, aber ich dachte, wenn Gott stirbt, fällt alle Macht dem Teufel zu«, sagte Stina und stimmte in das Lachen ein. »Und der Teufel ist ein Genie, wenn es darum geht, allen Gegensätzen neue Glut einzuhauchen. Und Waffen zu erfinden, die nach und nach alles Leben auf unserer Erde vernichten können.«

»Ich glaube, wir müssen akzeptieren, dass es in uns allen einen Gott und den Teufel gibt.«

»Das habe ich endlich auch eingesehen«, sagte Stina. »Ich habe mich immer für einen guten Menschen gehalten, ohne bösen Willen oder Hass. Aber als meine Kinder zu ihrem Vater nach Amerika fahren mussten, ist mein Selbstbild in Stücke gegangen, ich habe gehasst, ich habe Rachepläne geschmiedet, ich hatte Angst und habe mich selbst verachtet.«

»Warum?«

»Weil ich einsehen musste, dass es in mir jede Menge negativer Gefühle gibt, die schlimmsten Bilder wuchsen Tag für Tag heran, ich suhlte mich in Rachephantasien, stach ihm die Augen aus, schnitt ihm den Penis ab. Und das war wunderbar. Am Ende hat Gunilla mich dazu gezwungen, zu Dr. Axelsson zu gehen, und da saß ich dann und versuchte, über meine übergroße Schande zu sprechen. Aber er sagte, ich hätte auch allen Grund, mich zu schämen. Denn ich hätte mich selbst verraten. Ich habe ihn gehasst, ich wusste, dass er Recht hatte.«

Stina schaute Ragnar beschämt an und sagte: »Ich bin doch hergekommen, um von dir zu hören. Und jetzt rede ich nur über meine Probleme.«

»Aber ich habe keine Probleme«, sagte Ragnar. »Ich wusste schon lange, dass ich bei Gott meine Kündigung einreichen muss. Ich muss weiter. Die Antwort liegt im Glauben, wurde mir gesagt. Und ich habe mir alle Mühe gegeben, das auch zu vermitteln. Aber irgendwie hatte ich immer das Gefühl, der Falsche in diesem Amt zu sein.«

Jetzt rief Anders zu Tisch, Stina und Ragnar erhoben sich,

blieben stehen, sahen einander an, und die Luft im Zimmer zitterte vor Begehren. Er küsste sie und Stinas Körper loderte in wilder Freude auf. Dann kam die Erkenntnis: Maria.

Wenn die Kleine diesen Kuss gesehen hätte, wäre sie angeekelt gewesen. Und hätte gänzlich alles Vertrauen zu ihrer Mama verloren.

»Das dürfen wir nicht«, flüsterte sie Ragnar zu. »Ich erklär dir das später.«

Das Essen duftete köstlich, als sie sich am Tisch niederließen. Maria war euphorisch. »Es war so spannend, und bald kann ich ganz bestimmt lesen.«

»Wir machen morgen weiter«, sagte Elin. »Dann kommt Neujahr, und das gibt eine Unterbrechung.«

»Aber kann ich nicht hier übernachten?«, fragte Maria. »Dann können wir morgen früh gleich weitermachen.«

Stina staunte. Ragnar erwiderte ihren Blick und sagte:

»Aber das ist doch eine gute Idee.«

»Ich mach dir auf dem Sofa in meinem Zimmer ein Bett«, sagte Elin.

Anders ging Kaffee kochen. Stina folgte ihm in die Küche, um den Kuchen zu holen.

»Verstehst du, was das für ein Wunder ist«, flüsterte sie.

»Alles hängt davon ab, dass wir es nicht so sehen«, flüsterte er zurück.

Nach dem Kaffee verabschiedete Maria sich von Stina, und Ragnar fragte, ob er mit ihr in die Stadt fahren könne. Er müsse im Pfarrhaus seine Sachen zusammenpacken, den Probst aufsuchen und ihm sein Kündigungsschreiben überreichen.

Stina fuhr ihn zum Pfarrhaus, sie verabredeten sich für später an diesem Tag bei ihr zu Hause.

»Dann kannst du meine Mutter und meine andere Tochter treffen«, sagte Stina und stöhnte.

In Küche und Wohnzimmer war immer alles sauber und ordentlich, wenn Sirkka zu Besuch war. Stina freute sich darüber, wünschte aber zugleich ihre Mutter und ihre jüngere Tochter dahin, wo der Pfeffer wächst.

Ich bin doch verrückt, dachte sie, aber im selben Moment hörte sie die Haustür und ihre Mutter kam mit der Kleinen auf dem Arm herein. Katarina kletterte auf Mamas Schoß und pflanzte ihr einen nassen Kuss ins Gesicht.

»Es ist wunderbar, ein ganz normales Kind zu haben«, sagte Stina, Sirkka dagegen fragte mit ihrer singenden Stimme:

»Wo ist Maria?«

»Ein Wunder ist geschehen, jedenfalls ein kleines. Stell dir vor, Maria möchte auf dem Hof übernachten. Sie und Elin wollen morgen ganz früh aufstehen, um alle Vokale zu lernen. Elin hat sich ganz normal verhalten und gesagt, sie werde jetzt das Sofa in ihrem Schlafzimmer beziehen. Und dann stehen wir in aller Herrgottsfrühe auf, hat sie dann hinzugefügt. Ich weiß nicht, ob die anderen begriffen haben, was für ein Wunder das war, alles war so natürlich, und als wir mit dem Essen fertig waren, hat Maria sich ganz normal von mir verabschiedet.«

Sirkka lächelte so strahlend, wie sie nur konnte, und sagte: »Endlich, der erste Schritt in die Freiheit, für sie und für dich.«

»Ragnar ist gerade beim Probst und kündigt, aber er will heute Abend mal vorbeischauen.«

Sie lächelten einander an, in einem Verständnis, das sie niemals in Worte kleiden könnten. Sirkka sagte nur: »Ich verstehe und ich freue mich. Katarina und ich sind bei Gunilla zum Essen eingeladen, da gibt es Betten genug, jetzt, wo Ingegerd und Norman nicht mehr da sind.«

»Ich hab Hunger, jetzt gehen wir«, rief Katarina.

Eine Viertelstunde später klopfte Ragnar an die Tür, schaute sich um und fragte: »Sind wir allein?«

»Ja.«

»Gott sei Dank«, sagte er und küsste Stina.

»Dank lieber meiner Mutter. Du musst wissen, dass Sirkka eine finnische Hexe ist, so eine, die Ahnungen hat und ihre Schlüsse daraus zieht. Also hat sie es so gedreht, dass sie und das Kind bei Gunilla und Roger zum Essen eingeladen sind. Und da werden sie auch übernachten.«

Auf diese Weise bekamen die beiden ihre Nacht. Als Stina morgens aufwachte, merkte sie, dass sie an Leib und Seele geheilt war. Die Freude war da … wie damals … vor langer Zeit. Sie fand keine Worte, nur das törichte: DANKE.

Das Telefon klingelte, es war Maria, die einen ihrer langen, atemlosen Sätze vorbrachte: »Das ist so lustig, das geht so leicht, ich kann schon alle Vokale, kannst du die auch, weißt du, welche Buchstaben klingen, und Elin sagt, ich bin unheimlich tüchtig, und jetzt will ich weitermachen, ich bleibe nämlich noch einen Tag hier, und Elin glaubt, wer schnell lernt, vergisst auch schnell, aber ich muss dich fragen, ob ich hier bleiben darf, das will Anders so, und deshalb rufe ich an, aber das darf ich doch?«

»Kann ich mal mit Elin sprechen?«, fiel Stina ihr ins Wort.

»Was hast du für eine phantastische Tochter«, sagte Elin. »Ich finde das genauso lustig wie sie und behalte sie gern noch einen Tag hier. Wir telefonieren später nochmal.«

»Ich bin dir ja so ungeheuer dankbar. Ich weiß nicht, ob du ermessen kannst, wie wichtig es ist, dass sie sich anderen Menschen anschließt«, sagte Stina, legte den Hörer auf und weinte Freudentränen. Dann lachte sie so laut, dass fast das Wohnzimmerdach abgehoben hätte.

Ragnar reichte ihr ein Küchenhandtuch und lachte ebenfalls.

»Bin ich verrückt, Ragnar?«

»Nein, du bist euphorisch. Und es ist ein kurzes, aber wunderbares Erlebnis. Wenn du noch eine Weile so bleiben willst, dann hole ich dir ein Glas Wein.«

»Nein, das geht nicht. Ich muss um elf Uhr meinen Vater vom Flugplatz abholen.«

»Aber das wollte ich doch übernehmen. Er muss es ja auch erfahren.«

»Ich glaube nicht, dass meine Mutter geklatscht hat«, sagte Stina.

»Bestimmt weiß er es trotzdem. Er hat mich bei Gunillas Weihnachtsessen so oft angesehen. Und ich bilde mir ein, dass ich seinen Segen habe. Er hat mir gefallen, er hat einfach in mich hineingeblickt, und ich glaube, was er da gesehen hat, hat ihm gefallen.«

Als Erik die Ankunftshalle betrat, ging er auf Ragnar zu und fragte, ob der allein sei.

»Ich konnte alle deine geliebten Frauen abschütteln«, sagte Ragnar und Erik lachte und hielt das für eine beachtliche Leistung.

»Wir fahren langsam, wir haben so viel zu bereden.«

»Mehr als du vielleicht ahnst. Denn ich habe einen Plan und möchte gern deine Meinung dazu hören.«

Er fuhr rückwärts aus der Parklücke, und erst, als sie sich der Autobahn näherten, fing Ragnar an zu reden.

»Ich glaube, Stina kommt nicht aus ihrer Depression heraus, weil sie das alles nicht versteht. In ihrer Vorstellungswelt gibt es kein Böses. Sie liest Bücher über Psychopathologie, aber das sind für sie nur Wörter, Fachbegriffe, leere Worthülsen. Und deshalb bleibt sie in ihren Schuldgefühlen stecken wie ein Hamster im Laufrad.«

»Du hast Recht. Schon als kleines Kind wollte sie alles verstehen, alles musste erklärt werden, wieso die Wellen gegen die

Felsen schlagen, warum Mama nicht alle tausend Fragen beantwortete.

Sirkka machte da nicht mit, sie sagte, nicht alles hier auf Erden können wir verstehen. Aber ich war kindisch verliebt in mein begabtes Kind.«

»Wir haben lange gesprochen und sie hat zugegeben, dass sie grauenhafte Rachegedanken hegte, als die Kinder in Amerika waren. Sie fühlte sich wirklich nicht wohl in ihrer Haut, als sie das erzählt hat, sie hatte nie geahnt, dass sie zu Hass und Horrorphantasien in der Lage wäre. Ich habe versucht, ihr klarzumachen, dass wir alle gut und böse sind. Aber das wollte sie nicht glauben. Für sie ist das Böse ein Mysterium. Und da habe ich mir überlegt, wir müssen sie auf irgendeine Weise zu der Einsicht bringen, dass ihr Mann ein Mensch ist, kein normaler Mensch, aber eben doch ein Mensch«, sagte Ragnar.

Er fuhr von der Autobahn ab und auf die uppländischen Landstraßen, fand einen Parkplatz, drehte den Motor aus und erzählte von seinem Plan.

»Ich muss Anfang Mai in die USA, ich soll bei einem Kongress zum Thema Existenzialismus einen Vortrag halten. An der Columbia Universität in New York. Und heute Morgen, als sie noch schlief, habe ich mir überlegt, dass ich dann nach Richmond fliegen und Per Stenberg im Gefängnis aufsuchen könnte. Ich glaube, die Polizei würde es mir erlauben, ihn zu sprechen. Wenn du mich als Seelsorger der Familie vorstellst. Du weißt, in den USA sind sie doch sehr religiös.«

Erik sah Ragnar an:

»Warum willst du dir das zumuten?«

»Weil ich Stina liebe. Ich dachte, das weißt du. Und damit sie den Kindern nach und nach vermitteln kann, dass sie einen Vater haben, den man verstehen kann.«

Erik nickte, ja, was die Liebe anging, hatte er das begriffen.

»Aber was weißt du über Psychopathen?«

»Ziemlich viel. Ich habe als Gefängnispastor mit vielen zu tun gehabt. Ich konnte ihnen nicht helfen, aber ich habe gelernt, sie zu verstehen.«

»Auf welche Weise denn?«

»Dass sie Menschen sind. Keine Raubtiere. Wenn ich zu Per könnte, würden wir sicher ein langes, gutes Gespräch führen.«

Erik lachte und sagte:

»Wo du doch einen guten Draht zu Gott hast, kannst du ihm vielleicht meinen Dank ausrichten. Und ich verspreche, ich werde alles tun, was ich kann, damit du deinen Plan in die Tat umsetzen kannst.«

Sie lachten. Ragnar schaltete den Motor wieder ein und fuhr auf die Straße hinaus. Eine halbe Stunde später als geplant erreichten sie das Häuschen, umarmten alle, und Sirkka küsste ihren Mann.

Erik flüsterte Stina zu: »Ich freu mich ja so für dich.«

Dann nahm er Katarina auf den Arm und tanzte die Treppe hoch ins Haus.

Gunilla sah zu und dachte, das ist doch der attraktivste Kerl, den ich in meinem ganzen Leben je getroffen habe.

Dann seufzte sie und Sirkka sagte:

»Vergiss nicht, dass er mir gehört.«

»Schweig still, du finnische Hexe«, sagte Gunilla, dann wollten beide sich ausschütten vor Lachen, verstummten aber sofort wieder, als auch Ragnar lachte.

»Dieser Junge ist mindestens ebenso hellseherisch veranlagt wie eine gewisse finnische Hexe«, sagte Gunilla.

Plötzlich merkten sie beide, dass sie froren.

»Aber bitte, kommt doch ins Warme, es ist eiskalt«, rief Stina. Sie hatte Recht, das Wasser, das auf dem Gartenweg so munter geplätschert hatte, gefror jetzt zu Eis.

Sirkka kochte Kaffee und schmierte Brote, Erik sang Schlaflieder für Katarina, und am Ende saßen sie alle mit heißem Kaffee und dicken Broten um den Kachelofen.

Katarina schlief. Stina erzählte von dem Wunder auf dem Hof, als Maria darum gebeten hatte, dort übernachten zu dürfen. »Heute Morgen hat sie angerufen und alle Vokale aufgezählt, sie war unerhört stolz darauf, wie gut sie die schon kann.«

»Das war doch ein Meilenstein«, sagte Erik.

»Ich glaube, Elin tut der Kleinen gut«, sagte Ragnar. »Sie hatte schon mit vielen verletzten Kindern zu tun. Manche waren noch ärger beschädigt als Maria, und sie hat ihnen geholfen, einfach, weil sie so getan hat, als wüsste sie das nicht. Kein Leidtun, kein Trost und vor allem keine psychologischen Mätzchen.«

»Aber Maria braucht auch die Psychologie«, sagte Stina. »Du weißt besser als ich, was das Vergessen anrichten kann, wenn es zur Verdrängung wird.«

»Das schon, aber ich glaube, sie braucht auch mal eine Pause. So, wie es jetzt ist, lebt ihr doch alle in Kummer und Finsternis.«

»Aber du willst doch noch mehr sagen«, sagte Erik fast mit Verhörsstimme. Ragnar zögerte, aber Erik ließ nicht locker:

»Wir wollen wissen, was du denkst.«

»Wir können doch vor Angst und Trauer nicht davonlaufen«, sagten Sirkka und Stina fast wie aus einem Munde.

Ragnar sagte aufgeregt: »Aber das seid ihr der Kleinen doch schuldig!«

Dann fügte er hinzu:

»Überlegt doch mal. Maria hat eine kleine Schwester, die alle zum Strahlen bringt, sobald sie sich zeigt. Aber die Augen, die Maria täglich und stündlich ansehen, sind düster und von Trauer und Angst erfüllt. Was glaubt ihr, was das für ein Gefühl für sie ist?«

»Verdammt, du hast Recht«, sagte Erik. »Aber das wird schwer.«

»Nein, überhaupt nicht. Wir alle sind Schauspieler, und wenn es sein muss, können wir unsere Rollen spielen, die offene, fröhliche Familie, die Maria tüchtig, fröhlich, klug und richtig niedlich findet. Eine, auf die alle hier stolz sind. Verzweiflung und Angst könnt ihr freien Lauf lassen, wenn ihr unter euch seid.

Die Wichtigste von allen bist du, Stina. Also bitte ich dich, das Schreckliche auf Distanz zu halten, deine Unruhe nicht auf Maria überspringen zu lassen.«

»Aber wenn ich das nicht schaffe?«

»Dann solltest du das von Gunilla lernen. Sie ist ebenso verängstigt und traurig wie du, aber sie zeigt es nicht, sie lacht und scherzt mit Maria, und ich habe die Kleine in Gunillas Küche laut lachen gehört und gesehen.«

»Maria ist kein armes Würstchen, sie ist ein starkes, hartnäckiges und sehr intelligentes Kind. Ich glaube, dass Erik das weiß und sie mit Respekt behandelt, er tröstet und umhätschelt sie nicht«, sagte Gunilla.

»Das stimmt«, sagte Stina. »Sie hat selbst gesagt, dass Opa der Einzige ist, zu dem sie Vertrauen hat. Denn er lügt nie. Daran erinnere ich mich so gut, weil mich das traurig gemacht hat.«

»Mitleid zerstört oft die Urteilskraft«, sagte Erik.

In diesem Moment klingelte das Telefon, es war Anders, der sagte, dass in halb Uppland die Autos im Straßengraben lägen. Also müsse Maria noch eine Nacht bei ihnen bleiben.

»Das ist gut«, sagte Erik. »Ragnar hat nämlich einen Plan, der uns ein Stück weiterbringen kann. Aber wir müssen mit Roger darüber sprechen. Ist er zu Hause?«

»Er kommt zum Mittagessen. Himmel, hier sitzen wir und reden und ich vergesse das Essen. Sirkka und Stina können mir in der Küche helfen«, rief Gunilla.

Sie wateten zu Gunillas Haus hinüber.

»Ich bin heute ganz früh aufgestanden, habe Dorsch aufgetaut und Kartoffeln geschält. Der Fisch liegt jetzt im Salzwasser. Sirkka hat eine Idee, was wir mit ihm machen können.«

»Wir brauchen Schlagsahne, Kaviar und jede Menge getrockneten Dill, hast du das?«

Dann schlug sie die Sahne zu Schaum, würzte sie, goss sie über den Fisch und schob ihn in den Backofen.

Eine halbe Stunde darauf füllte ein köstlicher Duft die Küche, gerade als Roger in die Tür trat, seine Frau umarmte und sagte, jetzt sei mit Wohnung und Möbeln wohl alles geregelt. »Ich werde nachher mit Ingegerd telefonieren.« Dann sah er sich um und fragte nach Erik.

»Hier«, sagte Erik und kam mit Katarina auf dem Arm in die Küche.

Um vier Uhr setzten sie sich zu Tisch.

Nach dem Essen gingen Erik, Roger, Ragnar und Stina ins Arbeitszimmer. Ragnar hatte den Arm um Stina gelegt. Er sah sie die ganze Zeit an, während er seinen Plan vorstellte.

Ihre Blicke ließen ihn nicht los, sie flüsterte:

»Aber Ragnar, er kann dich doch umbringen.«

»Nein, er wird ja überwacht, die Kameras laufen, alles wird abgehorcht.«

»Ich finde die Idee hervorragend«, sagte Roger. »Sobald sich das nach Neujahr machen lässt, werde ich mit der US-Botschaft reden. Das Problem könnte nur sein, dass man schwer ein Einreisevisum bekommt.«

»Aber ich hab schon eins, ich bin doch von der Columbia Universität eingeladen, um an einem Kongress über Existenzialismus teilzunehmen, ein Däne spricht über Søren Kierkegaard und ich über Nietzsche. Und dann kommt ein Franzose, der ein Sartre-Experte ist.«

»Bist du nicht nervös?«, fragte Stina erstaunt.

»Nur ein bisschen, ich mach das ja nicht zum ersten Mal und meine Disputation war auch an der Columbia. Ich hab da drei Semester studiert.«

»Und das alles, um als Pastor in einem Kaff in Uppland zu enden?«, fragte der verdutzte Roger.

»Ich bin so einer, der Erfahrungen sammelt.«

Teil zwei

37.

Zu Anfang stieß Erik bei Kommissar Jenkins in Richmond auf Widerstand. Der hielt die ganze Geschichte mit dem verrückten Schweden für geklärt und erledigt. Sie hatten überzeugende Beweise aus Schweden und den USA. »Wir haben mit Ärzten und Psychologen gesprochen, die die beiden kleinen Jungen untersucht haben, die die neue Frau ihm gratis geliefert hat. Um die Jungs steht es schlecht. Und bei der kleinen Schwedin ist es ja auch nicht anders. Es gibt keinen Gott, der den Kerl noch retten kann.«

»Das sind gute Nachrichten«, sagte Erik. »Niemand hier will ihn retten. Aber der Pastor der Familie möchte gern seiner schwedischen Exfrau und den Kindern ein Bild von diesem Mann vermitteln.«

»Na gut, das ist kein Problem. Aber wenn dieser Pastor glaubt, er könnte sich ein Bild von dem Psychopathen Per Stenberg machen, dann ist er naiv.«

»Das glaube ich nicht, er hat als Gefängnisgeistlicher einige von unseren Schlimmsten kennen gelernt. Er weiß schon, dass solche Typen nicht therapierbar sind.«

»Sie müssen bei unserem Gefängnisdirektor eine Besuchserlaubnis beantragen, dann sehen wir weiter.«

Erik berichtete Ragnar Wort für Wort von diesem Gespräch mit dem Kommissar. Roger Skog sprach mit der US-Botschaft, die von Ragnars Einladung zur Columbia wusste und alle Unterlagen bereitliegen hatte. Wenn er nach Richmond wollte, dann war das seine Angelegenheit.

»Wir sind ein freies Land«, sagte der Botschaftsangestellte.

Stina hatte nachgedacht und war unsicher, ob Ragnars Idee ihnen helfen würde, um herauszufinden, wer Per wirklich war.

Ragnar schwieg, überlegte, sagte dann endlich:

»Er ist doch trotz allem ein Mensch.«

Was er sonst noch dachte, erfuhr sie nicht.

Der Kongress an der Columbia University dauerte eine Woche und war spannend und interessant. Zehn Tage nach Beginn stand Ragnar im Büro des Gefängnisdirektors in Richmond und lernte seine Kollegen kennen, Geistliche unterschiedlicher Konfessionen, die versuchten, die Insassen zu verstehen und ihnen zu helfen. Zu dieser Gruppe gehörten auch ein Arzt und eine Psychologin.

Ragnar stieß auf die typisch amerikanische Liebenswürdigkeit, aber die Kollegen hielten Per für nicht ansprechbar.

»Vielleicht kann ich ihn mit Hilfe der Sprache dazu bringen, sich zu öffnen, ich werde Schwedisch mit ihm sprechen.«

»Das kann schon möglich sein, vielleicht öffnet sich ein Spalt in seiner Seele, wenn er seine Muttersprache hört«, sagte einer der Geistlichen. »Aber auf die Schweigepflicht kannst du dich hier nicht berufen.«

»Natürlich nicht«, sagte Ragnar.

»Wir lassen die Tonbandaufnahmen übersetzen.«

»Gut.«

»Aber warum tust du das nun eigentlich?«

»Ein Grund ist sicher mein christlicher Glaube. Jesu Worte über den geringsten seiner Brüder. Und ich will versuchen, seiner schwedischen Exfrau und der Sechsjährigen zu helfen, der es sehr schlecht geht.«

Ragnar wandte sich der Psychologin in der Gruppe zu und sagte:

»Es gibt ein kleines positives Zeichen, die Kleine kann nämlich über die schrecklichen Erlebnisse dieser Nacht sprechen.«

Die Psychologin nickte, fragte dann aber, woher er wissen wolle, dass das Kind die Wahrheit sprach.

Ragnar berichtete, dass Maria ihn in der Kirche aufgesucht hatte, um über »das Schändliche« zu sprechen. Und wie er mit dem Kind vor dem Altar gesessen hatte, vor Gottes Angesicht, wo niemand lügen kann.

»Ich bin ganz sicher, dass sie die Wahrheit gesagt hat, sie hat mir genau geschildert, was sie alles erlebt hat. In typischer Kindersprache.«

Dann erzählte er, dass er soeben von der Columbia Universität käme, wo er an einem Seminar über Existenzialismus teilgenommen hätte. »Das weiß ich«, sagte der Gefängnisdirektor. »Das stand doch in deinem Brief, in dem du erzählt hast, dass du den Pädophilen besuchen willst und der Seelsorger der Familie bist. Ich habe bei der Columbia nachgefragt, ob das alles stimmt.«

»Hat sie psychologische Hilfe?«

»Ja, sie geht jede Woche einmal zur Gesprächstherapie. Das Gericht in den USA hat eine Analyse ihres psychischen Zustands verlangt, die müsste bald fertig sein, ihr könnt nächste Woche damit rechnen.«

»Gut, geh jetzt mit deinen Kollegen mittagessen. Später kannst du dann nach Herzenslust den verrückten Stoneburg besuchen. Aber du wirst enttäuscht sein. Und vergiss nicht, dass wir die Gespräche aufnehmen und mit versteckter Kamera filmen.«

Ragnar nickte. Die Psychologin sagte, die Sache könne für die Forschung im Bereich Psychopathologie interessant sein. »Du weißt doch, dass die Forschung im Moment davon ausgeht, dass physiologische Fehlschaltungen im Gehirn die Ursache für ein solches Fehlverhalten sind, weil eine traumatische Kindheit nicht an allem schuld sein kann.«

»Gut, dass du das erwähnst«, sagte Ragnar und fügte hinzu: »Ich glaube, dass der Junge einen Schaden erlitten hat, als er in dem Kasten im Kofferraum lag, während seine Eltern gegen eine Felswand geprallt und ums Leben gekommen sind. Ich meine, schon damals gab es doch Kindersitze fürs Auto. Warum legt man also ein Kind mit ein paar Kissen in einen Holzkasten? Und warum setzt die Mutter sich nicht mit dem Kind auf die Rückbank, das macht man doch sonst bei kleinen Kindern.«

»Glaubst du, dass der Junge dadurch eine Gehirnverletzung davongetragen hat?«

»Ich halte das für möglich, aber ich bin kein Arzt und weiß nichts über Gehirnverletzungen bei kleinen Kindern.«

»Natürlich kann das möglich sein, bei denen ist das Risiko sogar größer als bei Erwachsenen. Ihr Kranium ist doch noch nicht zusammengewachsen«, sagte der Arzt. »Das kann interessant für die Forschung sein.«

»Ich wende mich an die Polizei in Stockholm und bitte um die Unterlagen über diesen Unfall«, sagte der Gefängnisdirektor und verschwand.

Einer der Geistlichen brachte Ragnar ins Gesprächszimmer und stellte ihn dem Häftling als den Seelsorger der Familie vor.

»Ach, ist die alte Stina fromm geworden und braucht jetzt einen Pfaffen«, sagte Per Stenberg und lachte laut und verächtlich.

Ragnar biss die Zähne zusammen, er hatte nicht mit einer so unangenehmen Begrüßung gerechnet.

Als er am folgenden Tag in das Besuchszimmer trat, war er besser vorbereitet, er hatte die Nacht im Hotel genutzt, um sich eine Strategie zurechtzulegen. Und er war auch nicht mehr geschockt, als er den fetten Mann mit dem Schmerbauch sah, das schlaffe Gesicht, aufgedunsen, mit tiefen Furchen und bleich. Der Mund war zu einem höhnischen Grinsen verzogen, die Augen stechend. Das also war aus ihm geworden, dem großen Charmeur, der Stina betört hatte.

Ragnar kam sofort zur Sache:

»Warum hast du Stina misshandelt? Du hast ihr Gesicht zerschlagen, viele Male.«

Per antwortete offen wie ein Kind. Die Antwort kam ohne Zögern.

»Ich wollte jemand sein, für sie war ich niemand. Diese verdammte Nutte hat mich nicht gesehen. Ich habe sie geschlagen, weil sie mich sehen sollte, aber das hat sie nicht getan, sie hat nicht einmal geschrien, sie ist einfach ins Badezimmer gegangen und hat sich das Blut abgewaschen. Und dann hat sie ebenso gelassen ein Taxi ins Krankenhaus genommen und die Wunden nähen lassen.« Er wurde noch heftiger: »Sie hat nie geschrien. Es gab mich einfach nicht. Ich wollte Macht. Wenn sie geschrien hätte, dann hätte ich gewonnen und sie beherrschen können.«

»Und was hättest du dann gemacht?«

»Ihre Doktorarbeit verbrannt.«

Nach langem Schweigen sprach Per weiter:

»Verstehst du, mir ist in meinem Leben nie bestätigt worden, dass es mich gibt.«

»Warum nennst du sie eine Nutte?«

»Aber das war sie doch, sie hat mich nur geheiratet, weil sie Sex wollte. Ich war ein guter Liebhaber, so lange ich sie ertragen konnte. Aber dann wurde sie schwanger und abstoßend und ich hab sie aus dem Schlafzimmer geworfen.«

Nach einem weiteren langen Schweigen fügte er mit leiser Stimme hinzu:

»In dieser Zeit hat meine Lust auf kleine Jungen mich fast in den Wahnsinn getrieben. Ich habe einige hilflose Versuche im Internet gestartet, aber da wurden nur Tussen angeboten. Und Tussen hatte ich satt.«

Wieder schwiegen sie, dann sagte Per: »Und dann habe ich das Baby geliebt, obwohl es doch ein Mädchen war. Ich habe sie versorgt, habe ihr den Po sauber geleckt. Ich weiß noch, dass ich gedacht habe: In ein paar Jahren gehört sie mir. Und so sehe ich das noch immer.«

»Und das glaubst du wirklich?«

»Ja, verdammt, in ein paar Jahren gehört sie mir. Ich werde hier meine Zeit absitzen, danach bin ich frei, und dann fahre ich nach Schweden, bringe Stina um und schnappe mir das Kind. Ich hab da Kontakte, ich werde sie schon finden.«

Ragnar gab sich alle Mühe, aber er konnte nicht verbergen, dass er rot anlief.

Per lachte ihn aus, aber Ragnar schaute zu dem in der Schublade verborgenen Tonbandgerät hinüber und holte tief Luft. Und hatte seine Stimme unter Kontrolle, als er fragte:

»Warum rechnest du mit einer kurzen Haftstrafe?«

Jetzt lachte Per laut, ehe er antwortete:

»Mein Verteidiger hat mir versichert, dass ich höchstens mit drei Jahren rechnen muss. Er ist einer der besten Verteidiger in den USA. Und schweineteuer.«

»Und du hast Geld?«

»Ich habe das gesamte Stenbergsche Vermögen zur Verfügung. Ich habe vor Weihnachten mit meiner Großmutter gesprochen und sie hatte gerade das Testament unterschrieben. Ich bekomme alles. Und jetzt ist sie endlich tot und es ist so weit. Mein Anwalt wird die Schuld dafür, was Maria passiert ist, Norman Gordon zuschreiben. Und er hat Recht, ich hatte nur ein wenig mit der Kleinen geschmust, als Norman angerannt kam, mich bewusstlos schlug und jede Menge Polizei, Ärzte und Psychologen holte. Kein Wunder, dass das Kind außer sich vor Angst war.«

»Aber das, was Maria mir in der Kirche erzählt hat, handelte nur von deinem Übergriff auf sie«, sagte Ragnar, erhob sich und sagte: »Bis morgen.«

»Findest du mich hassenswert?«

»Ja.«

Per lächelte zufrieden.

38.

In dieser Nacht konnte Ragnar nicht schlafen, am Ende nahm er eine Schlaftablette, schreckte aber wieder und wieder vor lauter Angst aus dem Schlaf hoch.

Als er ins Gefängnis kam, hatten alle die Übersetzung des Gesprächs gelesen. Ein neuer Mann saß jetzt am Tisch, Kriminaldirektor Jenkins, der die Ermittlungen geleitet und Kontakt zu Erik Rask gehabt hatte.

Er schüttelte Ragnar die Hand und sagte: »Das hast du gestern aber verdammt gut gemacht.«

»Danke, ich wusste die ganze Zeit, dass ich ihm nicht widersprechen durfte. Man kann das so deuten wie gestern, als er damit geprahlt hat, wie er seine Frau misshandelt hat. Sie hat nie geschrien, das Schreien hätte ihn bestätigt, ihm gesagt, dass es ihn gibt, dass er Macht hat. Genau dieses Spiel hat er gestern auch mit mir getrieben.«

»Und du hast auch nicht geschrien«, sagte Jenkins. »Hast du nie mit dem Gedanken gespielt, zur Polizei zu gehen?«

Ragnar lachte, schüttelte den Kopf und sagte. »Ich wollte auf keinen Fall auf einen logischen Bruch in seinen Schlussfolgerungen hinweisen, auf Fehlschlüsse, die ihm nicht klar sind.«

»Zum Beispiel, was?«, fragte Jenkins.

»Das Wichtigste ist vielleicht, dass er nichts erben wird und bettelarm ist. In Stockholm lag kein gültiges Testament vor. Das kann dir Roger Skog bestätigen, der Anwalt der Familie.«

Jenkins nickte und sagte dann:

»Du hast kein Wort davon gesagt, dass wir Beweise haben, sein Sperma im Muttermund der Kleinen.«

»Nein, das ist euer Ressort.«

»Danke. Aber was mir Angst gemacht hat, war sein Gerede über seine Kontakte in Schweden, die ihn zu seiner Exfrau und dem Kind führen werden«, sagte der Gefängnisdirektor. »Jetzt, wo ihr der EU beigetreten seid, steigt doch die Gefahr von mafiaähnlichen Banden. Kriminelle, die zu allem bereit sind, würden vielleicht auch die Familie finden.«

»Wenn du an die osteuropäische Mafia denkst, dann tun die nichts gratis«, sagte Ragnar. »Und er hat kein Geld.«

Jenkins nickte.

»Seinen Anwalt kenne ich. Und diesmal können wir vielleicht dafür sorgen, dass dem die Anwaltslizenz entzogen wird.«

»Ich bleibe noch einige Tage, ich werde über seine Kindheit und Jugend mit ihm sprechen, das kann wichtig für die Forschung sein.« Die Psychologin fand das auch, der Arzt nickte.

»Viel Glück«, sagte Jenkins, schüttelte ihm wieder die Hand und fügte hinzu: »Nett, dich kennen zu lernen.«

Der Arzt und die Psychologin warteten nach dem Mittagessen auf ihn und luden ihn für den Abend zu sich nach Hause ein. Er nahm die Einladung an und war froh, nicht noch einen Abend einsam im Hotel verbringen zu müssen. Erst als sie sich trennten, ging ihm auf, dass der junge Arzt und die gut aussehende Psychologin offenbar ein Paar waren. Es würde nett sein, sie außerhalb der Gefängnismauern zu treffen. Aber nun ging er mit schweren Schritten in den Besprechungsraum.

»Du glaubst vermutlich, dass du jetzt das Gesicht des Bösen gesehen hast«, sagte Per als Erstes.

»Nein, so einfach ist das nicht. Du bist ein Mensch wie ich. Ich bin nicht hier, um dich zu verurteilen, sondern um zu verstehen.«

»Du glaubst also weder an den Teufel noch an die Hölle.«

»Wenn es solche Kräfte gibt, dann gibt es sie hier auf der Erde.«

»Und du willst Pastor sein! Du musst doch an Gott glauben!«

»Ja, Gott ist die Kraft in uns, die das Gute ist, du weißt, das Gebot, liebe deinen Nächsten wie dich selbst.«

»Aber solche wie ich, die nicht lieben können?«

»Aber du hast doch erzählt, wie sehr du die kleine Maria geliebt hast.«

»Ja, aber nur, weil sie mir gehörte. Und sie war so schön und so unwiderstehlich. Doch ... ich habe geliebt.«

Er überlegte und wollte dann weitererzählen: »Eine Frau, ein junges Mädchen. Sie hieß Linda und hatte große blaue Augen. Und zärtliche Hände, die streichelten und liebkosten.«

Zum ersten Mal in ihren Gesprächen war er berührt, seine Stimme brach, er schloss die Augen.

»Linda war von Ingegerd angestellt worden, die damals in Schweden zu Besuch war. Ich war zwei Jahre alt und lernte gerade laufen. Es gab Krach mit den Alten, aber Ingegerd konnte durchsetzen, dass Linda und ich in der Einliegerwohnung wohnten, die sie für die Dienstboten gekauft hatten. Dort war aber nur selten jemand, die Leute blieben nicht lange bei den zwei alten Drachen.

Ich weiß noch, wie Ingegerd und Linda die Wohnung putzten, neue Möbel kauften, Vorhänge und Teppiche, alles sehr bunt und fröhlich und ganz anders als in der großen Wohnung.

Abends durfte ich zu Linda ins Bett, und sie hat mich am ganzen Leib geküsst und mit meinem Pimmel gespielt. Ich fand das wunderbar.

Ich durfte nicht darüber sprechen, das hatte Linda mir eingeschärft. Es sollte unser großes Geheimnis sein.

Ich wurde drei Jahre, vier, ich lernte sprechen, wir machten lange Spaziergänge, Linda und ich. Ab und zu gingen wir in ein Restaurant zum Essen und manchmal durfte ich an ihrem Wein nippen.

Jeden Samstag musste ich zu meinen Großeltern, ich fand, sie sahen aus wie riesige scheußliche Frösche.

Ich kann mich nicht erinnern, dass sie jemals mit mir gesprochen hätten. Aber ich habe von meinen Aquariumsfischen erzählt, und davon, dass ich singen lernte. Ich weiß noch, dass der Frosch im Kleid sagte: ›Unser alter Arzt hat sich ja doch geirrt. Der kleine Per ist ganz normal.‹

Sie sahen ganz komisch zufrieden aus.

Und der Frosch in der Hose sagte daraufhin: ›Kein Stenberg ist je aus der Art geschlagen.‹

Dann kam Linda mich holen und wir gingen einkaufen.«

Per sah überrascht aus, als er jetzt Ragnar anschaute und sagte: »Seltsam, dass ich das alles noch weiß.«

»Das kann daran liegen, dass diese Szene sich jeden Samstag wiederholt hat.«

»Ja, da hast du wohl Recht.«

Jetzt gab es zum ersten Mal eine Zusammenarbeit, fast eine Vertraulichkeit zwischen den beiden Männern in der Zelle.

Per seufzte tief und sagte, danach sei es dann schlimmer geworden.

»Ich wurde immer neugieriger auf die großen Frösche. Eines Tages hab ich mich in die Wohnung geschlichen und hallo gerufen. Und dann stand ich plötzlich in dem riesigen Saal, wo sie ihre Throne hatten. Der Alte war außer sich vor Wut und fing an, mich zu schlagen. Mit einer Reitpeitsche, die er unter den Kissen auf seinen Knien versteckt hatte.

›Ich werd dich lehren, dass man anklopft und fragt, ob man willkommen ist, ehe man das Zuhause anderer Leute betritt.‹

Da war ich fünf oder sechs.

Er riss mir die Kleider vom Leib und peitschte mich, ich schrie so laut ich konnte, und mehr weiß ich nicht mehr. Die Haushälterin kam angerannt und rief Linda, und die wusch mir Rücken und Gesicht.

Ich kam zu mir, als ich mit dem Kopf auf ihren Knien lag. Dann hörte ich, wie sie schrie, die Haushälterin solle die Polizei und einen Krankenwagen holen.

Ich kann mich nicht an die Polizei erinnern, auch nicht an den Krankenwagen. Das nächste Mal kam ich dann in einem Bett im Krankenhaus zu mir. Linda saß neben mir, streichelte mich und summte unser Schlaflied. Ein Arzt kam. Er war schrecklich wütend und fragte, wie ein Mensch einem Kind so etwas antun könne.

›Das war sein Großvater‹, sagte Linda.

›Können Sie das beschwören?‹

›Ja, mit der Hand auf der Bibel.‹

›Wer ist der Vormund des Jungen?‹

›Sein Großvater, Direktor Stenberg.‹

Sie schwiegen lange, der Arzt schaute Linda in die Augen und sie sagte:

›Ich bin nur die Kinderfrau.‹

›Haben Sie Anzeige erstattet?‹

›Ich habe die Haushälterin darum gebeten, aber dann kam der Krankenwagen, ich weiß also nicht, ob sie sich getraut hat.‹

Ich bekam eine leichte Narkose, während meine Wunden behandelt wurden. Linda blieb im Krankenhaus, sie stellten ihr ein Bett neben meins. Viel später erfuhr ich, dass Großvater Frosch im Gefängnis saß. Aber er wurde schnell wieder entlassen, weil er angeblich Alzheimer hatte und nicht zurechnungsfähig war.

Linda rief Ingegerd an, die Einzige in der Familie, die sich um mich kümmerte.«

Als Ragnar das Gefängnis verließ, begegneten ihm der Arzt und die Psychologin, die sagten, sie müssten das Essen vertagen, sie müssten erst einmal das auf dem Band Gehörte verarbeiten.

»Ich bin fast dankbar, ich hatte einen langen Tag«, sagte Ragnar.

39.

Ein neuer Morgen, eine neue Besprechung beim Gefängnisdirektor. Kommissar Jenkins war dabei und bedankte sich bei Ragnar für eine weitere hilfreiche Vernehmung. »Aber du hättest ihn fragen können, was aus dieser Linda geworden ist.«

»Das wäre zu viel für ihn gewesen«, sagte Ragnar. »Er hat geweint, als ich gegangen bin.«

»Er hat sich sicher nur Leid getan«, sagte Jenkins.

»Nicht nur, das war nicht alles.« Ragnar schien sich seiner Sache ganz sicher zu sein.

»Ich habe lange mit Ingegerd Gordon gesprochen. Sie hat erzählt, dass sie damals nach Stockholm gefahren ist, sie hat ihren Mann und ihre Kinder zurückgelassen, um sich um ihre Eltern zu kümmern. Und um den Neffen und Linda, die der Kleine liebte und von der er total abhängig war.

Sie hat sich damals lange mit Linda unterhalten, hat ihr Gehalt kräftig erhöht und ihr genug Geld da gelassen, damit sie und der Junge ein gutes Leben führen konnten. Sie fanden ein Haus auf einer Schäreninsel, es war gut eingerichtet, und sie unterzeichneten einen Mietvertrag für den Sommer. Das ganze Meer vor dem Fenster, ein Steg und ein Ruderboot.«

»Jetzt möchte ich aber wissen, mein lieber Pastor, was unter ›das war nicht alles‹ zu verstehen ist«, sagte Jenkins.

Ragnar seufzte tief. »Ich werde jetzt zuerst mit unserem Pyschopathen sprechen. Dann reden wir weiter.«

Und dann saßen sie wieder da, Auge in Auge. Ragnar eröffnete das Gespräch: »Ich hatte gestern den Eindruck, dass du in einer eiskalten Umgebung aufgewachsen bist, damals, bei deinen Großeltern.«

»Das war schrecklich, ich konnte nicht gerade auf dem Stuhl sitzen, konnte nicht mit Messer und Gabel umgehen, und sprechen konnte ich schon gar nicht. Und weil ich nicht sprechen konnte, sei ich entwicklungsgestört, sagten sie über den Einjährigen.«

»Das ist doch Wahnsinn!« Ragnar schüttelte den Kopf.

Per erzählte weiter:

»Als ich mit drei Jahren noch immer nicht richtig sprechen konnte, sagte meine Großmutter, ich sei sicher zurückgeblieben. Sie holte einen blödsinnigen Arzt, der die Diagnose zurückgeblieben und geistig behindert stellte.«

Er lachte laut auf, dann fügte er hinzu:

»Heute Nacht habe ich an meinen Vater gedacht. Plötzlich konnte ich verstehen, warum er sich für den Tod entschieden hat und gegen die Felswand gefahren ist.«

»Was hast du sonst noch gedacht?«

»Dass ich mich verdammt nochmal niemals geschlagen geben werde. Ich werde nicht wie mein Vater aufgeben.«

»Bravo«, sagte Ragnar, wagte aber nicht, Per in die Augen zu blicken.

Aber dann riss er sich zusammen und sagte: »Wolltest du nicht von Linda erzählen, die dir das Leben gerettet hat, nachdem dein Großvater dich fast totgeschlagen hatte?«

»Ja, sie hat mich geliebt und mich durch unsere Spielchen im Bett bestätigt. Damals wohnten wir in einem kleinen Haus auf einer Schäreninsel. Es war schön da, wir haben gespielt und geangelt und stell dir vor, wir mussten mit dem Ruderboot zum Einkaufen fahren.

Aber dann tauchte der Teufel auf, ein Fischer namens Johannes. Er war doppelt so groß wie ich und brachte Blumen und Kuchen für Linda.

Sie fand ihn bezaubernd.

Eines Nachts erwachte ich in einem anderen Zimmer. Sie hatten mich hinausgetragen, um ihre Ruhe zu haben. Ich schlich mich zurück und sah, was ein richtiger Mann macht, es gab keine Spielchen und keine Liebkosungen, da hieß es, rein mit dem Schwanz, und der war riesig wie ein Hammerschaft. Und dick wie eine Bratwurst. Und sie schrie vor Freude, diese miese verdammte Nutte.

Als er gegen Morgen das Haus verließ, habe ich mir das scharfe Tranchiermesser geholt, vor dem Linda sich immer gefürchtet hat. Sie schlief noch, als ich ihr die Kehle durchgeschnitten habe.

Ich war nicht außer mir, ich war eiskalt und dachte nach. Nach einer Weile stand mein Plan fest. Ich habe sie dann zerstückelt und die Teile in Plastiksäcke gesteckt und in jeden Sack schwere Ziegelsteine aus dem Schuppen gelegt.

Ich schaute auf die Uhr, es war noch keine acht Uhr morgens, als ich losgerudert bin und die Säcke ins Meer geworfen habe. Niemand hat mich gesehen.

Ich war so unerhört klar im Kopf, und glücklich, high, wie auf Drogen.

Dann ging ich nach Hause und machte sauber. Boden und Fenster, Bett und Schränke. Als ich fertig war, war ich sicher, dass es nicht die kleinsten Reste von Blut oder Fleischfasern gab.

Dann habe ich ihr Bett gemacht, ich weiß nicht, warum.

Danach habe ich mich geschrubbt und meinen Schlafanzug angezogen, ich bin ins Bett gegangen und wollte mich schlafend stellen.

Aber ich war doch wirklich so müde, dass ich eingeschlafen bin.

Ich wurde wach, als die Sonne ganz hoch am Himmel stand und dieser Johannes vor meinem Bett auftauchte und nach Linda fragte. Ich sagte, sie sei zum Baden an den Strand gegangen. Oder zum Boot oder zu irgendeiner Nachbarin zum Kaffee.

Wir machten uns auf die Suche, folgten allen Spuren, er rief die wenigen Nachbarn an, die es überhaupt gab. Niemand hatte sie gesehen. Im Boot gab es Blutspuren, und da habe ich mich ein einziges Mal gefürchtet. Aber ich sagte, ich hätte einen Hecht gefangen und im Boot gereinigt. Daraufhin schimpfte er mich aus, weil ich nicht sauber gemacht hätte.

Das war komisch, ich lachte, als ich das Deck geschrubbt habe, während er zur Polizei ging, um Linda als vermisst zu melden.

Gott im Himmel, was war ich glücklich. Souverän, genial, eiskalt.«

»Aber du hast selbst gesagt, dass du sie geliebt hast, und jetzt war sie tot. Da musst du doch auch Trauer empfunden haben?«

»Nein, hab ich nicht. In den folgenden Jahren ist es schon mal vorgekommen, dass ich sie vermisst habe. Aber dieses Gefühl konnte sich mit meinem Stolz, meinem gewaltigen Sieg dann doch nicht messen. Macht ist viel stärker, viel größer als Liebe.

Um Macht zu gewinnen, muss man sich seinem eigenen freien Willen überlassen, rücksichtslos, ungebunden.«

»Kant hat gesagt, dass der Mensch sich für eine böse Einstellung zum Leben und zu seinen Mitmenschen entscheiden kann.«

»Da hatte er Recht, wir sind frei«, sagte Per.

»Du musst schon entschuldigen, aber ich kann dir einfach nicht weiter zuhören«, sagte Ragnar. »Ich hatte mir eingebildet, dass wir ein gewisses Vertrauen entwickelt hätten und dass du trotz allem ein Mensch seist. Ich fahre morgen nach Hause.«

»Du stehst unter Schweigepflicht«, sagte Per.
»Bei Mord gilt das nicht«, sagte Ragnar.
»Setz dich hin und hör mir genau zu.«
»Okay.«
»Meine Stina hatte große Ähnlichkeit mit Linda, hell wie die Sonne, blau wie der Himmel an einem schönen Sommertag. Aber auch sie wollte nicht gehorchen. Und hat mich verraten. Und deshalb muss ich sie töten, wenn ich in einigen Jahren wieder frei bin.«

40.

Der Wärter kam und führte den Häftling aus dem Gesprächsraum. Ragnar nahm das Band aus dem Aufnahmegerät, ging direkt zum Gefängnisdirektor und sagte, er müsse mit der Polizei sprechen. Jenkins hatte mit einem anderen Fall zu tun, wollte sich aber bei der ersten Gelegenheit melden. Der Arzt tauchte auf und meinte, Ragnar wirke schockiert und bleich.

Der Gefängnisdirektor ging zum Kühlschrank und schenkte ihm einen großzügigen Wodka ein.

»Schwedische Ware«, sagte er und stellte das Glas vor Ragnar hin. Der bedankte sich, trank und hatte kurze Zeit später seine Gesichtsfarbe wieder.

Etwas später rief Jenkins an und Ragnar sagte, er habe ein neues Geständnis erwirkt. »Unser Psychopath hat eine junge Frau ermordet, den Leichnam zerstückelt und im Meer versenkt.«

»Wann und wo«, fragte Jenkins.

»Im Stockholmer Schärengürtel.«

»Gott sei Dank ist das nicht mein Ressort.«

»Nein, natürlich nicht, aber ich möchte dich doch bitten, Kommissar Rask zu informieren.«

»Natürlich. Ich komme zu dir, sowie ich mit den Kollegen in Schweden gesprochen habe.«

Bald darauf saß Jenkins an seinem üblichen Platz im Besprechungszimmer und sagte, Schweden sei doch ein Land, das seine Bewohner im Griff habe, alle seien bei den Behörden gemeldet. Lindas Verschwinden müsse also ein gewisses Aufsehen erregt haben.

»Das schon, es war ja Sommer und die übliche Saure-Gurken-Zeit, die Zeitungen haben sich vermutlich in der Geschichte des verschwundenen Kindermädchens geradezu gesuhlt«, sagte Ragnar.

»Kindermädchen? Sie war doch die Einzige, die er geliebt hat.«

»Und deshalb musste sie sterben«, sagte Ragnar.

Und er dachte an Stina.

Schweigen senkte sich über den Tisch, während alle nachdachten. Gleich darauf wurde die Übersetzung gebracht.

Sie hörten aufmerksam zu und ließen einige Stellen mehrmals durchlaufen. Jenkins sagte, er werde die Passage, in der der Mord beschrieben wird, dem Gericht vorlegen, für die Ermittlungen sei zwar die schwedische Polizei zuständig, aber das Gericht werde doch ein klareres Bild des Angeklagten erhalten.

Dann fügte er hinzu:

»Ich habe mit dem Staatsanwalt gesprochen, der lebenslänglich fordern wird. Wir haben außerdem zwei kleine Jungen, die bezeugen können, welche Handlungen ihr ›Stiefvater‹ an ihnen begangen hat.

Außerdem habe ich mit dem Verteidiger gesprochen, der die Hände rang, als er erfuhr, dass Stenberg nichts erben wird. Er war geschockt, er hatte schon viele Stunden an der Verteidigung gearbeitet. Aber er hatte ohnehin das Interesse verloren, als die neue Frau und ihre kleinen Söhne sich zur Aussage bereit erklärten.

Wir müssen also einen neuen Verteidiger finden, und das wird nicht einfach. Nur wenige Anwälte setzen wegen eines Pädophilen ihren Ruf aufs Spiel.«

Sie wollten die Besprechung schon beenden, als die Psychologin Ragnar anschaute:

»Hast du dir mal überlegt, dass er sich die ganze Geschichte auch aus den Fingern gesaugt haben könnte, Psychopathen sind doch fast immer gewiefte Lügner.«

»Dieser Gedanke ist mir auch gekommen. Aber seine Darstellung war so voller Einzelheiten und so konkret, mit Uhrzeit und allem. Aber ich kann nicht glauben, dass er das alles erfunden haben könnte.«

»Darüber brauchen wir hier aber nicht zu sprechen«, sagte Jenkins. »Wir müssen jetzt zuerst Erik Rask anrufen. Es ist schon spätabends, aber darauf kann ich keine Rücksicht nehmen. Ich habe seine Privatnummer«, fügte er hinzu, griff zum Telefon, tippte die Nummer ein und war bereit, es etliche Male klingeln zu lassen. Aber das war gar nicht nötig, Rask meldete sich sofort und erfuhr, dass der schwedische Geistliche Per Stenberg eine phantastische Geschichte entlockt habe.

»Das verschwundene Kindermädchen, hab ich mir's doch gedacht«, sagte Erik Rask. »Einige klarsichtige Kollegen von mir waren auch dieser Ansicht. Aber es gab ja keine Spuren, keine Beweise. Die Einzige, die mehr wissen könnte, ist Mrs Gordon.«

»Und die soll nicht hineingezogen werden ...!«

»Ich schicke alles Material, das wir haben«, sagte Rask. Aber es gebe da einen Haken. »Per Stenberg war zum Zeitpunkt des Mordes erst vierzehn und damit nicht strafbar, jedenfalls nicht in Schweden.«

Sie schwiegen eine Weile, zählten die Jahre und fragten sich, wo der Junge und die Kinderfrau wohl vor Lindas Tod gelebt haben mochten.

Am Ende sagte Erik:

»Hat dir der Pastor helfen können?«

»Ja, sehr. An dem hat das Gerichtswesen einen genialen Verhörleiter verloren. Ich habe ihm gesagt, er solle zur Polizei gehen. Aber auf diesem Ohr ist er taub.«

Dann lachten sie und legten auf. Jenkins wandte sich der Psychologin zu und sagte: »Das ist also keine von einem Psychopathen ersonnene Geschichte. Er hat uns die reine Wahrheit erzählt, und ein Vierzehnjähriger, der einen raffinierten Mord begangen hat, ist damit durchgekommen.«

41.

Alle Informationen über die verschwundene Linda und die damaligen Ermittlungen in Schweden befanden sich am folgenden Tag in Jenkins' Computer.

Die Ermittlungen waren professionell und sorgfältig durchgeführt worden. Der Verdacht gegen Stenberg war wohlmotiviert. Aber Beweise gab es eben nicht. Und dann klaffte da eine große zeitliche Lücke. Der Junge war knapp sechs gewesen, als seine Tante ihn in die USA geholt hatte. Und vierzehn, als er in Schweden zum Mörder geworden war.

Nur Ingegerd Gordon konnte wissen, wo der Junge sich in dem fraglichen Zeitraum aufgehalten hatte. »Aber wir müssen sie jetzt schonen.«

»Mir ist etwas eingefallen«, sagte Ragnar. »Ingegerd Gordon und ihr Sohn, der Arzt Norman Gordon, sind nach Schweden gekommen, um Weihnachten zu feiern. Und dabei ging es ihnen wohl vor allem um das Kind. Sie müssen ein entsetzlich schlechtes Gewissen gehabt haben. Deswegen haben wir uns kennen gelernt, wir teilen ja unsere Sorge um die kleine Maria. Ich könnte den Sohn anrufen.«

»Versuch es«, sagte Jenkins.

»Wie viel darf ich sagen?«

»Alles. Er muss doch genauso wütend wie du darüber sein, was Stenberg der Kleinen angetan hat.«

»Noch wütender. Er trug doch die Verantwortung für das Kind.«

Jenkins bat seine Sekretärin, die Telefonnummer von Dr. Norman Gordon herauszusuchen. Der Doktor sei gerade im Operationssaal, würde sich aber so bald wie möglich melden, wurde ihm gleich darauf beschieden.

Sie tranken Kaffee, während sie auf den Anruf warteten, und Ragnar stöhnte lauter als sonst über den wässrigen amerikanischen Kaffee.

Dann klingelte es. »Geh du ran«, sagte Jenkins.

»Hallo, nett, dass du anrufst«, sagte Ragnar.

»Ich wusste schon, dass du in der Gegend bist, ich habe gestern noch mit Anders gesprochen. Wo können wir uns treffen?«

»Im Moment bin ich noch bei einer Besprechung im Gefängnis. Und wir haben einige wichtige Fragen, bei denen du uns vielleicht behilflich sein könntest.«

»Ich bin sofort bei euch, ich wollte gerade Feierabend machen.«

Jenkins sprach mit den Wärtern und schärfte ihnen ein, den Arzt höflich zu behandeln. Als die Tür des Besprechungszimmers geöffnet wurde, lief Norman direkt in Ragnars Arme, es folgten eine lange Bärenumarmung und Fäuste, die einander in den Rücken schlugen.

»Herrgott, wie schön, dich zu sehen«, sagte Norman. »Und jetzt stell mir deine Kollegen vor.«

Und Ragnar stellte ihm die Psychologin, dann den Arzt, die Geistlichen und schließlich den Chef vor.

»Dann fasse ich jetzt den Beschluss, dass Dr. Gordon sich Ragnars letztes Gespräch mit dem angeklagten Per Stenberg genau anhört.«

Der Techniker legte das Band ein und fand die Stelle, an der Ragnars Stimme sagte:

»Du wolltest doch von Linda erzählen, die dir das Leben gerettet hat, nachdem dein Großvater dich fast totgeschlagen hatte.«

»Ja, sie hat mich geliebt und mich bei unseren Spielchen im Bett bestätigt.« Das Band lief weiter bis zur Ermordung Lindas und der Zerstückelung ihres Leichnams. Pers Stimme war deutlich zu hören und klang stolz.

Norman erbleichte und klammerte sich an die Tischkante, er schien Angst zu haben, dass er sonst zu Boden fallen könnte. Dann murmelte er erschüttert: »Diese wunderbare junge Schwedin, sie war so munter und so lieb zu meinem Vetter! Und so schön, ich kann mich gut an ihre großen himmelblauen Augen erinnern!«

Er holte tief Luft, um sich von diesem Schock zu erholen:

»Wäre es möglich, dass er gelogen hat? Er lügt doch dauernd.«

»Aber diesmal nicht«, sagte Jenkins. »Wir haben vorhin die schwedischen Informationen bekommen. Wir machen Kopien, dann kannst du dir selbst ein Bild von den Ermittlungen damals machen.«

»Könnt ihr das Band vor Gericht verwenden?«

»Nein, nicht als Beweis, das Verbrechen ist in einem anderen Land begangen worden und außerdem schon verjährt. Aber ich werde es den Geschworenen vorspielen, um dem Gericht ein Bild des Angeklagten zu vermitteln. Das Interessanteste an den schwedischen Ermittlungen ist, dass starke Indizien für Per Stenberg als Täter sprachen. Aber in Schweden kann man keinen Vierzehnjährigen unter Mordanklage vor Gericht stellen.«

Jenkins trank einen Schluck Wasser und holte tief Luft, ehe er weitersprach:

»Wir müssen jetzt wissen, wo er gewohnt hat, nachdem er mit sechs Jahren in die USA gekommen war. Wo hat er sich aufgehalten, was geschah während dieser acht verschwundenen Jahre?«

»Das kann ich euch sagen«, antwortete Norman. »Im Winterhalbjahr war er in einem Internat. Es war eine feine, teure

Schule, wo nicht nur englische und amerikanische Geschichte unterrichtet wird. Dorthin gingen keine normalen Einwanderer, sondern die Kinder von ausländischen Diplomaten und erfolgreichen Geschäftsleuten, die in den USA investiert hatten. Linda wohnte damals ganz in der Nähe der Schule.

Aber meine Mutter ist gegen Mittsommer immer nach Schweden gefahren. Jedes Jahr, und immer hat sie Per und Linda mitgenommen. Meine Mutter hatte ein Haus im Stockholmer Schärengürtel gefunden, und dort sollten Per und Linda den Sommer verbringen.

Sie sollten baden gehen und im Meer angeln. Ich war einmal dort und es war wunderbar. Es ist ein seltsamer Teil des Schärengürtels, er heißt Roslagen. Da liegen Hunderte von Inseln.

Es kommt noch heute vor, dass ich vom Meer träume, und von den Anlegestegen, den Booten und den Wiesen mit den vielen Blumen.«

Es ging auf acht Uhr abends zu und sie mussten das Gespräch beenden. Norman rief seine Frau an und sagte, er sei nach einem anstrengenden Tag endlich auf dem Heimweg.

»Wie viel darf ich ihr erzählen?«

»Wir sind dankbar, wenn du mit niemandem darüber sprichst, was du heute gehört hast«, sagte Jenkins.

»Versprochen.«

»Danke.«

»Wir hören voneinander«, sagte Norman zu Ragnar. »Ingegerd will dich morgen sehen. Heute Abend ist sie auf einem Empfang beim Präsidenten persönlich.«

Die Psychologin umarmte Ragnar und sagte: »Die Mächte scheinen gegen uns zu sein, was unser Essen angeht. Ich bin so müde, dass ich kaum noch aufrecht stehen kann.«

»Geht mir auch so«, sagte Ragnar, der jedoch wusste, dass

ihm eine weitere schlaflose Nacht im Hotel bevorstand. Seit seiner ersten Begegnung mit Per Stenberg konnte er nicht mehr ruhig schlafen.

42.

Er ließ sich etwas zu essen und eine Flasche Weißwein aufs Zimmer bringen. Aß, ohne etwas zu schmecken, trank seinen Wein, duschte und verkroch sich ins Bett. Und der Schlaf ließ ihn im Stich, so wie jede Nacht hier in Richmond.

Er dachte an etwas, das Per am Morgen gesagt hatte.

»Ich bin ein freier Mann, ich bin keinem moralischen Gesetz unterstellt. Ich habe keinen Gott und keine Gesetze. Und deshalb kann ich meinen Impulsen folgen. Die du als böse bezeichnest und nicht begreifst. Es verpasst mir einen unerhörten Kick, mich meinen Impulsen hinzugeben, es ist wie ein Rausch aus Macht und Herrlichkeit.«

»Aber du suchst Bestätigung, das zieht sich wie ein roter Faden durch deine Lebensgeschichte. Wenn Linda nicht … gestorben wäre …«

»Wenn Linda damals nicht gestorben wäre, dann hätte ich sie früher oder später doch umbringen müssen. Sie hat mich verraten, als sie mit dem anderen geschlafen hat. Und sie hätte es wieder getan. So, wie Stina mich verraten hat, als ihr Studium ihr wichtiger war als ich. Deshalb muss sie sterben, sobald ich wieder frei bin.«

Als er Per Stenberg verließ, hatte Ragnar an den Grundstein gedacht, auf dem er sein Leben aufgebaut hatte und der ihn hergeführt hatte.

»Er hat trotzdem als Mensch einen Wert.«

Dann hörte er sich selbst zur Zimmerdecke sagen:

»Nein. Das hat er nicht. Es wäre für uns alle besser, wenn er zum Tode verurteilt würde.«

Ich habe meinen Kinderglauben verloren, dachte er und meinte damit nicht das Christentum, da hatte er schon lange geschwankt, es ging um etwas Größeres.

Den Glauben an die Menschen. Was soll ich Stina nur sagen? Du hast dir damals einen Unmenschen ausgesucht? Als der Verkehrslärm auf der Straße einsetzte und das erste Licht durch die Vorhänge sickerte, gab er auf und nahm eine Schlaftablette.

Er kam zu spät ins Gefängnis, aber das machte nichts, denn Stenbergs neuer Verteidiger saß in der Zelle und sprach mit dem Angeklagten. Die Psychologin brachte zwei Tassen Kaffee und Gebäck und setzte sich neben ihn. »Sieh mal, was ich für dich gekauft habe«, sagte sie, zog eine Tasse Pulverkaffee hervor und rührte zwei Löffel in seine Tasse.

Er trank. »Jetzt schmeckt er immerhin nach Kaffee«, sagte er. »Nett von dir, an mich zu denken.«

Gleich darauf wurde ihm mitgeteilt, ein Dr. Gordon suche den schwedischen Pastor.

»Ich nehme das Gespräch an.«

»Meine Mutter würde dir nie verzeihen, wenn du abreisen würdest, ohne sie vorher gesehen zu haben. Ich hol dich ab und fahr dich zu ihr. Wir haben dann eine gute Stunde Zeit, um unter vier Augen miteinander zu reden. Du kannst dich bei der Polizei in Ruhe verabschieden, ich bin so gegen elf Uhr bei dir.«

Ragnar drehte seine Runde und bedankte sich für die Hilfe, alle meinten, er habe phantastische Arbeit geleistet. Kommissar Jenkins umarmte ihn und sagte: »Schick eine Rechnung.«

Ragnar lachte und erwiderte: »Als Geistlicher tu ich's für Gotteslohn.«

Norman kam fast pünktlich und fuhr Ragnar ins Hotel, wo der seine Tasche packte.

»Ich wollte die Rechnung bezahlen, aber das hat Kommissar Jenkins schon erledigt.«

»Wie schön, dann fahren wir.«

Der Druck in seinem Zwerchfell ließ ein wenig nach. Ich bin frei, ich kann wieder nach Hause fahren. Aber dann krampfte sein Magen sich wieder zusammen: Was sollte er nur Stina sagen?

»Jetzt musst du mir zuhören«, sagte Norman. »Meine Mutter ist gestern Abend früh nach Hause gekommen, sie hatte keine große Lust, mit den Auserwählten zusammenzusein, die die USA demnächst in die Hölle fahren.«

Norman erzählte, dass Ingegerd die Tonbänder hören wollte. »Ich habe es ihr so lange wie möglich verweigert, aber dann habe ich sie auf dem Tisch in ihrem Schlafzimmer liegen lassen.

Später hat meine Frau erzählt, dass Ingegerd heute morgen schon um fünf Uhr auf war, sie saß frierend in ihrem Morgenrock da, mit weißem Gesicht und verweint.

Wir wollten uns die Aufnahmen dann auch anhören, aber die sind ja auf Schwedisch.«

»Ich habe darauf bestanden, die Gespräche auf Schwedisch zu führen, ich dachte, ich würde Per in seiner Muttersprache näher kommen. Aber alle Bänder sind von der Polizei übersetzt worden.«

Sie bogen nicht in Richtung Fredericksburgh ab, sondern folgten einer Abzweigung nach links durch einen gepflegten Wald, erfüllt von Düften und Stille. Dann waren sie am Ziel.

Das große weiße Haus lag an einem Hang, es war ein langes Gebäude mit zwei Stockwerken, sehr modern, keine Säulen oder anderer Schnickschnack.

»Sehr skandinavisch«, sagte Norman.

Zwei Gebäudeflügel rahmten das Bild ein und spiegelten sich in einem riesigen Swimmingpool.

Sie fuhren nicht bis ganz zum Haus. Norman steuerte den Parkplatz an, der sich hinter den Flügeln verbarg.

»Wie schön, dass du kommst«, sagte Ingegerd, als sie ihm die Hand reichte. »Ich kann mich noch immer gut an deine Weihnachtspredigt erinnern, aber du weißt vielleicht nicht einmal mehr das Thema?«

»Doch, natürlich, dass jegliche Vergebung bei uns selbst beginnen muss. Sie kam nicht gut an, ich wurde zum Bischof zitiert, ging aber nicht hin. Ich habe gekündigt.«

»Aber mein Lieber …«

»Nein, das war gut für mich, ich wollte nicht mehr das in Worte fassen müssen, wofür es keine Worte gibt.«

Jetzt kam Normans Frau dazu, begrüßte den Gast und sagte: »Ihr habt sicher Hunger. Wir haben schon auf der Veranda gedeckt. Aber zuerst musst du dir dein Zimmer ansehen.«

Es waren sogar zwei Zimmer, geräumig, skandinavische Möbel, frische Luft, helle Farben.

Er hatte fast das Gefühl, nach Hause zu kommen.

Dann gab es ein leichtes Mittagessen mit kleinen Gerichten, viel Fisch und Schalentieren und noch mehr frischen Salaten.

»Rate mal, wer das Haus entworfen hat«, fragte Ingegerd.

»Ich setze zehn Dollar auf Alvar Aalto«, sagte Ragnar.

»Bravo! Wo ist meine Brieftasche?«, fragte Ingegerd und alle lachten.

Als sie die Tafel aufhoben, wandte Ragnar sich an Normans Bruder Theodor und dessen Frau und sagte, er habe die Bänder mit der englischen Übersetzung mitgebracht. Ob sie sie ebenfalls hören wollten.

»Ich würde gerne verschiedene Ansichten zu diesen Gesprächen einholen, ich bin unsicher und unschlüssig, ich habe das Gefühl, als ob ich den festen Boden unter den Füßen verloren hätte.«

»Das wird sehr interessant sein«, sagte Julie. »Irgendwie finde ich, haben wir das Recht, uns das anzuhören. Pers Schatten hat immer auf der Familie gelastet. Wie ein böser Geist, der sich durch unser Leben schleicht.«

»Aber am schlimmsten war es für Mama«, sagte Theo.

Ragnar blickte den älteren Bruder lange an. Er war größer und breiter als Norman, kritisch, skeptisch und nicht so gefühlsbetont.

»Wir machen das so, ihr drei setzt euch zusammen und redet miteinander. Wir geben euch Zeit bis zum Nachmittagskaffee um vier. Dann treffen wir uns alle wieder hier und sagen dir, was wir so denken.«

»Na gut.«

»Der geborene Anführer«, sagte Norman und seufzte.

»Er ist auch der geborene Forscher«, sagte Ingegerd, und Ragnar lächelte und dachte, dass hier der ewige Konflikt zwischen zwei Brüdern schwelte. Und dass eine verständnisvolle Mutter sich alle Mühe gab, um den Konflikt auf kleiner Flamme köcheln zu lassen.

Er und Julie lächelten sich verständnisvoll zu.

43.

Nichts an deinen Gesprächen mit Per hat mich überrascht«, sagte Ingegerd später beim Kaffee. »Ich habe das immer gewusst. Und mir alle Mühe gegeben, es zu verdrängen. Ihr wisst doch, manches weiß man, will es aber nicht wissen, weil es zu schrecklich ist. Manchmal gelingt uns das, und dann kann es Tage geben, die licht sind, und leicht, fast froh.«

»Was für Tage?«, fragte Julie.

Ingegerd lächelte und sagte: »Wie damals, als du deine Kinder geboren hast und die Freude so groß war, dass sie alles verdrängt hat. Weißt du noch, wie du Probleme mit dem Stillen hattest und ich sie füttern musste, zuerst mit dem Teelöffel und dann mit der Flasche. Du hast mir natürlich Leid getan. Aber ich war so glücklich.

Ich habe mir immer Töchter gewünscht, aber nur Söhne bekommen. Ganz anders als in meiner Familie. Da zählten nur die Jungen, ich nicht. Ragnar, du bist Geistlicher. Kann Gott mir verzeihen, dass ich so ungeheuer erleichtert war, als meine Mutter an Weihnachten gestorben ist?«

»Ich bin sicher, dass Gott ebenso erleichtert war wie du. Aber ich will jetzt nicht über religiöse Dinge sprechen.«

»Nein, verzeih mir.«

Ingegerd lächelte und sagte dann:

»Ich war auch froh, als mein Bruder gestorben ist, der, der gegen die Felswand gefahren ist. Dieser Kasten, in dem das Kind lag, war ganz sicher ein Teil des geplanten Selbstmordes.«

Sie schwieg und zog sich ihr Taschentuch durch die Finger, dann sagte sie:

»Nichts in deinen Gesprächen mit Per hat mich überrascht. Aber ich bin fast zusammengebrochen, als er beschrieben hat, wie er Linda umgebracht hat. Nicht nur vor Schreck, sondern vor allem, weil es mich unendlich traurig machte. Sie war ein wunderbares Mädchen, ein seltenes Geschöpf, sie ging nicht, sie tanzte, sie bewegte sich, als ob es das Gesetz der Schwerkraft nicht gäbe. Und könnt ihr euch an ihr Lachen erinnern?«

»Ja«, sagte Norman. »Dabei schien die Freude in ihrem Körper zu explodieren und alle mitzureißen, die in der Nähe waren. Sie war die Erste und Einzige, die Per liebte. Sie tröstete ihn, hörte ihm zu, schmuste mit ihm, trug ihn auf dem Rücken oder der Hüfte.«

»Das hört sich an wie Verliebtheit, wie Leidenschaft«, sagte Julie.

Sie schwiegen und hörten, wie die alte Wanduhr viermal schlug.

Gleich darauf schlossen Theo und seine Frau sich der Runde an. Die Frau hieß Rachel, war Psychiaterin und fast ebenso hoch gewachsen wie ihr Mann. Schön und selbstsicher, dachte Ragnar, als sie ihre langen dunklen Haare zurückwarf und sagte:

»Aber natürlich hat Julie Recht, es war eine Leidenschaft, schmerzlich und überaus erotisch. Und das erklärt ja auch, warum alles so geendet ist.«

Ragnar sah sie lange an, sie war elegant, fast beängstigend perfekt. Aber sie hatte warme braune Augen.

Er begegnete ihrem Blick und sagte, er habe nicht einen Gedanken daran verschwendet, nicht im Gefängnis. Aber im Hotel habe er eine grauenhafte schlaflose Nacht verbracht, »so, als ob ich den festen Boden unter den Füßen verloren hätte.«

»Du hast deinen Glauben an Gott verloren?«

Ragnar lachte ihr ins Gesicht.

»Der Gott, an den du glaubst, hat für mich niemals existiert.«

Rachel schaute ihn überrascht an.

»Was hast du denn dann in dieser schlaflosen Nacht im Hotel verloren?«

»Meinen Glauben an die Menschen«, sagte er.

»Und wie würdest du den in Worte fassen?«

Ragnar nickte: »Das ist einfach. Er ist trotzdem ein Mensch.«

Ingegerd, Norman und Julie nickten, Julie erhob sich und sagte: »Ich hol uns was zu trinken, ich glaube, das können wir jetzt brauchen.«

Dann saßen sie da und erholten sich mit einem Whisky. Nur Ingegerd und Rachel wollten lieber Weißwein.

Theo sagte, er vertrete hier die Naturwissenschaft. Und jetzt wolle er seine Ansichten zu den eben gehörten Tonbandaufnahmen loswerden.

»Schon beim ersten Gespräch mit der Polizei sagte Ragnar, dass das Baby im Kasten bei dem Unfall Verletzungen davongetragen haben könnte. Ich glaube, das ist richtig. Als Arzt kann ich sagen, dass eine Gehirnerschütterung bei einem Kind, dessen Schädel noch nicht richtig zusammengewachsen ist, oft arge Folgen haben kann.

Per ist als Psychopath diagnostiziert worden. Wie allen anderen Psychopathen fehlt ihm die Fähigkeit zur Empathie, dem Mitgefühl für andere.«

»Aber das ist irgendwie zu einfach«, sagte Ragnar. »Das Böse ist universal, es schlummert in allen Menschen.«

»Bitte, Theo, jetzt schlepp hier nicht Darwin an«, sagte Rachel und Ragnar lachte.

Aber Theo ließ sich nicht aufhalten.

»Ein menschliches Gehirn enthält vierzig Millionen Neuronen und ebenso viele Synapsen, die Signale empfangen und aussenden können. Aber wenn dieses Signalsystem nicht funktioniert, ist man behindert. Das gilt zum Beispiel für Leute mit Aspergers Syndrom.

Und jetzt hat die Forschung Grund zu der Annahme, dass bei Psychopathen dieselbe Art von Behinderung vorliegen kann.«

Rachel stöhnte laut.

»Nicht noch eine Ziffer, Theo. Wir reden hier über deinen Vetter.«

Theo hob die Hände.

Aber er gab sich trotzdem nicht geschlagen, er machte mit der nächsten Theorie weiter.

»Es kann um Hormone gehen, eine Besessenheit, eine gewaltig starke Leidenschaft zwischen dem Knaben Per und dem Kindermädchen. Hier kann ich auf all unser Wissen über die Pubertät hinweisen. Fast alle Jungen haben Erinnerungen an die schreckliche Zeit, in der das Blut brodelt und sie an nichts anderes denken können als an Sex und Eroberung. Also kann der vierzehnjährige Per natürlich durchdrehen, als er sich von einem erwachsenen Mann bedroht sieht. Linda war seine Frau, er befand sich in der einzigartigen Situation eines Vierzehnjährigen, der jederzeit mit einer Frau Sex haben konnte. Das ist doch der Traum aller Knaben.«

»Aber warum müssen wir verstehen«, sagte Ragnar müde. »Kein einziger Mensch wird Per jemals verstehen können, wie er ist und warum er so geworden ist. Wir können lange über die Bedeutung des Milieus sprechen, er hatte eine schreckliche Kindheit bei seinen eiskalten Großeltern, wurde nie beachtet, fand keine Bestätigung. Und er wurde misshandelt.«

Alle nickten. Ingegerd sagte, das habe sie sich im Laufe der Jahre auch oft gedacht.

»Ich habe versucht, ihn als behindertes Kind zu sehen. Ich wollte verstehen und verzeihen. Aber das hat nicht gereicht, mein Zorn wurde einfach zu groß. Im Internat in Washington kam er gut zurecht. Und an seinem Verstand war wirklich nichts auszusetzen. Ihr könnt seine Zeugnisse sehen, die sind durch und durch gut und in Mathematik sogar hervorragend.«

»Vielleicht war er ja doch ein Aspergers-Fall«, sagte Theo, worauf Rachel hochging.

»Nicht noch eine Theorie«, sagte sie und schlug mit der Faust auf den Tisch. »Er ist kein Patient, für den wir hier eine Diagnose zu stellen haben. Er ist ein Vetter, er gehört zur Familie.«

In das nun folgende Schweigen klingelte das Telefon. Ingegerd ging hin und teilte mit, Kommissar Jenkins wolle mit Ragnar sprechen. Unter vier Augen. Ragnar ging mit dem Telefon in die Bibliothek und schloss die Tür.

Als er zurückkam, teilte er kurz mit, eine neue Anzeige gegen Per sei erstattet worden. Es handele sich um ein sexuelles Vergehen an einer Siebenjährigen.

»Das Mädchen ist nicht nur psychisch völlig verstört, sondern es hat auch körperliche Schäden davongetragen. Aber die Kleine hat Per Stenberg als Täter identifiziert.«

Es wurde so still, dass man fast die berühmte Stecknadel hätte fallen hören können.

Aber die fiel nicht, stattdessen brach hinter der Terrassentür die Dämmerung herein.

Ragnar brach das Schweigen und sagte:

»Ich habe Jenkins gefragt, mit welchem Urteil er rechnet. Die Polizei hofft auf zwanzig Jahre. Und das würde für Maria und ihre Mutter Sicherheit bedeuten.«

44.

Ragnar erwachte am nächsten Morgen erfrischt und gestärkt und hatte nur praktische Gedanken. Er musste seinen Rückflug umbuchen, nicht direkt nach Stockholm, sondern mit Zwischenlandung in Göteborg.

Er musste mit Erik und Sirkka sprechen, ehe er Stina die Bänder überließ.

Ingegerd kannte sicher ein gutes Reisebüro, so, wie sie zwischen Schweden und den USA hin- und herpendelte.

Als er duschte, wurde an die Tür geklopft, und da stand Ingegerd mit einer Kaffeekanne und einem Teller mit Broten. Er zog seinen Bademantel an und ging auf sie zu.

»Du warst gestern Abend so müde, dass du noch vor dem Abendessen ins Bett gegangen bist. Und da dachte ich, du könntest ein gediegenes Frühstück vertragen.«

Ragnar bedankte sich mit einer Umarmung und fragte, ob sie ihm noch einen Gefallen tun könne. Er berichtete von seinen geänderten Reiseplänen. Sie nickte, natürlich hatte sie ein gutes Reisebüro.

»Gib mir deine Tickets«, sagte sie, und er holte seine Brieftasche und reichte sie ihr. Sie schüttelte den Kopf und sagte: »Wie typisch blauäugig schwedisch.«

Das begriff er nicht.

»Außerdem hat Kommissar Jenkins angerufen und mitgeteilt, dass du irgendwann heute Vormittag bei ihm vorbeischauen sollst, es geht um irgendwelche Stempel. Norman fährt dich.

Er hat das Gespräch angenommen, deshalb weiß er vielleicht, worum es genau geht.«

Während sie das sagte, nahm sie die Tickets aus der Brieftasche, gab Norman die Brieftasche zurück und sagte: »Es ist wichtig, dass du deinen Pass und deine Einladung zum Seminar an der Columbia am Zoll griffbereit hast. Du hast vielleicht gehört, dass an den Flughäfen jetzt sehr streng kontrolliert wird.«

Als Ragnar bei Jenkins eintraf, zeigt der ihm ein flaches Päckchen mit vielen offiziellen Stempeln. Sowie eine Karte, die mitteilte, der Inhalt sei für die US-Botschaft in Stockholm bestimmt, die die Sendung an Erik Rask von der Göteborger Polizei aushändigen solle.

Sie reichten einander voller Sympathie die Hand und Jenkins sagte:

»Wir melden uns, sobald es etwas Neues gibt. Und noch einmal vielen Dank für deine Hilfe.«

»Grüß alle in der Gruppe, und sag ihnen, dass sie und unsere gute Zusammenarbeit mir fehlen werden«, sagte Ragnar.

Zehn Minuten darauf war er wieder auf dem Weg nach Norden. Norman fuhr schnell, sie durften das Mittagessen bei Ingegerd nicht verpassen. Sie erwartete sie schon auf der Treppe und konnte mitteilen, dass sie die neuen Tickets noch an diesem Nachmittag abholen könnten. »Du musst allerdings in Kopenhagen zwischenlanden. Da hast du zwei Stunden Aufenthalt, dann geht dein Flug nach Göteborg.«

Die Sonne ließ Glas und Porzellan funkeln, sie hatten auf der Veranda gedeckt. Die Kinder stürzten sich auf Ragnar, sie waren neugierig auf den Fremden. Alle drückten ihm feuchte Küsse ins Gesicht, und ein Mädchen flüsterte ihm ins Ohr:

»Kannst du auch normal sprechen?«

»Sure«, sagte er in breitestem Amerikanisch.

»Kannst du noch andere Sprachen?«

»Ja, dieselbe wie Ingegerd. Und jetzt singen sie und ich zusammen das Lied von Pippi Langstrumpf.«

Alle Kinder trällerten auf Englisch mit, und während sie noch kicherten, sagte Ingegerd:

»Pippi ist nämlich eine kleine Schwedin. Aber es gibt sie in hundert Sprachen.«

»Das ist aber komisch!«

Dann kam das Essen auf den Tisch, ein großer Salat mit Krabben und allerlei Gemüse. Ragnar lächelte und sagte: »Wisst ihr, was eure schwedische Kusine Maria sagen wird, wenn ich nach Hause komme? Ich will Würstchen und nicht solchen ekligen Grünkram, den die Amerikaner ›Wie Termine‹ nennen. Und wieso sind ›Termine‹ überhaupt grün?«

Alle lachten.

Ragnar bedankte sich für Essen und Gastfreundschaft und sagte, er müsse packen, weil sein Flugzeug so früh ging.

»Ich helfe dir«, sagte Norman.

»Wie weit ist es bis Washington?«

»Normalerweise dauert es eine Stunde. Aber wir müssen mit Staus rechnen, also sollten wir morgen früh um fünf aufbrechen.«

Norman wurde nervös, als er den Karton mit den Bändern sah. »Ragnar, dafür können sie dich beim Zoll festhalten.«

»Nein, ich nehm sie mit ins Handgepäck und kann mit Brief und Siegel belegen, dass es sich um Aufnahmen vom Seminar an der Columbia handelt.«

Am nächsten Morgen erreichten sie rechtzeitig den Flughafen.

Eine lange Umarmung war angesagt.

»Komm im Frühjahr wieder nach Schweden«, sagte Ragnar.

»Das verspreche ich, aber wir kommen sicher früher, meine Mutter und ich. Wir haben viel zu erledigen.«

Ragnar nickte während des Fluges immer wieder ein, doch wenn er aufwachte, quälte er sich mit der Frage, was Stina beim Hören der Bänder wohl empfinden würde.

Und immer wieder versuchte er, sich mit dem beängstigenden Gedanken zu versöhnen, dass auch Per ein Mensch war.

45.

*I*n Kopenhagen zog der Morgen herauf. Als er im Flughafen den Zoll passiert hatte und das schräg fallende nordische Licht sah, war er vor Glück ganz gerührt. Zu Hause, endlich wieder zu Hause. Und dann lief er Erik in die Arme, der sagte: »Du siehst aber elend aus. Liegt das am Flugzeugfraß oder am Jetlag?«

»Sowohl als auch, aber vor allem an der Angst. Ich bin heilfroh, dass du mich hier abholst.«

Erik sagte: »Jetzt nehmen wir uns beide hier ein Hotelzimmer, du schläfst dich aus, ich hör mir die Bänder an. Und heute Nachmittag fliegen wir nach Göteborg weiter.«

Kurze Zeit später machte Erik es sich in einem Sessel bequem und legte die ordentlich nummerierten Bänder ein. Ragnar zog in seinem Zimmer Jacke und Hose aus und schlief ein, sowie er den Kopf auf das Kissen gelegt hatte.

Zwei Stunden später wurde er geweckt und sah, dass Erik bleich und verhärmt aussah.

»Ich müsste ja eigentlich an Verrückte gewöhnt sein«, sagte er und zeigte auf das Tonbandgerät. »Aber damit hätte ich doch nicht gerechnet. Jetzt weiß ich, wieso Jenkins gesagt hat, dass an dir ein fähiger Polizist verloren gegangen ist.«

»Aber ich habe keinen polizeilichen Beitrag geliefert, kein Verhör geführt.«

»Nein, sondern ein Gespräch, du hast ihn dazu gebracht, sich zu öffnen.«

»Unter falschen Voraussetzungen. Er hat gedacht, ich stünde unter Schweigepflicht.«

»Schämst du dich jetzt?«

»Nur ein wenig, du kennst doch sicher das alte jesuitische Motto: Der Zweck heiligt die Mittel.«

Er errötete und sagte:

»Das mit dem versteckten Tonbandgerät fand ich unangenehm. Ganz zu schweigen davon, dass es auch eine versteckte Kamera gab. Das Schlimmste aber waren die Nächte im Hotel, als ich dachte, dass ich den Glauben in die Menschen verloren hätte.«

»Das kenne ich, als junger Kriminalbeamter habe ich dieselbe Krise durchgemacht. Ich glaube, dass es anfangs den besten Polizisten so geht.«

Ragnar erwiderte Eriks Blick, als er sich noch einmal für das Abholen bedankte und hinzufügte: »Ich muss einen Entschluss fassen.«

»Ich weiß. Norman hat gesagt, du hast Angst davor, wie Stina reagieren wird, wenn sie die Bänder hört. Und dass du dich mit mir beraten willst.«

Dann lächelte er und sagte:

»Und jetzt greife *ich* zu einem Bibelwort: Nur die Wahrheit wird euch befreien.«

»Aber Erik, du weißt doch, dass sie noch immer von Schuldgefühlen gequält wird.«

»Ja, und das ist gut so. Sie hat sich wie eine Idiotin verhalten, und jetzt sitzt sie da mit der Verantwortung für zwei Kinder, die die Gene ihres Vaters weitertragen. Das ist eine Tatsache, die wir nicht wegdiskutieren können. Ich weiß, dass du meinen armen Enkelinnen ein guter Vater sein würdest.«

Sie schwiegen lange, bis Erik schließlich sagte:

»Dann bleibt aber immer noch die Frage, ob du willst und dir das zutraust. Aber auf jeden Fall musst du ihr diese Bänder geben, du bist freiwillig in die USA gefahren, um ihr zu helfen, um endlich zu verstehen, was passiert ist und was sie angerichtet hat. Die Bänder jetzt zu zensieren wäre dasselbe, wie sie ein weiteres Mal hinters Licht zu führen.«

»Du bist wütend auf sie?«

»Ja.«

»Hast du ihr das gesagt?«

»Nein, ich habe auf dich gewartet. Du hast dich sehr eingesetzt, und das Ergebnis deiner Bemühungen soll nicht in einen geheimnisvollen Nebel gehüllt werden. Und das ist gut so. Sie muss für ihre Taten einstehen. Und die Verantwortung für ihre Kinder übernehmen«, sagte Erik.

Ragnar schwieg.

Erik fragte:

»Was hätte dein Vater gesagt, wenn er mit diesem Problem konfrontiert worden wäre?«

Ragnar überlegte, kniff die Augen zusammen und schien in sich hineinzublicken.

»Dasselbe wie du«, sagte er endlich. »Als ich dich vorhin im Flughafen gesehen habe, ist mir aufgegangen, wie sehr er mir in all den Jahren gefehlt hat.«

»Jetzt gehen wir nach unten und essen etwas Leckeres, dieses Hotel hier ist für seine gute Küche bekannt. Und um vier geht unser Flug nach Göteborg.«

Im Flughafen Landvetter wurden sie von Stina und Sirkka erwartet, jede hatte ein Kind auf dem Arm. Aber Maria sprang herunter und stürzte Ragnar entgegen.

»Ich will alles wissen«, sagte sie.

»Aber ich muss zuerst zu Sirkka und mich in einen bequemen Sessel setzen, und dann kann ich in aller Ruhe erzählen«, sagte Ragnar und schaute Erik flehend an.

Der wandte sich ab.

Beide hatten sich um Stina Sorgen gemacht, an Maria hatten sie nicht gedacht.

Sie setzten sich auf die Veranda und schauten hinaus aufs Meer. Ragnar atmete tief durch, als könne das Grenzenlose ihm helfen. Erik ging in die Küche, kehrte mit einer Flasche Wein zurück, öffnete sie und füllte Ragnars Glas.

»Danke, aber dann schlafe ich gleich ein.«

»Das darfst du nicht«, rief das Kind aufgeregt.

»Ich will damit anfangen, dass du mir in gewisser Weise geholfen hast«, sagte Ragnar zu Maria. »Du hast doch die ganze Zeit von diesem ekligen Kerl gesprochen. Wenn du das nicht gesagt hättest, hätte ich einen Schock erlitten, als ich ihn zum ersten Mal im Gefängnis besucht habe.

Er sah aus wie ein Frosch, mit Glubschaugen und grauer faltiger Haut im Gesicht. Und dann war er wahnsinnig dick, sein Bauch hing ihm fast auf die Knie, wenn er saß.

Zuerst hat er mich verspottet, weil ich ein Geistlicher bin, ein kleiner Scheißer, der nicht auf eigenen Füßen stehen kann, sondern sich an Gottes Hand festhalten muss. Er hatte keine Antwort, als ich nach euch gefragt habe, nach Sirkka und Erik. Es war, als ob ihr für ihn verschwunden wärt. Oder niemals existiert hättet.

Als ich danach mit den Ermittlern gesprochen habe, waren alle meiner Ansicht: Per Stenberg ist verrückt. Wir waren eine Gruppe, ein Arzt, eine Psychologin, einige amerikanische Geistliche und dann Kommissar Jenkins und seine Leute.«

»Was ist ein Ermittler?«, fragte Maria.

»Das muss dein Opa dir erklären, der ist Polizist und Ermittler.«

Mitten im Gespräch in dem Haus am Meer klingelte das Telefon.

Die Polizei in Richmond wollte mit Kommissar Erik Rask sprechen.

Als er auf die Veranda zurückkehrte, sagte er: »Das war Jenkins, er wollte sagen, dass der Staatsanwalt wahrscheinlich lebenslänglich fordern wird.«

Erik begriff, Ragnar sah aus wie ein Fragezeichen, Maria schaute Ragnar an und sagte: »Gut, dass du mir das erzählt hast. Und jetzt gehe ich spielen.«

Ragnars besorgte Augen begegneten Stinas Blick:

»Verstehst du, sie haben alle Gespräche auf Band aufgenommen.«

»Das habe ich schon geahnt. Ich habe dir angesehen, dass du Angst vor mir hast.«

»Nein, um dich.«

»Ich muss mir das allein anhören.«

»Ja.«

»Ich sage Mama, dass ich im Mädchenzimmer hinter der Küche schlafe. Das wird fast nie benutzt, wir haben ja kein Mädchen.«

Sie versuchte zu lachen.

46.

Die Sonne schien nicht mehr, als die Familie sich am nächsten Morgen zum Frühstück in der Küche versammelte. Ein schwerer Himmel senkte sich über Land und Wasser, er war ebenso düster wie die Stimmung in der Küche.

»Es wird Sturm geben, im Moment sammelt er draußen auf dem Meer Kraft, und bald wird er hier sein und gegen unsere Felsen anrennen«, sagte Erik.

»Kann der das Haus umwerfen?«, fragte Maria mit erwartungsvoller Stimme.

»Nein, dieses Haus hat schon viele Orkane durchgestanden und sich davon nie erschüttern lassen.«

»Noch Kaffee?«, fragte Sirkka.

»Aber wo ist Stina?«

Das war Ragnar, und seine Stimme klang angespannt.

»Die duscht, wäscht sich die Haare, schrubbt sich die Füße und feilt sich die Nägel«, sagte Sirkka und wechselte einen Blick mit Ragnar.

Erik schaute noch immer aufs Meer hinaus.

Sirkka erhob sich und sagte, sie wolle für Katarina neuen Brei kochen.

»Aber Mama, das mach ich doch«, sagte Stina, die plötzlich in der Küchentür stand. Ihre Stimme klang entschieden und klar, fast munter.

»Entschuldigt, dass ich so spät komme, aber über mich ist plötzlich eine Art Waschzwang gekommen«, sagte Stina und sah Ragnar an. »Ich kann dir gar nicht genug für alles danken, was du für mich getan hast.«

Dann wandte sie sich an Erik und schaute ihm ins Gesicht:

»Es wird seine Zeit dauern, aber ich kann dir versprechen, dass ich endlich ein selbständiger Mensch werden will.«

Erik lächelte Ragnar an, aber dieses Lächeln meinte nicht: »Was hab ich gesagt«, sondern das Gegenteil. »Das wird seine Zeit brauchen, Stina.«

»Hab ich ja gesagt. Aber hör mal ... ich hab ihn mir die ganze Nacht angehört und endlich begriffen, wer er ist. Ein Unmensch, dem niemand helfen kann. Niemand. Es war nicht meine Schuld. Und doch war es meine Schande.«

»Du hast sie dazu gemacht«, sagte Ragnar.

»Ja.«

Sirkka saß in der Diele und zog den Kindern Overalls und Stiefel an und rief: »Jetzt gehen wir raus und sehen zu, wie der Sturm gegen die Felsen peitscht. Maria will das gern, und ich nehme Katarina auf den Rücken.«

Die Erwachsenen, die noch am Küchentisch saßen, schwiegen lange. Ragnars Augen flehten Erik an, aber das half nichts.

»Du hast es so gewollt. Und du hast hinter dem Rücken deiner Eltern geheiratet«, sagte Erik in die Stille hinein.

»Du bist stark, Papa. Ich glaube, du begreifst selbst gar nicht, wie groß deine Macht ist. Aus mir hast du ganz früh Papas Kleine gemacht, um aus mir die Tüchtige, die Begabte zu formen.«

Die anderen schwiegen, und Stina fügte hinzu:

»Ich habe nie gewagt, mich dir zu widersetzen, Papa. Die heimliche Trauung in Stockholm war mein erster und einziger Versuch. Und natürlich ist das zum Teufel gegangen.«

Ihre Stimme brach nicht, als sie nun sagte:

»Es ging schnell, ach, Herrgott, und ich war schwanger. Aber ich habe Entsetzliches erlebt, Geschlechtsverkehr, wo er stieß und stieß, bis ich vor Schmerzen schrie. Und dann hat er mir mit einer Hand die Kehle zugedrückt, damit ich nicht schreien konnte. Ich bin in mein Arbeitszimmer umgezogen und hab mir schließlich ein Türschloss angeschafft. Und dann ein Telefon. Einige Male hat er versucht, die Tür aufzubrechen, dann hat er aufgegeben und geschrien, ich ekele ihn an.«

»Aber warum hast du dir kein Taxi zum Flughafen genommen, wenn er zur Arbeit gegangen war? Flüge nach Göteborg gehen doch dauernd«, sagte Erik.

»Was glaubst du, wie viele tausend Male ich das vorhatte, ich wusste doch, dass ich willkommen und in Sicherheit sein würde. Es ist schwer zu erklären. Es gab mich nicht. Ich hatte keinen Zugang zu Gedanken oder Plänen, ich lebte in einem Nebel, der so dicht war, dass ich nichts sehen konnte. Im wahrsten Sinne des Wortes. Ich hatte mich selbst verloren, und das ist die schlimmste aller Sünden, sagt Dr. Axelsson.

Das Seltsame war, dass ich meine Pflichten erfüllt habe, ich habe meine Prüfungen abgelegt, stand da mit meinem immer dicker werdenden Bauch. Ich habe ein Examen nach dem anderen geschafft, alle Fragen klar und korrekt beantwortet, ein Kapitel meiner Doktorarbeit nach dem anderen geschrieben.

Aber ich war nicht da, nicht in den Vorlesungen, nicht bei den Kursen, die ich selber gegeben habe. Ich bin nur einmal aus der Rolle gefallen, damals, als ich Gunilla kennen gelernt habe, eine kluge, klarblickende Frau, die zwischen den vielen jungen Leuten saß. Ich habe sie gefragt, ob sie einen Kaffee mit mir trinken wolle, und dann sind wir zu ihrem Auto gegangen und zu einem Lokal in der Stadt gefahren. Und da wurde ich wieder ich selbst, und alles Elend strömte aus mir heraus.

Ihr wisst ja, wie sie sich um mich gekümmert hat, dass sie bei der Entbindung dabei war und mit dir und Mama gesprochen hat, sodass Ihr endlich die Wahrheit erfahren konntet.«

Der Sturm tobte jetzt ordentlich um die Hausecken, die Verandafenster klirrten, hielten aber stand. Erik ging hinaus, um Sirkka ins Haus zu helfen, er kam mit einem Kind auf jedem Arm zurück auf die Veranda und sagte:

»Er beruhigt sich, er hört bald auf.«

»Wer?«, fragte Maria.

»Der Sturm«, sagte Sirkka, die sich endlich von Stiefeln und Regenmantel befreit hatte. »Er hat es wohl satt gekriegt, draußen auf dem Meer Riesenwellen zu rollen.«

»Am Ende wird das ja auch langweilig«, sagte Maria.

Stina sah ihre Mutter lange an, die in ihrer Kindheit aus allem Märchen gemacht hatte, alle Blumen, die traurig aussahen, mussten mit Wasser getröstet werden, der Donner grollte, weil es so langweilig war, wenn die starrköpfige Sonne jeden Tag schien. Und ab und zu wurde er dann so sauer, dass er blitzte. Und das Essen, die Milch, die die Kühe hergaben, damit die Menschenkinder groß wurden.

Sie hatte tausend Geschichten, alle waren spannend, aber nie romantisch. Meine phantastische Mama, dachte Stina und fing an zu weinen, die Tränen liefen über ihre bleichen Wangen.

»Wieso heulst du denn?«, schrie Maria.

»Weil ich so eine wunderbare Mama habe.«

»Du bist ja vielleicht komisch, es ist doch gut, wenn man eine Mama hat, die lustig ist und nicht immer nur traurig.«

»Jetzt bist du gemein«, sagte Sirkka so laut, dass das Finnlandschwedische gegen die Decke prallte.

»Das war nicht so gemeint«, sagte Maria ängstlich und traurig.

»Du bist groß genug, um zu verstehen, dass deine Mama sehr viel Kummer hat.«

»Ja, das weiß ich. Aber warum hat sie keinen lieben, klugen Mann geheiratet. So wie du.«

»Die wachsen nicht auf Bäumen«, sagte Sirkka.

»Nein, nur auf Apfelbäumen«, sagte Maria und starrte ihre Mama an. »Du hast dir wohl eingebildet, dass Äpfel auf knorrigen Kiefern wachsen.«

»Kein böses Wort über Kiefern«, sagte Sirkka. »Bei mir zu Hause hätten wir nicht überlebt, wenn es keine Kiefernwälder gegeben hätte. Außerdem musst du bedenken, dass Ingegerd vom selben Stamm kommt wie dein Vater.«

»Das wird mir jetzt zu hoch«, sagte Maria, sprang auf, lief aus dem Zimmer und verkündete:

»Ich hab Hunger!«

»Und ich werde Ragnar und die Kinder in der Stadt zum Essen einladen. Dann können die Äpfel im selben Korb liegen bleiben und miteinander abrechnen.«

Alle lachten und die Männer gingen mit den Kindern zum Auto. Ragnar schnallte sie auf dem Rücksitz fest, Erik sagte: »Ich glaube, Sirkka und Stina müssen reden und diese Brühe aufklären.«

»Bitte nicht noch mehr Bilder«, bat Ragnar.

»Genau«, fand Maria. »Keine Apfelbäume und keine Fichten.«

Noch immer wehte ein scharfer Wind durch die Linnégata, wo Eriks Stammlokal lag. »Ich muss Pipi machen«, flüsterte Katarina in der Diele, wo sie ihre Mäntel aufhängten. Erik schnappte sich eine Kellnerin und erklärte ihr die Notlage.

Die Kellnerin hieß Margit und hatte für hilflose Mannsbilder nur ein Schnauben übrig. Aber sie lächelte, als sie Katarina auf den Arm nahm und ihr auf den Toilettensitz half. Die Kleine flüsterte: »Ich hab immer solche Angst, dass ich in das Loch plumpse.«

Die Kellnerin begriff, nahm Katarina ganz fest an der Hand und half ihr auf den Boden.

Es gab eine ganze Wagenladung Makkaroni mit Fleischklößchen. Und am Ende so viel Eis, wie sie nur hinunterbringen konnten. Dann gingen sie ins Kino. Katarina schlief ein, Maria aber lachte laut über Donald Duck.

Im Haus am Meer war es sehr still.

»Denk nur, was Kinder für ein Leben mit sich bringen«, sagte Sirkka. »Jetzt gehen wir in mein Arbeitszimmer, da gibt es ein Bett und einen bequemen Sessel. Such aus, wo du sitzen willst.«

»Ich nehme den Sessel, ich will dir in die Augen schauen, Mama. Du weißt doch, dass die Wahrheit wehtut.«

»Ja. Ich werde mir die Bänder auch anhören, aber zuerst will ich dich anhören. Du hast heute Morgen fast euphorisch gewirkt. Du weißt, dass ich nicht sentimental bin, aber fast hätte ich losgeheult. Zum ersten Mal seit vielen Jahren war meine Kleine wieder froh.«

»Ich werde wieder in die Grube fallen, ich kann nicht versprechen, dass das hier von Dauer ist.«

»Das verstehe ich, aber ich glaube, die Schuldgefühle werden dich nicht mehr verschlingen können. Es ist wichtig, dass du dich endlich mal wieder gefreut hast, dass es diese Freude gibt und dass du in deinem Leben dafür Platz schaffen kannst.«

Sie lachte und sagte: »Es gibt einen alten Spruch, den du kennst, ›Mach es wie die Sonnenuhr, zähl die heitren Stunden nur‹. Banal und sentimental. Aber auf mich hat er Eindruck gemacht, ich habe ihn zu meinem Motto erkoren und festgestellt, dass es mehr glückliche Augenblicke gibt, als ich je geglaubt hätte.«

»Du versuchst mir zu sagen, dass ich die Freude festhalten soll.«

»Ja, heute Morgen hast du gezeigt, dass du froh sein kannst.«

»Ragnar hat in seiner Weihnachtspredigt gesagt, dass Trauer eine Sünde ist, denn der Kern des Daseins ist Seligkeit.«

»Ich glaube, das stammt von Geijer, der war ein Trottel, aber manchmal lag er doch richtig.«

Stina lachte laut.

Sirkka setzte sich auf und sagte eifrig:

»Es gibt ein Muster in unserem Zeitgeist, das ich für eine große Gefahr halte. Wir sind dabei, den Menschen die Verantwortung zu nehmen und sie zu Opfern zu machen. Raucher sind Opfer der Tabakindustrie, die Fetten müssen fressen, weil sie sich verlassen fühlen.« Sie holte Luft und legte wieder los: »Die Menschen müssen uns Leid tun, hat ein großer Dichter gesagt, ich habe vergessen, wer das war.«

»Bestimmt Strindberg«, sagte Stina.

Sirkka seufzte: »Wenn dir alle armen Menschen Leid tun, dann nimmst du ihnen auch die Verantwortung für ihr Leben.

Am meisten Leid tun uns die Kriminellen, die Mörder, die Gewalttäter. Aber uns tun auch die normalen Rücksichtslosen Leid, alle Geizigen, Gemeinen, Gierigen. Alle sind Opfer schrecklicher Probleme in ihrer Kindheit«, sagte Sirkka.

»Aber Mama, oft stimmt das doch.«

»Ja, aber es stimmt auch, dass *jedes* Kind eine schwere Kindheit hat. Wachsen tut immer weh.«

»Schon, aber es gibt Unterschiede, Mama. Ich hoffe, dass du und Papa euch nicht mit der Frage quält, was ihr falsch gemacht habt, weil eure Tochter alle Urteilskraft verloren und einen Mann gewählt hat, der sich als Katastrophe entpuppte.«

»Doch, Erik hat das getan, ich nicht, du weißt ja, dass ich ans Schicksal glaube. Erik dagegen hätte viele Geschichten über Mörder und Verrückte erzählen können, und wie schlecht die Welt ist. Aber sicher wollte er dich schonen.«

»Das Böse war mir immer unbegreiflich.«

»Ich werde mir heute Abend die Bänder anhören«, sagte

Sirkka. »Aber wenn Mannsbilder und Kinder nach Hause kommen, werde ich unter vier Augen mit Maria sprechen und ihr die Geschichte meiner Großmutter erzählen.«

»Du wirst ihr schreckliche Angst einjagen.«

»Ja, damit muss sie leben. Und du musst dafür sorgen, dass ihre Aggressivität dir gegenüber ein Ende hat. Die ist nicht gut für sie.«

»Ich weiß, der Psychologe sagt das ja auch. Ich muss Grenzen setzen. Aber ich hab es noch nicht über mich gebracht, bei Maria damit anzufangen.«

»Ich glaube, du verstehst den Zusammenhang nicht. Du strahlst Schuldgefühle und ein schlechtes Gewissen aus. Und daraus zieht sie ihre eigenen Schlüsse.«

»Welche denn?«

»Dass du hinter dem steckst, was ihr passiert ist.«

Stina sprang auf:

»Du bist manchmal unerträglich direkt!«

»Das musst du mir zugute halten«, sagte Sirkka.

47.

Alle waren müde, dort im Haus auf den Felsen. Sie tranken ein wenig Tee, schmierten sich Brote und beschlossen, früh zu Bett zu gehen.

»Maria schläft heute bei mir«, erklärte Sirkka.

»Warum denn?«, fragte Maria wütend.

»Weil ich dir die Geschichte meiner Mutter erzählen will, also deiner Urgroßmutter. Und die des großen Krieges.«

Sie duschten zusammen, legten sich dann in das große Doppelbett, und Sirkka sagte als Erstes, wie schön sie es fände, dass Maria jetzt lesen lernte.

»Bald liest du die Zeitung und erfährst, wie es in der großen Welt aussieht. Meine Mama hat ihre Geschichte immer damit angefangen, dass sie von dem wunderbaren Land Karelien erzählt hat, das das schönste Land auf der Welt war. Es war ein sonniger, warmer Herbst, weißt du, wenn alle Bäume golden werden. Aber es lag etwas Seltsames in der Luft, die Großen waren besorgt und sprachen über Krieg.

Das Kind verstand das nicht. Damals wurde mit Kindern nicht über schlimme Dinge geredet, und meine Mama ging damals wie immer zur Schule. Aber eines Tages stand die Lehrerin vor der Schultür und sagte: Ihr müsst alle wieder nach Hause gehen.

In dieser Nacht kamen die Bombenflugzeuge, die Bomben fielen, ein Haus nach dem anderen brannte. Das Mädchen stand fasziniert am Fenster, bis ihre Mutter sie in den Keller holte. Dann kamen einige Männer und holten ihren Papa, der sollte an der Front das Vaterland verteidigen, und da fiel er. Sie hat ihn nie wieder gesehen.

Später kamen die fremden Soldaten, ließen sich im Ort nieder, verjagten die Menschen aus allen Häusern, sprengten das Gemeindehaus und kamen zu der Schule, in die die Kinder trotz allem geschickt wurden, weil es dort einen Luftschutzraum gab. Aber die Soldaten hatten diesen Raum bald gefunden und ein Kind nach dem anderen wurde auf den Schulhof hinausgezerrt. Und sie wurden vergewaltigt, diese wahnsinnigen Soldaten nahmen ein Kind nach dem anderen und machten sich über Jungen und Mädchen her. Meine Mutter und ihre kleine Schwester schleppten sich blutend durch den Wald, sie wagten nicht zu weinen, sie mussten ganz still sein. Zu Hause wartete ihre Mutter und gab ihnen Handtücher, die sie in ihre Hosen legen sollten. Sie sagte, das sei alles nicht so schlimm, sie hätten nur ihre Unschuld verloren.

Einige Wochen darauf gingen sie zum Bahnhof, jetzt war das Jahr 1940 gekommen, und der Ort wurde geräumt. Sie wurden in die Abteile gescheucht. Meine Mutter war auch dabei, und als sie in die große Stadt kamen, war sie krank, aber Verwandte meines Großvaters kümmerten sich um sie, sie hatten eine ziemlich große Wohnung. Das war in Helsinki und es fielen immer neue Bomben. Aber in Helsinki gab es Luftschutzräume und Krankenhäuser. Meine Mutter bekam also Medikamente und wurde wieder gesund. Sie erzählte dem Arzt von den Vergewaltigungen, und der sagte, da brauche sie sich keine Sorgen zu machen. Kinder würden von selbst wieder heil. Und dann wurde die Sache vergessen, auch von der Familie.«

»Warum erzählst du so schreckliche Sachen?«, fragte Maria, die ganz aufrecht und mit großen Augen im Bett saß.

»Weil meine Mama eine von den stärksten und selbständigsten Frauen ist, die ich jemals kennen gelernt habe. Sie machte später einen Laden auf und verkaufte gewebte Decken und Teppiche mit karelischen Mustern. Und sie hat ihre Handarbeiten verkauft, so etwas Schönes kannst du dir überhaupt nicht vorstellen. Sie hat genug Geld verdient, es ging uns gut. Aber das Seltsamste an meiner Mama ist, dass sie immer fröhlich ist. Du kennst sie doch, Maria, du weißt, dass sie mit hoch erhobenem Kopf durch das Leben geht und immer munter ist.«

»Ja, ich weiß noch, dass sie so viele Scherze macht. Jetzt muss ich aber nachdenken«, sagte Maria.

Und sie weinte eine Weile, ehe sie einschlief.

Sirkka verließ ganz leise das Bett, schlich die Treppe zur Mädchenkammer hinunter und legte die Bänder ein.

48.

Am nächsten Morgen wurde Erik wie immer früh wach, ging in die Küche und machte sich Kaffee. Sirkka jagte ihm einen gehörigen Schrecken ein, als sie aus der Mädchenkammer kam. Ihre Augen waren schwarz, ihr Gesicht weiß.

Erik nahm sie in die Arme, versuchte sie zu trösten.

»Ich hätte es dir doch erzählen können.«

»Aber du weißt doch, dass ich immer alles wissen will.«

Stina kam und sagte: »Ich wollte dafür sorgen, dass Papa Kaffee und ein paar Brote bekommt, ehe er zur Arbeit muss.«

»Das ist lieb von dir, aber du musst dich wohl eher um Mama kümmern.«

Sirkka weinte bitterlich und sagte:

»Gleich schrei ich los!«

»Das tust du nicht, wir haben kleine Kinder im Haus, die ohnehin schon unruhig sind«, sagte Erik und füllte ein Glas mit Wodka. »Trink«, sagte er. In diesem Moment erschien Maria in der Küchentür und machte große, erstaunte Augen.

»Oma hat ihre Medizin vergessen, es geht ihr nicht so gut«, sagte Erik zu der Kleinen. Dann trank er seinen Kaffee, steckte die Brote ein und floh zu seinem Auto.

Langsam bekam Sirkka wieder ihre normale Gesichtsfarbe, bewegte sich jedoch steif wie eine Aufziehpuppe.

»Ich muss mich hinlegen«, sagte sie und wollte gehen.

In der Tür stieß sie auf Ragnar, dessen Haare nach dem Duschen noch nass waren.

»Ich wusste gar nicht, dass dein blonder Schopf auch Locken hat«, sagte Sirkka. »Und jetzt, wo ich mich etwas gefasst habe, muss ich schon sagen, dass du der mutigste Mann bist, der mir je über den Weg gelaufen ist.«

»Was in aller Welt ist denn in Sirkka gefahren?«, fragte Ragnar.

»Die ist betrunken«, sagte Maria. »Opa hat sie gezwungen, ein Riesenglas Schnaps zu trinken.«

Alle schwiegen. Ragnar warf einen Blick auf die Tür zur Mädchenkammer. Gleich darauf war er dort verschwunden, nahm die Bänder und verstaute sie in einem Karton.

»Was sagt ihr dazu, wenn wir morgen nach Hause fahren? Ich muss meinen Bericht über das Seminar schreiben und meinen Kollegen in Uppsala Bericht erstatten.«

»Ich komm gerne mit«, rief Katarina.

Maria nickte, sie hatte Heimweh nach ihrem Häuschen. Aber Stina meinte, sie müsse wohl noch eine Weile bei ihrer Mutter bleiben.

Aber dieses Problem löste sich von selbst, da alle Flüge nach Stockholm ausgebucht waren. Erst für den Donnerstag gab es wieder freie Plätze.

Ragnar konnte Sirkkas Arbeitszimmer und Computer leihen und setzte sich an seine Seminarunterlagen. Es war schwieriger, als er gedacht hatte, er war nervös gewesen, weil ihm die Begegnung bei der Polizei in Richmond bevorgestanden hatte.

Aber am Ende ergaben seine Notizen dann doch ein klares Bild der Diskussionen. Und die einzelnen Vorträge hatten sie ja auch schriftlich erhalten.

Stina weckte ihre Mutter und ließ sie eine Kopfschmerztablette nehmen. Sie beschlossen, mit den Kindern einen Spaziergang am Strand zu machen. Über dem Meer hing eine blendende

Sonne, die Brecher schlugen an den Strand und bespritzten sie alle mit weißem Schaum.

Katarina wollte eine Sandburg bauen.

Aber der Sand war schwer und kalt.

Maria quengelte, sie fror.

»Was bist du für eine Heulsuse«, sagte Sirkka.

»Ein Jammerlappen«, sagte Katarina.

»Jetzt laufen wir, dann wird uns warm«, sagte Sirkka. »Wer zuerst an der Bucht mit den schönen runden Steinen ist. Und die, die den schönsten Stein findet, kriegt eine Krone.«

Maria lief nicht, sie schleppte die Beine hinter sich her. Stina wollte zurückgehen und sie holen, aber Sirkka zwang ihre Tochter dazu, im Takt mit Katarina zu rennen, die bald den Stein gefunden hatte, den rundesten und schönsten.

»Das ist dein Glücksstein«, sagte Sirkka. »Hier hast du die Krone, und jetzt zeige ich dir, wie du den magischen Stein anwenden kannst. Du legst ihn in die Hand und legst die andere darauf, und dann wünschst du dir etwas, wonach du dich richtig sehnst.«

Katarina stand ganz still, kniff die Augen zusammen und überlegte.

»Jetzt hab ich mir was gewünscht.«

»Das muss ein Geheimnis bleiben«, flüsterte Sirkka. Und Katarina nickte feierlich.

»Willst du dir nicht auch einen Glücksstein suchen?«, fragte Stina. Maria antwortete wie aus der Pistole geschossen:

»Das ist doch bloß so ein Blödsinn, den ihr euch ausgedacht habt.«

Katarina fing an zu weinen, Sirkka ging auf Maria zu und schüttelte sie.

»Du bist nicht nur ein Jammerlappen, du bist noch viel schlimmer, du bist eine ekelhafte Spielverderberin. Und jetzt gehen wir nach Hause.«

Als Maria mit ihrer Mutter allein war, fragte sie, warum alle so gemein zu ihr seien.

»Weil du gemein bist. Man erntet immer das, was man sät.«

»Und was säe ich?«

»Brennnesseln«, sagte Stina.

»Aber die brennen so schrecklich.«

»Eben.«

Erik würde zum Essen nach Hause kommen. Sirkka und Stina kochten gemeinsam. Tiefgefrorener Heilbutt wurde in dem großen Kessel langsam erwärmt. Stina rührte aus der Brühe eine Soße an und schmeckte mit Dill, Salz und einer Prise Knoblauchpulver ab.

»Du wirst es sicher schön für dich und Papa finden, wenn wir wieder weg sind«, sagte Stina.

»Schön und leer«, sagte Sirkka.

Sie lächelten einander verständnisvoll zu.

»Du weißt, dass ich großzügig vorgehe, ich glaube an Gott, das Schicksal und die Mächte. Und als ich heute Nacht Ragnars Gespräche mit Per gehört habe, habe ich gespürt, dass es sogar in deinem Schicksal eine Gerechtigkeit gibt. Denn ein Mann wie Ragnar ist wirklich ebenso einzigartig wie dieser Verrückte, den du geheiratet hast. Nur eben umgekehrt.«

»Aber Mama, du musst auch immer alles überstürzen. Warum sollte ein Mann wie Ragnar eine alleinstehende Mutter mit zwei Problemkindern wollen? Und eine Frau, die vor Schuldgefühlen förmlich zerfließt?«

»Ich glaube nicht, dass er so denkt, ich glaube, er weiß, dass er wirklich verliebt ist.«

»Aber Mama, ich habe solche Angst, dass ich ihm Leid tue.«

»So dumm ist er nicht. Hast du dir schon mal überlegt, dass er große Ähnlichkeit mit deinem Vater hat?«

»Das stimmt nicht. Erik dominiert, sowie er ein Zimmer betritt, kann alles, weiß alles. Ragnar ist nie dominant. Er ist bescheiden und hört zu.«

»Männer haben unterschiedliche Herrschertechniken«, sagte Sirkka. »Ragnars Strategie ist überaus ausgefeilt.«

Stina lachte los, ihr Lachen stieg zur Decke hoch, und Sirkka musste sich setzen, um einstimmen zu können.

»Ihr scheint euch ja köstlich zu amüsieren«, sagte Ragnar in der Küchentür. »Darf man erfahren, was hier so komisch ist?«

»Nein, das werden wir dir nie verraten.«

»Macht nichts«, sagte Ragnar. »Ich hab nämlich ein Freudenmädchen auf meiner Schulter sitzen. Sie ist so froh, dass sie platzen könnte, sie hat schließlich einen Zauberstein gefunden, der ihr alle Wünsche erfüllen kann.«

»Aber wo ist Maria?« Stinas Stimme klang angespannt.

»Die schmollt in deinem Bett und will mit keinem Menschen sprechen.«

»Ich geh zu ihr«, sagte Stina.

»Das tust du nicht«, sagte Ragnar. »Gib ihr die Chance, von selber wieder umgänglich zu werden.«

»Aber sie muss doch etwas essen«, sagte Stina.

»Das muss sie überhaupt nicht. Wenn sie etwas essen will, wird sie kommen, wenn wir rufen, dass das Essen auf dem Tisch steht.«

Sirkka schaute Ragnar dankbar an, Stina aber sagte: »Sowie Maria allein ist, denkt sie wieder über all das Schreckliche nach, was ihr passiert ist.«

»Wenn das so ist, dann ist das gut«, sagte Sirkka. »Und wenn wir aufhören, sie zu bedauern, dann schwindet auch ihr Bedürfnis danach, sich selbst Leid zu tun.«

Nun hörten sie Eriks Auto und mussten in aller Eile den Tisch decken und den im Ofen überbackenen Heilbutt würzen.

Niemand konnte Stina daran hindern, die Treppe hochzulaufen und zu rufen, das Essen stehe auf dem Tisch. »Komm runter, du kriegst jede Menge Krabben auf deinen Fisch. Und als Nachtisch Schokoeistorte.«

»Will nicht.«

Stina ging langsam die Treppe wieder hinunter.

Wie immer tranken sie Kaffee in dem großen Wohnzimmer, wo sie die Leuchttürme draußen auf dem Meer sehen konnten.

Lautlos wie ein Geist stand plötzlich Maria in der Tür und flüsterte: »Ich habe solchen Hunger.«

Stina reagierte so schnell, als ob jemand auf einen Knopf gedrückt hätte, sie sprang aus dem Sessel auf, doch Ragnar hielt sie zurück und sagte zu Maria:

»Dann gehen wir jetzt in die Küche und schmieren für dich ein paar richtig leckere Brote.«

»Mit ganz vielen Krabben«, sagte Maria.

»Und ein großes Glas Milch«, sagte Ragnar. »Komm jetzt.«

»Und Eis.«

»Wird gemacht«, sagte Ragnar, nahm Marias Hand und verschwand mit ihr in der Küche.

Maria aß, Ragnar schwieg, und nach dem Eis fragte Maria:

»Findest du mich gemein?«

»Ja. Gemein sind Leute, die nur an sich selbst denken und nie an andere. Komm jetzt, wir gehen zu den anderen.«

Maria stürzte auf Stina zu, doch auf deren Schoß saß die kleine Schwester, plapperte Babysprache und brachte alle zum Lachen.

Maria kämpfte gegen ihre Lust, Katarina eine Ohrfeige zu verpassen.

Erik wandte sich an Ragnar und sagte: »Ich habe noch nicht richtig begriffen, warum du deine Pastorenstelle aufgegeben hast.«

Ragnar überlegte seine Antwort lange, dann sagte er:

»Ein Geistlicher soll doch zwischen dem Irdischen und dem

Unfassbaren vermitteln. Aber eigentlich kann niemand sich zum Sprecher für das große Wunder machen, das wir Gott nennen.«

»Du glaubst also nicht an Gott«, schrie Maria.

»Doch, das tue ich. Ich glaube, wir alle sind Teile von dem, was wir Gott nennen. Und das es in dir gibt, in uns allen.«

»Das verstehe ich nicht«, sagte Maria.

»Aber ich«, sagte Sirkka. »Nur hätte ich nie erwartet, dass mich ausgerechnet ein Geistlicher in meinem Glauben bestätigen würde.«

Ragnar lachte und sagte: »Ich bin nicht der einzige Geistliche, der so denkt. Heute habe ich den ganzen Tag in meinen Aufzeichnungen vom Seminar an der Columbia gelesen. Das war viel interessanter, als mir zuerst klar war.

Die philosophischen Thesen, die dort von einigen vorgetragen worden sind, waren überraschend. Sie haben mir neue Erkenntnisse über das christliche Gebot der Vergebung vermittelt. Es gab Philosophen, die meinten … dass um Vergebung zu bitten einen Verrat am eigenen Ich bedeute, eine Verletzung des eigenen Selbstwertgefühls sei.«

Maria fragte:

»Warum kannst du nicht mit normalen Wörtern erzählen, damit man das versteht?«

»Du gehst zur Schule und wirst von anderen Kindern gemobbt. Jemand setzt das Gerücht in die Welt, dass du nie duschst, habt ihr schon gemerkt, dass Maria stinkt, wird getuschelt, sie ist ein Dreckschwein. Und sie schleimt sich bei den Lehrern ein. Bald machen die anderen Kinder einen Bogen um dich, jetzt, wo sie glauben, dass du deine guten Noten nur bekommst, weil du pfuschst. Eines Tages kannst du nicht mehr, du gehst auf eine von den schlimmsten Quälgeistern zu und schlägst ihr mit der Faust ins Gesicht, bis sie schreit und Nasenbluten kriegt. Dann gehst du nach Hause. Am nächsten Tag sagt die Lehrerin: Jetzt wird Maria ihre Klassenkameradin um Entschuldigung bitten. Und was machst du?«

»Ich hau ihr gleich noch eine rein«, sagte Maria.

»Gut, und jetzt hast du verstanden, ja? Die anderen aus deiner Klasse haben dich lange Zeit schikaniert und verletzt. Wenn du jetzt um Verzeihung bittest, dann verletzt du dich selbst. Du hast ein Recht auf deine Wut und deine Bitterkeit.«

»Dieser Mann ist ein Genie«, sagte Sirkka.

»Ein schrecklich müdes Genie«, sagte Ragnar, zog Stina aus dem Sessel und sagte: »Jetzt gehen wir schlafen!«

49.

Sie standen gegen acht auf, über dem Land war es noch dunkel, das Meer aber zog schon ein wenig Dämmerungslicht an und warf weißen Schaum über die Felsen.

»Das wird ein sonniger Tag«, sagte Sirkka, die sich mit dem Wetter auskannte. »Wenn ihr gepackt habt, gibt es Frühstück in der Küche.«

Maria fand es traurig, aufbrechen zu müssen, und sie flüsterte, als sie ihre Großmutter umarmte: »Ich will versuchen, lieber zu Mama zu sein.«

Die Sonne war über den Horizont gestiegen, als ihr Flugzeug startete, sie stand hoch am Himmel, als sie landeten und von Gunilla mit ihrem geräumigen Toyota abgeholt wurden.

»Du musst fahren, dann setz ich mich mit den Kindern nach hinten«, sagte sie zu Ragnar. »Ich habe mit Elin gesprochen, die versprochen hat, sich um Maria zu kümmern. Katarina kann bei mir und Roger wohnen.«

»Und was ist mit mir?«, fragte Ragnar und lachte. »Darf ich möglicherweise auch bei meiner Mama wohnen?«

»Ich dachte, du müsstest in Uppsala sitzen und deinen Bericht schreiben.«

»Das stimmt«, sagte Ragnar. »Aber Stina wird bei mir sein, und das sogar ziemlich oft.«

Gunilla bat ihn, bei einem Rastplatz anzuhalten, damit sie genauer von zu Hause erzählen könnte.

»Ihr könnt nicht in Stinas Häuschen wohnen, denn da wird

gerade gehämmert und die Wände werden eingerissen, alle eure Habseligkeiten, Möbel und Teppiche und alles sind bei uns in der Garage eingelagert.«

»Dann haben wir ja gar kein Zuhause mehr«, sagte Maria und weinte.

»Ich bin so gern bei Gunilla und Roger«, sagte Katarina und strahlte wie die Sonne. »Da wird man verwöhnt.«

Ragnar betätigte das Blinklicht, und bald hatten sie das Häuschen erreicht, wo die Außenwände der Querseiten eingerissen wurden.

»Zuhause ist weg«, sagte Maria.

Aber Stina nahm ihre Kinder an den Händen, führte sie umher und erklärte ihnen, was passieren würde: »Hier bekommt Maria ihr eigenes Zimmer, und Vorhänge und Tapeten kannst du dir selbst aussuchen. Und ein Bett und einen Tisch und einen Sessel. Im Nebenzimmer wohnt dann Katarina.«

»Ich will rote Rosen an den Wänden haben«, rief Katarina.

»Aber wo schläfst du dann?«, flüsterte Maria.

»Ich bekomme zwei Zimmer auf der anderen Seite, ein Schlafzimmer und ein Arbeitszimmer«, sagte Stina.

Die Stille war Ohren betäubend, als sie nun mitten im Chaos standen.

Stina ging auf, dass die Kinder begriffen hatten.

Sie betonte das durch die Bemerkung: »Ihr seid jetzt groß genug, um allein zu schlafen.«

»Ich will ein Schloss an meiner Tür«, flüsterte Maria.

»Das lässt sich einrichten«, antwortete Stina gelassen.

»Aber dann sind noch zwei große Zimmer übrig«, sagte Katarina.

»Ja, zwei Wohnzimmer, das eine bekommt ihr, für einen Fernseher und alle eure Sachen, vielleicht eine Schaukel und eine Kletterwand. Und dann bekommen wir eine gute Stube mit schönen neuen Möbeln, einem Sofa und bequemen Sesseln. Und einem schönen Teppich«, fügte sie hinzu.

Sie wurden von Gunilla unterbrochen, die mitteilte, dass das Essen auf dem Küchentisch stand, jede Menge Essen für die müden Reisenden.

»Würstchen«, rief Katarina und stürzte los.

»Aber natürlich«, sagte Gunilla.

Ragnar und Stina bewahrten die Ruhe, er hatte ein Bier aus dem Kühlschrank geholt und teilte es mit ihr. Stina fragte:

»Wie hat dir meine Familie gefallen?«

»Willst du das wirklich wissen?«

»Ja.«

»Ich glaube, ihr lebt zu dicht beieinander, viel zu nah, viel zu engagiert. Plötzlich habe ich verstanden, wieso du so bist, deine Schuldgefühle, deine Unselbständigkeit. Ihr habt eine Symbiose, die es einem Kind schwer macht, zu wachsen und erwachsen zu werden. Sirkka weiß es, sie sieht es, Erik ahnt es nicht einmal. Er hat es zu seiner Schande gemacht, dass dir ein Fehler unterlaufen ist.

Versteh mich nicht falsch, er ist ein phantastischer Mensch, klug und liebevoll. Aber er ist blind, wenn es um dich und deine Kinder geht. Natürlich ist es gut, einen guten Vater zu haben. Aber du musst dich frei bewegen, erwachsen werden können. Auch den Kindern zuliebe.«

Stina hielt sich am Spülbecken fest.

»Fällst du jetzt in Ohnmacht?«

»Nein.«

»Bist du mir böse?«

»Was glaubst du denn? Du trittst mir den Boden unter den Füßen weg und verlangst, dass ich ein anderer Mensch werde. Natürlich werde ich da böse.«

»Gut«, sagte Ragnar. »Und jetzt müssen wir uns durch Gunillas Brei durchfressen.«

Stina aß nur wenig und war sehr schweigsam. Die Kinder dagegen plapperten glücklich über ihre neuen Zimmer, und Gunilla sagte: »Ich weiß noch, wie glücklich ich war, als ich mein erstes ganz eigenes Zimmer bekommen habe, mit einer Tür, die ich hinter all meinen Geheimnissen zumachen konnte. Sogar Mama musste anklopfen, wenn sie mit mir sprechen wollte.«

»War sie manchmal böse auf dich?«, fragte Maria.

»Sicher konnte sie böse sein, aber sie sagte alles ganz offen, es gab kein Geschimpfe oder so. Sie hatte eine einzige Regel, und die war, dass man selbst Ordnung schaffen musste, wenn man etwas angestellt hatte. Ich konnte stocksauer auf sie sein, weil sie nie sagte, was man machen sollte, wenn etwas schwierig war, und wenn ich traurig war. Sie war keine, die tröstete und Tränen abwischte.«

»Wie Oma Sirkka«, sagte Maria.

Ragnar lächelte Stina an.

Roger sagte, er habe am Vorabend noch spät mit Ingegerd gesprochen. »Sie will herkommen, sowie das Urteil gefallen ist. Aber das kann noch Monate dauern, und wir, Stina und ich, müssen mit ihr zusammen einige Formalitäten erledigen. Außerdem muss sie die Wohnung verkaufen, denn die steht doch nur leer und kostet Geld.« Er legte eine Pause ein und fügte dann hinzu: »Sie kommt in einigen Wochen.«

»Gut«, sagte Ragnar, der schon längst geahnt hatte, dass es Probleme gab. »Und jetzt fahren wir zum Hof, weder Stina noch Maria haben ihre Taschen ausgepackt. Wir fahren mit zwei Wagen, ich muss ja bald nach Uppsala, und da braucht Stina ihren alten Saab.«

Sie bedankten sich für das Essen, dann nahm Gunilla Ragnar beiseite und fragte, ob sie und Roger sich die Tonbandaufnahmen aus Richmond anhören könnten.

»Das sind Stinas Bänder, ihr müsst sie fragen.«

Und Stina sagte: »Ja, natürlich, es ist doch nur gut, wenn ihr alles wisst. Aber schrecklich ist es eben.«

Es taute, das Schmelzwasser umstob die Autos, und Stina, die hinter Ragnar herfuhr, konnte kaum etwas sehen.

Als sie den Hof erreicht hatten, stieg Ragnar aus seinem Wagen, umarmte Elin und wirbelte sie vor Freude herum.

»Das darf man doch nicht. Sie ist doch Lehrerin«, sagte Maria.

»Aber sie ist meine Mama, und ich hab mich jeden Abend in dem Hotel in den USA nach ihr gesehnt«, sagte Ragnar.

Dann erschien Anders, hob Maria hoch, wirbelte sie durch die Luft und sagte: »Ich habe eine große Überraschung für dich.«

»Ich habe von Gunilla gehört, dass ihr gerade gegessen habt, und deshalb gibt es nur Kaffee«, sagte Elin.

»Aber zuerst die Überraschung«, rief Maria.

Also wateten sie durch das Schmelzwasser zum Stall, wo zwei Islandponys standen. Maria durfte sie streicheln.

»Bald bring ich dir das Reiten bei«, sagte Anders.

»Ich sag ja schon lange, dass wir hier auf dem Hof eine Reitschule eröffnen sollten«, sagte Ragnar zu seinem Bruder. »Aber kannst du dir das leisten, das sind doch keine billigen Tiere.«

»Ich hab sie von Ingegerd bekommen. Eigentlich sind das ja Mamas Pferde. Weißt du, für die vielen Stunden, die sie Maria unterrichtet. Aber das weiß Mama Gott sei Dank nicht.«

»Ja, verdammt«, sagte Ragnar.

»Ich mache jetzt gerade eine Fortbildung zum Reitlehrer. Ich hab schon eine Liste von Kindern, die bei uns Stunden nehmen wollen.«

Ragnar und Stina packten aus, in seinen beiden Zimmern im Obergeschoss. Maria sollte im Alkoven in Elins großem Schlafzimmer übernachten.

»Hier ist alles so wie immer«, sagte Maria, die so müde war, dass sie die Augen kaum aufhalten konnte. »Ich konnte im Flugzeug nicht schlafen, und ich war so traurig, als ich unser Haus gesehen habe, wo die Wände eingerissen werden und wo eine Riesenmaschine einen tiefen Graben buddelt. Mama sagt, wenn alles fertig ist, wird es sehr schön. Aber ich glaub ihr nicht.«

Stina biss die Zähne zusammen.

»Wir werden jetzt zu Abend essen und dann alle früh schlafen gehen«, sagte Elin. Ragnar und Stina wünschten gute Nacht und verschwanden in Ragnars Zimmern im Obergeschoss. Elin und Anders räumten in der Küche auf und Anders sagte: »Wir müssen Marias Wutausbrüchen ein Ende machen.«

»Ja, und zwar zu ihrem eigenen Besten.«

50.

Auch Katarina war müde, sie brachte keinen Bissen hinunter, sondern saß am Tisch und schlief einfach ein.

Roger trug sie die Treppe hoch, Gunilla zog sie aus, wickelte sie in eine Decke und legte sie ins Bett. Daneben lag das Zimmer, das sie das kleine Wohnzimmer nannten. Sie setzten sich auf das Sofa, legten das erste von Ragnars Bändern ein, drehten die Lautstärke leiser und überzeugten sich davon, dass Katarina auch wirklich schlief.

Auch Stunden später schlief sie noch. Gunilla dagegen zitterte am ganzen Leib. Roger legte ihr die Hand über den Mund und erstickte ihren Schrei. Er fühlte sich überhaupt nicht wohl in seiner Haut und wusste nicht, wie er sich verhalten sollte. Dann riss er sich aber zusammen und flüsterte, er brauche einen Dry Martini.

»Das mach ich«, sagte Gunilla. »Ich muss nach unten in die Küche gehen und schreien.«

Es kam kein Schrei, aber die Tränen liefen ihr über die Wangen, als sie mit Gläsern und Flaschen nach oben kam.

»Dass es schrecklich werden würde, wussten wir ja. Aber das hier …«

»Mein Gott, und wie stark sie trotzdem war.«

Gleich darauf stand Katarina in der Tür und sagte:

»Ich muss Pipi machen.«

»Komm mit mir«, sagte Gunilla. Sie verschwanden auf der Toilette und Roger hörte die Kleine fragen:

»Weinst du? Warum bist du denn so traurig?«

»Einer Freundin von mir ist ein Unglück passiert.«

»Dann kannst du sie ja morgen im Krankenhaus besuchen.«

»Ja, das werde ich tun.«

Sie kamen überein, dass es jetzt Zeit zum Schlafen sei. Roger legte sich auf Gunillas Seite des Bettes und hielt ihre Hand. Katarina war sofort wieder eingeschlafen, Gunilla wälzte sich von einer Seite auf die andere. Am Ende nahm sie Decke und Kissen und legte sich auf das Sofa im Nebenzimmer. Als der Schlaf sich immer noch nicht einfinden wollte, mixte sie sich noch einen Drink und verschwand dann in einem Nebel voll grauenhafter Träume.

Sie wurden davon geweckt, dass Katarina schrie, die Sonne scheine und sie wollten doch wohl nicht den ganzen Tag schlafen.

»Kaffee, starker Kaffee«, sagte Roger und ging mit der Kleinen nach unten, denn sie hatte einen »Wahnsinnskohldampf«.

Gunilla duschte lange, wusch sich die Haare, rieb sich Tönungscreme ins Gesicht und suchte eine Hose und einen Pullover heraus. Aber es gelang ihr nicht, ein munteres Lächeln aufzusetzen.

»Du wollest doch deine Freundin im Krankenhaus besuchen. Bestimmt geht es ihr jetzt besser«, sagte Katarina.

»Ja, ich glaube, du hast Recht. So machen wir das. Du fährst mit Roger zu Göran, denn der will euch Zeichnungen davon zeigen, wie eure Zimmer tapeziert und eingerichtet werden sollen.«

»Klasse«, schrie Katarina. »Ich will rote Rosen auf meinen Tapeten.«

Gunilla sagte: »Dann kommt Stina mit Maria, damit alle zusammen entscheiden können, wie es aussehen soll.«

Gunilla fuhr zum Hof, wo Maria ihr sofort um den Hals fiel.

»Du hast ja keine Ahnung, was wir haben, komm gucken!«

»Zuerst muss ich Tante Elin und Stina besuchen«, sagte Gunilla mit ihrer energischsten Stimme.

»In der Küche steht frischer Kaffee, hol dir doch eine Tasse. Maria und ich sind gerade in die Stiefel gestiegen, um uns das Wunder im Stall anzusehen. Du musst uns also entschuldigen«, sagte Elin.

Sie ist ein wunderbarer Mensch, dachte Gunilla und ging in die Küche, wo Stina auf sie wartete. Die beiden sahen einander an, Blick traf auf Blick, und Gunilla ließ ihren Tränen freien Lauf.

»Ich hatte nie wirklich verstanden, was du alles durchgemacht hast. Ich hätte mehr tun müssen …«

»Sei doch nicht so dumm, du hast doch alles Menschenmögliche getan.«

Gunilla seufzte:

»Roger wurde zum Gespenst, als wir uns die Bänder angehört haben, und sagte, wenn er das auch nur geahnt hätte, wäre er schon viel früher zur Polizei gegangen. Dann hat er sich aus dieser Quälerei weggetrunken.«

»Und Katarina?«

»Die hat geschlafen, sie hat nichts gehört. Als sie gefragt hat, warum ich so weinen müsste, habe ich gesagt, eine Freundin von mir sei krank geworden. Und irgendwie stimmte das ja auch. Jetzt glaubt sie, dass ich im Krankenhaus bin und meine Freundin besuche.«

»Und auch das stimmt irgendwie«, sagte Stina und verzog den Mund.

Als Gunilla die Islandponys sah, stellten sich Ruhe und Freude bei ihr wieder ein, und ehe sie wusste, was sie da tat, saß sie schon auf einem Pony, streichelte und liebkoste es und sagte zu Anders:

»Die müssen doch raus und richtig ausschreiten. Du hast nicht zufällig einen Sattel?«

Anders schüttelte den Kopf, als Gunilla auf dem bloßen Pferderücken aus dem Stall ritt. Überrascht schauten die anderen hinterher, als das Pferd in den Wald trabte.

»Ich will auch reiten«, schrie Maria, als sie zum Stall zurückkam.

»Jetzt hörst du zu«, sagte Gunilla mit ihrer strengsten Stimme. »Reiten lernen ist fast so schwer wie lesen lernen. Zuerst brauchen wir Sättel, Helme und alle anderen Ausrüstungsgegenstände. Dann musst du lernen, die Sprache des Pferdes zu ›lesen‹, damit ihr gute Freundinnen werdet, die Vertrauen zueinander haben. Morgen kaufen wir alles, was wir brauchen.«

»Dauert es lange, das zu lernen?«

»Tja, ich habe mit sieben angefangen, und jetzt bin ich über vierzig und habe noch immer nicht ausgelernt«, sagte Gunilla und lachte. »Jetzt musst du lernen, das Pferd sauber zu bürsten, kein Insekt und keine Tannennadel darfst du übersehen. Das nennt man striegeln. Ich drehe eine Runde mit dem anderen Pony, das muss sich schließlich auch die Beine vertreten.«

Während Gunilla unterwegs war, rief Elin: »Göran wartet mit dem Mittagessen auf uns. Und den ganzen Nachmittag werden wir die Baupläne für das Häuschen studieren.«

»Ich komm nicht mit«, schrie Maria.

»Dann musst du hier allein bleiben«, sagte Elin. »Denn alle sind eingeladen. Und ich habe Hunger und möchte gern baden.« Elin benutzte ihre Lehrerinnenstimme und ihr wurde sofort gehorcht. »Maria geht jetzt und wäscht sich und zieht sich um.«

Gunilla kam zurück, wollte das zweite Pony striegeln und sagte: »Fahrt ihr schon mal vor. Ich nehm mein eigenes Auto, wir müssen reden, Anders und ich.«

Die Kinder waren schon im Becken und Stina sah überrascht

Görans Sohn und ihre eigene Tochter an. Der Junge war gewachsen, er war größer als Katarina, die klein und schüchtern aussah. Die Geschlechterrollen sind mit ihnen um die Wette gewachsen, dachte sie. Göran sah sie an und zwinkerte ihr zu, als er sagte: »Hier ist es wie überall. Er macht sich wichtig, und sie bestimmt.«

»Ihr kriegt eine Viertelstunde, dann wartet in der Küche das kalte Büfett«, rief er dann. Danach gingen sie ins Görans Arbeitszimmer und sahen seine Zeichnungen vergrößert auf einem an der Wand angebrachten Bildschirm.

Er fing mit der Außenansicht an, das lange Haus mit seinen Fenstern.

»Sieht aus wie ein Kapitänshaus aus dem 18. Jahrhundert«, sagte Gunilla begeistert.

»Jetzt gehen wir hinein, und hier habe ich mich mit Tapezieren und Möblieren amüsiert. Aber natürlich habt ihr zu entscheiden. Das hier ist Marias Zimmer, aber Farben und Vorhänge musst du selber aussuchen.«

Danach wurde ein Zimmer nach dem anderen gezeigt, alle jubelten, nur Maria schrie: »Warum kriegt Mama zwei Zimmer?«

»Weil sie arbeitet und euch mit ihren Büchern ernährt«, sagte Göran mit scharfer Stimme. »Was ist eigentlich los mit dir? Warum bist du so negativ und so sauer?«

»Weil ich Brennnesseln säe und man muss das ernten, was man sät. Das hat Mama gesagt.«

Alle lachten und hielten das für einen Witz. Nur Stina und Elin nahmen es ernst, und Elin sagte: »Darüber können wir morgen reden.«

51.

Am nächsten Morgen nach dem Frühstück in der großen Bauernküche gingen Elin und Maria nach oben ins Schlafzimmer und machten wie immer ihre Betten. Maria gefiel die Ordnung, die das Leben auf dem Hof regelte, alles hatte seinen Platz, alle Zimmer waren gemütlich und sauber.

»Kannst du mir erklären, warum du so wütend auf deine Mama bist?«, fragte Elin.

Maria schrie: »Weil sie nicht da war. Ich hab das der Professorin erklärt und die hat das verstanden.«

»Aber ich verstehe das nicht.«

»Ich bin vergewaltigt worden, jetzt weiß ich, dass das so heißt. Und ich habe nach Mama gerufen, aber die war nicht da, und auch nicht, als ich im Krankenhaus war und untersucht worden bin, und ich hab die ganze Zeit nach Mama gerufen. Dann haben sie mir etwas gegeben, wovon ich eingeschlafen bin, und als ich dann aufgewacht bin, lag ich in Tante Ingegerds Bett, und die hat nur geweint und da hab ich noch mehr Angst gekriegt. Und Mama war nicht da.«

Elin sagte: »Aber die Behörden haben deine Mama doch gezwungen.«

»Das weiß ich, ich kenn ja die vielen Briefe, wo sie versucht hat, denen das auszureden. Aber denen war das egal, ein Papa darf eben seine Kinder treffen. Ich bin dumm, das weiß ich, aber ich weiß, dass ich ihr nie, nie verzeihen werde.«

»Warum glaubst du das?«

»Weil ich immer daran denken muss, was passiert ist, jeden Tag, und dann werde ich gemein.«

»Und dann säst du Brennnesseln?«

»Ja.«

»Darf ich das Anders erzählen?«

»O ja, dann ist er vielleicht nicht mehr so böse auf mich.«

Elin hatte eine Großdruckausgabe von Selma Lagerlöfs »Nils Holgersson« geholt.

»Das ist ein richtig schönes Buch, aus dem du sehr viel über Schweden lernen kannst. Mach mal einen Versuch, dann werden wir ja sehen, ob es dir gefällt. Ich muss einen Brief schreiben. Aber du darfst mich stören, wenn du irgendwelche Fragen hast.«

Aber alles kam ganz anders, denn plötzlich stand Gunilla in der Tür und sagte, sie brauche Hilfe, um ihre Einkäufe in den Stall zu bringen.

»Sättel«, rief Maria.

»Und auch sonst noch so allerlei. Lauf zum Stall und hol Anders. Dann kannst du nachher vielleicht schon ein bisschen reiten und lernen, wie man ein Pferd lenkt.«

Maria lief los, den Hang zum Stall tanzte sie fast hinunter.

»Wo ist Stina?«

»Die macht sicher einen von ihren einsamen Waldspaziergängen«, sagte Elin. »Aber wir hatten einen guten Morgen, Maria und ich. Ich weiß jetzt, warum sie so gemein zu ihrer Mama ist.«

»Eifersucht?«

»Nein, schlimmer. Ich wollte gerade einen Brief an die Professorin schreiben, zu der hat sie ja immerhin Vertrauen.«

»Aber ruf sie doch einfach an, sie hat zwischen zwölf und dreizehn Uhr Telefonzeit. Ich habe ihre Visitenkarte in der Brieftasche, und jetzt ist es erst halb zwölf.«

Zuerst war besetzt, aber beim dritten Versuch kam Elin durch und stellte sich vor.

»Ich weiß«, sagte die ruhige Stimme. »Sie bringen ihr Lesen bei. Das ist gut und erweitert ihren Horizont. Sie hat einen klugen Kopf, aber ein gestörtes Gefühlsleben. Das kommt bei schlauen Kindern häufiger vor.«

»Das Problem ist, dass sie einfach ungeheuer gemein zu ihrer Mutter ist. Heute hat sie mir gesagt, dass sie Stina niemals verzeihen wird, weil sie nicht in der Nähe war, als das Schreckliche passiert ist.«

Die Professorin seufzte.

»Ich habe am Montag um vier einen freien Termin. Könnten Sie dann mit ihr herkommen? Und inzwischen, finde ich, sollten Sie Boulevardzeitungen kaufen, da wird oft über Vergewaltigungen berichtet. Lassen Sie sie wenigstens die Schlagzeilen lesen. Es ist sehr wichtig, dass sie sich klarmacht, dass sie nicht einzigartig ist, sondern sogar ziemlich normal.«

Elin wollte sich schon bedanken und verabschieden, als die Professorin noch eine Frage stellte:

»Ich muss noch wissen, warum Sie sich so für Stina engagieren.«

»Himmel«, sagte Elin und musste lachen, als sie antwortete: »Weil ich glaube und hoffe, dass Stina meine Schwiegertochter werden wird, jedenfalls sieht alles danach aus.«

Beide lachten, als sie auflegten.

Gunilla und Anders ritten um den Stall und sahen glücklich aus. Maria wollte es auch versuchen. Anders hob sie in den Sattel seines Ponys, aber das ging schief, das Pony warf sie ab und Maria schrie wie am Spieß.

»Tut es dir irgendwo weh?«

»Nur hinten ein bisschen.« Gunilla massierte ihr den Po und sagte: »Du kriegst ein paar blaue Flecken, aber jetzt hast du etwas Wichtiges über Pferde gelernt. Sie können nicht reden wie wir, aber sie merken viel mehr. Du hast dem Pony Angst gemacht, weil du Angst hattest. Und weil du so wütend bist.«

Beide schwiegen. Anders, der zugehört hatte, sagte: »Wenn du reiten lernen willst, musst du aufhören, Brennnesseln zu säen.«

Stina machte eine ihrer üblichen langen Wanderungen durch den Wald. An diesem Tag fand sie einen sonnenwarmen Stein, setzte sich, holte tief Luft und horchte auf das Schweigen, als ihr Mobiltelefon klingelte.

Anita Berg wollte fragen, was sie so mache und wie es ihr ginge. Stina freute sich und sagte: »Mit mir passiert etwas Gutes, ich gehe durch den Wald, ich bin allein, jeden Tag, allein im Schweigen. Ich kehre zum Essen auf den Hof zurück und höre nicht die Gemeinheiten meiner Tochter und mache vor ihrem wütenden Gesicht die Augen zu. Heute habe ich die ersten Leberblümchen gesehen, an einem Südhang, wo sie flüsterten, dass der Winter dem Ende entgegengeht. Aber ansonsten habe ich keine Gedanken, keine Erinnerungen, keine Schuldgefühle und keine Reue. In mir ist alles leer und großartig. Ab und zu glaube ich, dass ich religiös geworden bin. Es wäre schön, wenn wir uns einmal treffen könnten.«

»Wie wäre es mit heute Abend, dann gönnen wir uns ein Plauderstündchen.«

»Danke, das mache ich.«

Als sie sich später in der Küche auf dem Hof für das gute Essen bedankte, sagte sie: »Ich bin heute Abend bei einer Freundin eingeladen, zu Käse und Wein.«

»Du hast doch überhaupt keine Freundinnen«, sagte Maria.

»Ich nehme den Bus, ich will schließlich Wein trinken«, sagte Stina, überging Marias Bosheit, ging in ihr Zimmer, duschte und zog ihr schönes Kleid an. Und packte Bürste, Lippenstift und Lidschatten in ihre große Handtasche. Ganz nach unten legte sie die Schachtel mit den Tonbändern.

Als sie nach unten kam, bot Anders an, sie zur Bushaltestelle zu fahren.

»Wenn Ragnar anruft, dann gib ihm diese Telefonnummer«, sagte Stina.

Der Bus brachte sie nach Mörby, und von dort fuhr sie mit der U-Bahn zur Rådmansgata. Um sie herum wimmelte es nur so von Menschen, aber sie empfand noch die Ruhe aus dem Wald und konnte das Gedränge fast genießen. Und sie genoss die vielen funkelnden Lichter in den Schaufenstern des Sveavägs.

Ihr war richtig feierlich zumute, als sie an der vertrauten Tür in der Tegnérgata bei Professor Anita Berg klingelte, die sie nun schon so oft zusammen mit Maria aufgesucht hatte.

Lange sahen sie einander nur an, Stina strahlte vor Freude und Anita nahm sie erleichtert in die Arme.

»Meine liebe Stina, es tut gut, dich so strahlen zu sehen.«

Anita zog den Korken aus einer Weinflasche und goss ein.

»Ich habe doch schon von Ragnar erzählt«, begann Stina. »Daraus ist Liebe geworden, Sex, zum ersten Mal in meinem Leben, Liebe, ach, Anita, er ist so wunderbar. Aber es macht ihm Sorgen, dass ich die Angst und die Schuldgefühle nicht loswerde, ja, das weißt du ja alles. Dann ist er in die USA gefahren, zu einem Seminar an einer Universität. Und da ist ihm eine Idee gekommen. Mit Hilfe meines Vaters hat er der Polizei in Richmond eingeredet, Per müsse mit dem Seelsorger der Familie sprechen. Die schwärmen da drüben ja für Geistliche, und deshalb konnte er mit meinem Exmann unter vier Augen reden. Es gab eine Reihe von Gesprächen, und sie sind alle auf Band aufgenommen worden. Und als Ragnar dann nach Hause fahren wollte, hat er die Bänder bekommen und die Polizei hat sich überschwänglich bei ihm bedankt. Er hatte gehofft, diese

Gespräche würden mir helfen. Und wunderbarerweise haben sie das auch getan.

Dann habe ich daran gedacht, dass du sie dir anhören und sie vielleicht als Puzzlestücke für deine Forschung benutzen könntest. Denn es handelt sich doch um eine Großaufnahme eines echten Psychopathen.«

»Darf ich Kopien davon machen?«

»Ja, natürlich.«

»Was ich nicht begreife, ist, wie ein schwedischer Dorfpastor zu einem Seminar in die USA eingeladen werden kann. Welche Universität war das überhaupt?«

»Die Columbia University.«

»Alle Achtung!«

»Aber Ragnar hat über Nietzsche promoviert und ein Buch über ihn geschrieben. Es ist in mehrere Sprachen übersetzt worden.«

»Mehr Wein«, sagte Anita und trank den letzten Schluck.

»Jetzt beschäftigt er sich mit Sören Kierkegaard, der ist gerade in, nicht zuletzt unter Psychologen.«

»Das weiß ich, ich würde diesen Ragnar gern einmal kennen lernen.«

»Es kann sein, dass er heute Abend anruft. Kann ich ihn dann herbitten?«

»Sag ihm, dass ich mit Rollo May zusammengearbeitet habe.«

»Aber es ist schon schwer zu verstehen, warum er sich in einen unbedeutenden und waidwunden Vogel verliebt hat.«

»Die Liebe geht oft die seltsamsten Wege. Wie sieht er aus?«

»Er sieht gut aus, ist geradezu schön. Und seine Mutter und sein Bruder sind gute und kluge Menschen. Ich wohne jetzt gerade bei ihnen.«

»Ich weiß, ich habe mit seiner Mutter gesprochen. Ich habe

es noch nicht erwähnt, aber deine angehende Schwiegermutter hat mich angerufen. Sie macht sich Sorgen um Maria. Sie kommen am Montag her.«

Ein dunkler Schatten huschte über Stinas Gesicht, aber Anita sagte:

»Das geht gut. Und es wird dann mein und Elins Problem sein. Und es ist besser, wenn du dich davon fernhältst.«

Gleich darauf klingelte Stinas Telefon.

»Du bist hier willkommen, ich bin bei Professor Anita Berg in der Tegnérgata. Wir trinken Wein und essen Käse, und bisher haben wir nur über dich gesprochen.«

»Hat sie auch Butterbrote?«

»Die kann sie sicher beschaffen. Ich soll dir ausrichten, dass sie mit Rollo May zusammengearbeitet hat.«

»Ich bin sofort bei euch.«

Anita stand in der Küche und schmierte Brote, als es klingelte. Sie hatte immer gedacht, dass sie Probleme mit jungen Akademikern und deren selbstverständlichen Überzeugungen hätte. Vor allem mit Männern, die so langsam reiften, dass sie erst mit fünfzig interessant wurden.

Sie rief die beiden in die Küche. »Hier gibt's Brote!«

Dann stand er da, auf Socken und in zerknitterten Jeans. Aber was ihr die Sprache verschlug, war nicht seine Jugend, sondern seine Schönheit. Nur selten in ihrem langen Leben war ihr so etwas Anziehendes in männlicher Ausgabe über den Weg gelaufen.

Ihre Augen wanderten zu Stina weiter, die in der Küchentür stand und strahlte, plötzlich war auch sie schön. In ihrem Lächeln und der geraden Haltung lag ein natürlicher Stolz. Aber es lag noch mehr dort. Glück, dachte Anita.

»Ich habe verstanden, dass du Hunger hast. Also hab ich ein paar ordentliche Stullen geschmiert«, sagte Anita.

Er setzte sich an den Küchentisch, lehnte den Wein aber dankend ab. »Ich muss uns doch nach Hause chauffieren.«

Anita nahm eine Flasche Mineralwasser aus dem Kühlschrank.

»Hast du die Bänder mitgenommen?«, fragte er Stina.

»Du hast doch nichts dagegen?«

»Nein, das ist schon gut, aber Anita muss alle Namen verändern, wenn sie darüber schreiben will.«

»Natürlich«, sagte Anita. »Erzähl von deiner Zusammenarbeit mit der Polizei.«

»Sie wollten ein genaueres Bild von Per Stenberg, das Übliche, wisst Ihr: Böse oder geistesgestört. Bei unseren täglichen Besprechungen waren ein Arzt, eine Psychologin, zwei Geistliche und zwei Kriminalbeamte dabei. Und ich. Die Gespräche mussten übersetzt werden. Ich hatte darauf bestanden, mit dem Häftling Schwedisch zu sprechen.«

»Das hört sich an wie eine normale Zusammenarbeit?«

»Das war es auch, sie haben diese selbstverständliche amerikanische Liebenswürdigkeit. Es war eine anstrengende Woche, aber für mich war sie ein Erfolg. Auf diese Weise hat Stina endlich ein realistisches Bild von ihrem Exmann erhalten.«

»Und das hat mir so geholfen!«

»Wenn ich mir die Bänder angehört habe, können wir uns hoffentlich wieder zusammensetzen und die schwere Frage diskutieren, was ein Psychopath ist und wie man dazu wird. Ich glaube, du lieferst hier wichtiges Material«, meine Anita und gähnte.

Bald darauf nahmen Ragnar und Stina Abschied von ihr.

»Ich bin gespannt darauf, was du von diesen Gesprächen hältst«, sagte Ragnar, nachdem er sich für das Essen bedankt hatte und zur Tür ging. »Bis bald.«

Aber Stina flüsterte Anita ins Ohr: »Wenn du Zeit für mich hast, möchte ich gern mit dir über den Wald sprechen.«

»Ich glaube nicht, dass man über Transzendenz reden sollte. Dann zerbricht das tiefe Erleben. Schreib mir lieber einen langen Brief.«

»Redest du von Poesie«, sagte Stina und lachte, Anita aber blieb ernst.

»Genau das.«

Auf der Heimfahrt erzählte Stina, dass Anita nicht mit ihr über den Wald sprechen wolle. »Sie will, dass ich ihr einen Brief schreibe. Sie denkt an etwas Poetisches.«

»Sie ist sehr intelligent«, sagte Ragnar. »Weißt du noch, wie dein Vater mich gefragt hat, warum ich meine Pastorenstelle aufgegeben hätte, und wie ich gesagt habe, dass ich das Unbegreifliche, das Gott genannt wird, nicht in Worte kleiden kann?«

»Schreibst du Gedichte?«, fragte Stina verwundert.

Der Hof schlief, friedlich, stumm und dunkel. Aber ein freundliches Licht leuchtete auf der Treppe zu ihren Zimmern. Und zu dem Bett, nach dem sie sich eine ganze lange Woche gesehnt hatten.

52.

Maria saß stumm und blass am Frühstückstisch. Aber sie aß ihre Brote. »War es lustig auf dem Fest gestern Abend?«, fragte sie.

»Ja, das war es wirklich. Und dann ist Ragnar gekommen, und das hat alles noch lustiger gemacht«, sagte Stina und lächelte Maria an.

»Aber hier war es überhaupt nicht schön«, sagte Maria. »Ich bin vom Pferd gefallen und hab mir den Po wehgetan. Und danach hat Tante Elin mich ausgeschimpft.«

»Das ist ja komisch«, sagte Ragnar. »Als ich noch klein war, hat meine Mama nie geschimpft, sie war nie böse. Aber sie konnte sehr ernst mit uns sprechen. Und wir haben genau zugehört, wir wussten ja, dass sie Recht hatte. Sie kennt sich doch mit Kindern aus.«

»Aber dann hat auch Anders mit mir geschimpft, er hat gesagt, ich wäre gemein und wollte meiner Mama nur wehtun. Und ich wäre jedesmal froh, wenn ich zu Mama gemein war.«

»Okay«, sagte Anders. »Das habe ich gesagt und ich stehe zu jedem Wort. Und ich begreife nicht, wie Stina das aushält.«

»Aber das tu ich doch nicht, ich gehe in den Wald und höre auf, an meine Tochter zu denken.«

»Und das schaffst du?«, schrie Maria.

»Ja«, sagte Stina. »Und jetzt verschwinde ich zu einem meiner geheimen Spaziergänge.«

Anders ging aus dem Zimmer und kam mit einem Stapel Zeitungen zurück.

»Jetzt kann Maria die Schlagzeilen in den Zeitungen lesen, da wird jeden Tag über eine schreckliche Vergewaltigung geschrieben.«

»Aber das kann doch nicht wahr sein«, flüsterte Maria.

»Lies, was die Polizei sagt, du glaubst doch wohl nicht, dass die Polizei lügt«, sagte Anders.

Maria wurde blass und flüsterte: »Was macht die Polizei?«

»Zuerst holen sie einen Krankenwagen. Dann bringen sie das Mädchen ins Krankenhaus, wo sich ein Arzt um sie kümmert, und dann versuchen Psychologen, ihnen zu helfen. So, wie das hier und in den USA bei dir war.«

Elin nahm Maria auf den Schoß und sagte:

»Du bist nicht das einzige Opfer, das ist leider ein sehr häufiges Verbrechen.«

»Kriegen sie die verrückten Kerle denn?«, flüsterte Maria.

»Ja, sehr oft. Dann werden sie ins Gefängnis gesteckt, so wie dein Papa. Der sitzt jetzt allein in seiner Zelle und wartet auf das Urteil. Die Polizei glaubt, dass er noch viele Jahre im Gefängnis bleiben muss«, meinte Anders.

»Darf man ihn besuchen?«

»Ja, ich nehme an, dass es so ist wie hier, dass Häftlinge ab und zu ihre Angehörigen sehen dürfen.«

»Dann fahre ich hin, schaue ihm in die Augen und schneide ihm dann den Hals durch.«

»Wenn du ein Messer mit ins Gefängnis nimmst, kannst du selbst eingesperrt werden.«

»Das ist doch blöd«, sagte Maria. »Vielleicht könnte Mama das ja machen …«

»Deine Mama ist keine Mörderin. Sie würde nicht einmal auf den Gedanken kommen, einem anderen Menschen das Leben zu nehmen«, sagte Elin.

»Nein, stimmt, die kann ja nicht mal eine Fliege totmachen. Die ist feige«, sagte das Kind.

Elin seufzte und fragte:

»Willst du allen Ernstes behaupten, du könntest einen Menschen ermorden?«

»Das machst du vielleicht immer dann, wenn du so gemein zu Stina bist?«, fragte Anders.

Dann ging er hinaus zu seinen Pferden.

53.

Stina ging wie so oft den Weg, der sie direkt in den Wald führte. Wie immer wurde es ganz still in ihrem Kopf, es gab kaum Gedanken und keine Gefühle. Als sie die Lichtung erreicht hatte, lehnte sie sich an den Stamm der alten Eiche, die ihre Krone in den Himmel hob, damit Licht und Wärme die Knospen öffneten. Aber Eichen haben es nicht eilig, sie haben jahrtausendelange Erfahrung.

Auf der anderen Seite der Lichtung sah sie die Wipfel der jungen Birken, die sich lila verfärbt hatten. Und dort konnte sie Grün ahnen, tausende von Knospen, die sich bereitmachten. Plötzlich dachte sie an den alten Spruch: Wenn die Birken grün werden, soll man die Rosen beschneiden. Ihre Gedanken flogen zu ihrem Haus und den vielen Rosen dort.

Das muss jetzt eben warten, dachte sie.

Aber vielleicht sollte sie doch hinfahren, sich mit Gunilla ein Plauderstündchen gönnen. Und mein Schmusestündchen mit Katarina, Himmel, sie hatte ja solche Sehnsucht nach ihrer Kleinen.

Trotz der winddichten Jacke und der warmen Hose und den dicken Socken in den Stiefeln fror sie und lief zum Berg, dessen Südhang in der Sonne lag. Dort wollte sie sitzen und mit den Leberblümchen reden. Am Südhang hatten die Birken ihre kleinen grünen Knospen bereits ausgepackt. Plötzlich fiel ihr das Gedicht von Karin Boye ein:

»Natürlich tut es weh, wenn Knospen bersten.«

Sie hatte dieses Gedicht nie verstanden, sie hatte es nur wegen seiner schönen Worte geliebt. Natürlich hatte es den ganzen einsamen Herbst lang wehgetan, so weh, dass sie glaubte, über die Grenze zu gehen.

Sie fand Schutz hinter einem hohen Stein, so einem, den Sirkka als »Hünenwurf« bezeichnete. Vor ihr leuchteten die Leberblümchen, zahlreicher und blauer als am Vortag, trotz des nächtlichen Frosts.

Sie sprachen ihre stumme Sprache und meinten damit Stina.

Es war kein mystisches Erlebnis. Es war auch nicht vage oder sentimental. Dieses Gespräch mit den Leberblümchen war wirklich.

Plötzlich wusste sie, dass es seine Kraft verlieren würde, wenn sie versuchte, es in Worte zu kleiden.

Trotz der Sonne war es kalt, sie musste sich bewegen. Jetzt bog sie nach rechts ab und ging geradewegs in den feierlichen Tannenwald hinein. Hohe dunkle Bäume standen in Reih und Glied da, wie Wachtposten. Aber hier und dort wuchsen unter ihren weiten Kleidern Farnwedel und einige davon hatten noch ihre Herbstfarben, rostrot vor allem, aber auch gelb und flammend-orange.

Bald hörte sie den Bach und dachte, heute würde sie es wagen, hindurchzuwaten. Obwohl sie sich vor der Kraft des brausenden Wassers fürchtete. Und obwohl sie Angst hatte zu fallen, auf den glatten Steinen im Flussbett auszugleiten.

Aber sie watete los und schaffte es, Schritt für Schritt. Auf dem anderen Ufer reckte sie sich, holte tief Luft und füllte ihre Lunge mit Waldduft und Stolz.

Hier und da schrie in den Wolken ein Vogel.

Ansonsten war sie allein und genoss es.

54.

Stina sah vom Waldrand her den Hof, er sah verlassen aus. Aber Maria und Elin hatten ja auch einen Termin bei Anita Berg. Und Anders war sicher bei den Pferden. Gleich darauf entdeckte sie das rote Auto, Ragnars Auto, und glücklich lief sie ihm in die Arme.

Es war fast zu viel Glück für einen einzigen Tag.

Lange standen sie da und sahen einander nur an.

Endlich allein!

Dann liefen sie die Treppe zu ihrem Schlafzimmer hoch, zogen sich gegenseitig aus und fielen ins Bett.

Das hier ist ebenso selbstverständlich, wie den Leberblümchen zuzuhören, dachte Stina, als er ihre Brustwarzen küsste.

Auch sie griff zu, kühn und frei. Wie durch den Bach zu waten, dachte sie.

Dann waren sie wohl eingeschlafen, denn plötzlich stand Anders im Zimmer, machte Licht und lachte schallend.

»Kommt und trinkt ein Glas Wein, während ich koche. Elin und Maria können in einer Viertelstunde hier sein.«

»Du stinkst nach Pferd«, sagte Stina.

»Aber ich bin immerhin anständig angezogen. Außerdem habe ich viel zu gute Manieren, um darüber zu reden, wonach ihr riecht. Los, unter die Dusche mit euch!«

Sauber gespült und bequem gekleidet gingen sie zu Anders in die Küche, ließen sich Weingläser geben und tranken einander zu.

Gleich darauf standen Elin und Maria in der Tür, beide ein wenig blass und sehr müde.

»So eine Therapie ist anstrengend«, sagte Elin.

»Aber sehr gut«, sagte Maria, schaute Stina lange an und sagte: »Hier riecht es fein, ich hab Hunger.«

»Gleich fertig, Roastbeef mit Reis und Paprika und danach Eis«, sagte Anders.

»Wunderbar«, rief Maria und sah wieder Stina an. »Ich habe so viel zu erzählen, aber das muss bis morgen warten.«

Alle nickten. Ragnar trug Maria zu ihrem Schlafplatz neben Elin im Bett, zog sie aus und deckte sie warm zu.

Als sie das Eis aßen, sagte Anders, er habe wichtige Neuigkeiten. Ingegerd hatte angerufen und mitgeteilt, dass sie unterwegs nach Schweden sei. Vor allem müsse sie ein ernstes Gespräch mit Roger führen. »Das mit der Erbschaft ist doch nicht so einfach, wie sie geglaubt haben. Ich hab es ja schon geahnt, die Erbschaft muss wahrscheinlich zwischen ihr und ihrem Neffen geteilt werden. Solange der noch lebt.«

»Dann hat Erik angerufen und wollte mit Stina reden. Aber die schlief gerade und ich wollte sie nicht wecken. Erik hat gesagt, dass die Verhandlung am Dienstag sei, und er bitte Stina um Rückruf. Sie kann wohl schon am Mittwoch damit rechnen, dass das Urteil gefaxt wird. Aber Stina muss ihn heute Abend anrufen.«

»Befehl«, sagte Ragnar und zwinkerte Stina zu.

»Besser, wir klären das gleich«, sagte Stina und ging zum Telefon. Erik hörte sich an wie ein Polizeibericht. Die Verhandlung war verschoben worden, da zwei weitere Anzeigen erstattet worden waren. Es handelte sich um zwei Jungen im Alter von vier und fünf Jahren, Kinder, die Per Stenberg zum Opfer gefallen waren.

Die Ermittlungen hatten überzeugende Beweise ergeben.

»Das nimmt ja nie ein Ende«, stöhnte Stina verzweifelt.

»Es ist grauenhaft«, sagte Erik. »Aber das steigert wenigstens die Aussicht auf eine lange Strafe.«

Stina bedankte sich und hatte gerade aufgelegt, als das Telefon wieder klingelte. Es war Roger Skog, der zu einer Besprechung in sein Konferenzzimmer lud. »Erik kommt, Ingegerd kommt schon Anfang der Woche nach Schweden. Und es ist von entscheidender Bedeutung, dass Stina dabei ist.«

»Ich ahne schon, dass die Kinder und ich wieder arm sein werden«, sagte Stina und zuckte mit den Schultern. »Das ist keine Katastrophe, wir sind daran gewöhnt, jede Krone dreimal umzudrehen.«

»Möchte hier irgendwer Kaffee?«, fragte Ragnar.

»Wenn ich an meinen Nachtschlaf denke, wäre ein Glas Wein vielleicht besser«, sagte Anders.

»Stina, willst du mich heiraten? Ich hätte dich das schon längst gefragt, wenn du ein ganz normales armes Mädchen gewesen wärst«, sagte Ragnar und alle lachten.

55.

Am nächsten Morgen herrschte beim Frühstück eine fast feierliche Stimmung. Elin hatte den Tisch mit ihrem schönsten Service gedeckt. Und Brote mit Wurst, Käse und Marmelade geschmiert. Sie hatte sogar eine Decke auf den alten Küchentisch gelegt. Und alle sagten »guten Morgen«, statt einfach »hallo«, so wie sonst.

»Ich soll doch sagen, was die Professorin mir erklärt hat«, sagte Maria. »Aber Tante Elin muss verbessern, ich habe nicht alle Wörter verstanden.«

Sie fing an, über Mutterland und Muttersprache zu sprechen, wie alle Kinder sie lernen. »Aber Kinder wachsen und dann finden sie das Mutterland manchmal zu eng, und das nennt man Puertät.«

»Pubertät«, sagte Elin.

»Du bist doch viel zu klein, um in der Pubertät zu sein«, sagte Anders.

»Ja, aber sie hat gesagt, dass Mama und mir so viele schreckliche Dinge passiert sind, und sie meint, dass wir total ineinander verfilzt sind. Und dass keine von uns zwischen uns eine Grenze ziehen kann. Als das Schreckliche passiert ist, war Mama nicht bei mir. Und da hab ich alles so dargestellt, als ob sie an allem schuld wäre. Obwohl ich weiß, dass das nicht stimmt.

Was passiert ist, war so schrecklich, dass ich dauernd daran denken muss, und dann werde ich so wütend und weiß nicht, was ich mit meiner Wut machen soll. Und dann kommt Mama und ist genauso dumm wie ich. Weil sie sich schämt und sich schuldig fühlt, weil er mich als Baby misshandelt hat und ich eine Gehirnerschütterung hatte. Aber das ist dumm, Mama, ich weiß das doch nicht mehr.«

»Du vergisst etwas Wichtiges«, sagte Elin. »Du weißt doch noch, wie sie über dein Land und ihr Land gesprochen hat.«

»Nein, sie hat gesagt, dass Mama mir nicht mein eigenes Land gibt. Wenn wir nicht aufpassen, kann keine von uns frei werden. Mama kann viel mehr als ich, aber sie muss lernen, dass ich ein eigenes Land brauche, um wachsen zu können, um groß und klug zu werden. Verstehst du, Mama?«

»Ja«, sagte Stina.

»Gut«, sagte Maria und erzählte weiter:

»Dann hat sie über Eifersucht geredet. Und ich habe gesagt, dass ich auf meine kleine Schwester wütend bin, weil die so fröhlich ist und weil alle sie lieb haben. Ich habe mich geschämt, weil ich das gesagt habe, aber die Professorin hat gelacht und gesagt, dass das normal ist und dass alle Geschwister in solche Krisen geraten. Es würde sie nicht überraschen, wenn Katarina auch wütend auf mich wäre, weil ich so intelligent bin, hat sie gesagt.

Dann hat sie über Ragnar gesprochen, ich habe gesagt, dass ich ihn ebenso lieb habe wie Mama ihn lieb hat. Aber das, was Mama und er im Bett machen, finde ich nicht gut.«

Schweigen senkte sich über den Küchentisch.

Maria seufzte und sagte: »Am Ende gewöhne ich mich wohl daran.«

Elin servierte neuen Kaffee und Maria sagte:

»Ich mag Anders sehr gern, auch wenn er mich so ausschimpft. Er kann das mit den Grenzen. Und es ist gut, dass er die schrecklichen Zeitungen mit all den vergewaltigten Mädchen gekauft hat. Das war scheußlich, aber eben auch ein Trost, so was Schlimmes ist mir nicht allein passiert.«

Nach dieser langen Erklärung setzten sich Maria und Elin

zum täglichen Unterricht an den Schreibtisch. Anders räumte den Tisch ab und füllte die Spülmaschine und Ragnar und Stina machten einen Ausflug mit dem Auto.

»Das war ein inhaltsreiches Frühstück«, sagte Ragnar, als er im Zentrum auf den Parkplatz fuhr, »was meinst du?«

»Ich denke daran, was du in Göteborg über meine Familie gesagt hast, dass wir einander zu nah stehen. Und jetzt überlege ich, wie ich mich von meinem wunderbaren Papa befreien kann.«

»Du sollst dich nicht ganz befreien, du musst nur freier werden«, sagte Ragnar und lachte. »Aber was hältst du von einem kurzen Kinderurlaub? Es ist erst Mittwoch, und ich muss morgen zu einem Seminar in Uppsala sein und würde dir gern meine Freunde und Kollegen vorstellen.«

Stina schwieg lange, dann sagte sie: »Ich wollte deine Welt schon lange kennen lernen, deine Freunde und deine Wohnung. Das wird lustig. Und Ingegerd kommt erst am Sonntag. Elin und Gunilla können sich doch um die Kinder kümmern.«

Ragnar lachte.

»Weißt du noch, was er gesagt hat, dieser Mondfahrer? Ein kleiner Schritt für einen Menschen, aber ein großer Schritt für die Menschheit.«

Stina konnte nicht lachen, sagte aber: »Da hast du nicht Unrecht.« Aber die alte Angst erwachte in ihrem Bauch wieder zum Leben, als Maria ihr auf dem Hofplatz entgegengerannt kam, fröhlich und unbeschwert fiel sie Stina um den Hals, und die erzählte sofort, dass sie ein paar Tage Ferien bei Ragnar in Uppsala verbringen wolle.

»Klasse«, sagte Maria. »Und ich kann dir ein Geheimnis erzählen. Anders hat eine total nette Freundin, die Reitlehrerin ist. Aber das wissen nur ich und Tante Elin.«

Ragnar zwinkerte ihr zu und Maria flüsterte: »Du hast das also gewusst!«

»Ist doch klar, ich bin ja sein Bruder.«

Stina ging ins Haus, um mit Elin zu sprechen, die sagte: »Wird ja auch Zeit, dass du und Ragnar mal Zeit für Euch habt.«

Als Stina zum Packen die Treppe hochlief, dachte sie, dass in Elins Worten ein Vorwurf gelegen habe.

Gunilla sagte nur ein Wort, aber das war genug:

»Endlich.«

56.

Als Ragnar auf die E4 fuhr, fragte er, warum sie die ganze Zeit in den Rückspiegel starre.

»Ich weiß nicht, das ist wohl so eine Angewohnheit.«

»Eher wohl Angst, dass wir verfolgt werden«, sagte Ragnar. »Du bist doch von deinen Kindern durchgebrannt.«

Diesmal wurde Stina wütend.

»Du glaubst, du könntest in mir lesen. Aber das kannst du nicht, du interpretierst nur!«

»Na gut, ich bitte um Verzeihung.«

Sie schwiegen eine Weile, dann sagte Stina: »Plötzlich frei zu sein ist schwer und wunderbar zugleich.«

»Das verstehe ich.«

»Ich habe Hunger«, sagte sie, als sie durch die von Fahrrädern nur so wimmelnde Kungsgata fuhren.

»Im alten Karzer gibt es ein gutes Restaurant, geh doch rein und frag nach dem Tisch, den ich bestellt habe, ich such derweil auf dem St. Erikstorg einen Parkplatz«, sagte er. »Geh einfach hier geradeaus durch die Gasse, und dann stehst du schon vor dem Tor zum Gasthaus. Es heißt ›Gerichtstreppe‹.«

Sie nickte, blieb aber eine Weile stehen und schaute zu der großen Kathedrale auf dem Berg hoch. Ihr fiel ein, dass sie vor langer Zeit einmal dort oben gewesen war. Auf einer Klassenreise?

Ein langer, beschwipster Mann kam auf sie zu und stellte sich mit einem Namen vor, den sie in der Eile nicht mitbekam.

»Wir haben einen Tisch eine Treppe tiefer«, sagte er und ging hinter ihr her. An dem gedeckten Tisch saßen schon drei Personen, alle nannten ihre Namen, sie sagte »Stina Rask« und fühlte sich plötzlich in der Uniwelt, die einmal die ihre gewesen war, wieder wie zu Hause.

»Du siehst aus wie ein richtiger Blaustrumpf«, sagte der Beschwipste.

»Ja, bin ich ja auch«, sagte Stina. »Und du bist offenbar ein richtiges Chauvischwein.«

Alles lachte schallend. Bis auf den Beschwipsten, der sagte: »Ach da haben wir also eine Feministin am Hals. Eine, die Männer für Tiere hält.«

»Aber das seid ihr doch auch«, sagte Stina und alles verstummte. Aber sie lächelte, als sie dann hinzufügte: »Alle Männer und Frauen sind Tiere, sie sind eine Art, die einer langen Entwicklung entstammt, und diese Entwicklung nennen wir Evolution.«

»Gute Herangehensweise«, sagte Iris, die Dunkle, die ihr gegenübersaß.

Aber der Beschwipste ergriff sofort wieder das Wort und erklärte: »Wir sind Philosophen und Humanisten. Wir befassen uns nicht mit den Rechengnomen in der so genannten Naturwissenschaft.«

Stina warf den Kopf in den Nacken und lachte so laut, dass es unter der niedrigen Decke widerhallte.

In diesem Moment kam Ragnar die Treppe heruntergelaufen, grüßte alle, ließ sich auf den Stuhl neben Stina fallen und küsste sie.

»Wie schön, dass ihr euch so gut amüsiert«, sagte er und fügte hinzu: »Das ist also Dr. Stina Rask, Biologin und Mathematikerin, und die Frau, die ich heiraten möchte. Aber sie zögert noch.«

»Das kann doch nicht sein, keine Frau sagt nein zu Ragnar«, sagte Iris.

»Man kann ja immer einen Versuch machen«, sagte Stina.

»Aber auch wenn du in Biologie promoviert hast, hast du offenbar kein Gespür für die Chemie zwischen zwei Menschen. Wir schlichten Philosophinnen merken doch sofort, wie es zwischen euch knistert.«

Und Dr. Stina strahlte.

Ragnar ließ sich einen Teller mit Lammfleisch bringen, aß rasch und sagte: »Jetzt müssen Stina und ich leider weiter.« Dann unterschrieb er die Rechnung und sagte: »Dann sehen wir uns morgen um neun Uhr bei mir, um das Seminar vorzubereiten. Iris macht Nietzsche, ich mache Kierkegaard und der Psychologe Jan macht Rollo May. Wir nehmen die Diskussion auf Band auf, dann können wir uns vielleicht auf eine schriftliche Fassung einigen.«

»Und welche Rolle soll ich spielen?«, fragte der Beschwipste.

»Ich schlage vor, du bleibst im Bett und schläfst deinen Rausch aus«, sagte Ragnar.

Stina war stumm vor Staunen, als sie zu Ragnars Wohnung in der Innenstadt fuhren. Aber am Ende sagte sie: »Du hast ja trotz allem eine ziemliche Ähnlichkeit mit meinem Vater.«

Er hatte Glück, gleich vor dem Haus gab es eine Parklücke. Und seine moderne Zweizimmerwohnung war luftig und hell, es gab nur wenige, notwendige Möbel. Im Schlafzimmer stand das Bett, breit und einladend. Und sie streiften die Kleider ab und liebten sich lange. Zum ersten Mal schlich sich kein neugieriges Kind herein. Und auch sonst kein Mensch, der Kaffee anbieten will, dachte Stina.

Eine Stunde darauf schliefen sie.

Sie erwachte zuerst, blieb lange liegen, sah ihn an und umherflatternde Gedanken sagten, das könne nicht wahr sein. Sie musste ihn einfach berühren, ihre Finger wanderten über seine Stirn und seinen Haaransatz, die Nase und den sensiblen Mund.

Er schlug die Augen auf und lächelte, als er fragte: »Was machst du da eigentlich?«

»Ich wollte nur wissen, ob es dich auch in Wirklichkeit gibt.«

»Seltsam, denn mir ging es umgekehrt genauso. Ich staune so darüber, dass es dich gibt.«

»Eine Stoffpuppe«, sagte sie.

Er setzte sich im Bett auf und sagte wütend: »Jetzt spielst du wieder dein Spiel. Hör auf damit, verdammt nochmal. Dir glaubt ja doch so gut wie niemand. Und wenn dir ein seltenes Mal jemand auf den Leim geht und dich bedauert, dann wirst du sauer. Versuch endlich, in die Birne zu kriegen, dass du für die Opferrolle nicht taugst. Du spielst ein falsches Spiel, du bist eine starke und hartnäckige Frau, die ihr Leben selbst lenkt.«

Er holte tief Atem und fügte noch hinzu: »Nur Stoffpuppen genießen diese Arme-Kleine-Rolle. Und jetzt gehe ich duschen.«

Als er aus dem Badezimmer kam, sagte sie: »Du irrst dich, ich spiele nicht das Opfer, ich spiele das Gerechtigkeitsspiel.«

»Was ist das für ein Spiel?«

»Das hier ist alles nicht gerecht. Du bist frei, du hast Erfolg, dir steht die ganze Welt offen, aber du suchst dir eine Frau, die die Hölle durchgemacht und zwei Kinder hat, eins davon mit psychischen Verletzungen.«

»Aber hörst du nicht, wie du klingst? Das ist doch nur eine Variante deiner üblichen trostlosen Rolle. Bitte, akzeptier endlich, dass ich die Kinder liebe, die trotzige Maria und die lebensfrohe Katarina. Und ich möchte noch mehr Kinder mit dir. Alles Praktische werden wir in die Wege leiten: Ehe, getrennte Wohnungen, gemeinsame Wohnung, und und …«

Stina ließ sich in einen Korbsessel fallen und meinte, das sei ein überaus guter Streit. Dann prustete sie los.

»Ich will hier Vorhänge haben. Das nächste Schauspiel soll wenigstens vor einem offenem Vorhang aufgeführt werden.«

»Wird besorgt«, sagte er und stimmte in ihr Lachen ein.

Sie machten das Bett, sie wischte Staub, er saugte Staub und verschwand, um für das Treffen mit der Arbeitsgruppe frische Zimtbrötchen zu kaufen. Sie gab Kaffee in die Kaffeemaschine, fand Teebeutel und freute sich, als sie hübsche Tassen und Teller entdeckte. Einen schlechten Geschmack hat er ja wirklich nicht, dachte sie erleichtert.

Und dann waren alle da und machten sich an die Planung.

»Ich habe mein ewiges Nietzschegerede satt«, sagte Ragnar. »Ich kann nur eine kurze Einlage liefern, ehe Iris Kierkegaard bringt, und dann nehmen wir uns die neue Psychologie vor, die aus den USA herüberweht. Wer weiß etwas Grundlegendes über Rollo May?«

Schweigen.

»Ich kann mit dem Seminar an der Columbia enden«, sagte Ragnar. »Dort gibt es interessante Ansichten über das christliche Gebot der Vergebung.«

»Das kann Ärger geben«, gab Iris zu bedenken. »Die meisten im Publikum studieren doch Psychologie.«

»Spitze«, sagte Ragnar, sie lachten und kritzelten allesamt die alte Gebetszeile »und vergib uns unsere Schuld« auf ihre Blöcke.

»Dann sehen wir uns um vier in der Uni. Stina und ich gehen jetzt Vorhänge kaufen.«

»Das ist auch nötig«, sagte Iris.

Zum Seminar hatte sich allerlei Publikum eingefunden, und wie Iris vorausgesagt hatte, studierten die meisten Psychologie.

Das führte zu vielen Fragen und einer gewissen Aggressivität. Es folgte eine interessante Diskussion. Als sie sich trennten, erwähnte Iris einen Laden mitten in der Stadt, wo fertig genähte Vorhänge verkauft wurden.

»Aber natürlich brauchst du einen praktischen Menschen, der Gardinenstangen anbringen kann.«

»Den gibt es«, sagte Ragnar, hörte sich aber unsicher an und wandte sich an zwei der jungen Theologen, um sie um Hilfe zu bitten.

»Das machen wir schon, her mit den Schlüsseln«, lachten die.

Dann liefen alle die Treppe hinunter, blieben auf der Straße stehen, fanden, alles sei im Grunde gut gegangen, und man wolle sich am nächsten Tag noch einige Stunden zusammensetzen, um die Bandaufnahme durchzugehen.

57.

Stina fand in dem großen Laden weiße Vorhänge, und Ragnar und sie waren bereits auf dem Rückweg in die Wohnung, als sie plötzlich merkten, welchen Hunger sie hatten.

»Ein Bier, ehe ich umkippe«, sagte Ragnar und ging auf ein kleines Restaurant zu, das für seine gute Küche bekannt war.

»Für mich lieber ein großes Glas Wein«, sagte Stina.

Sie bestellten Hähnchen und Salat.

Als ihr Hunger gestillt war, fragte er, was es für ein Gefühl sei, in die Uniwelt zurückgekehrt zu sein.

»Das ist witzig, ich hatte total vergessen, dass es so witzig ist.«

Sie überlegte.

»Ich hab wohl keine Zeit gehabt, um Heimweh danach zu empfinden. Und ich habe es mir wohl auch nicht erlaubt, mich zu erinnern, du weißt doch, das mit jung und frei sein und eine große Klappe haben.«

»Und unsicher und ängstlich sein«, sagte er.

»Nein, ich glaube nicht, dass ich das war, jedenfalls nicht, was das Studium anging. Ich hab dir doch von meinem … besonderen Gedächtnis erzählt. Ich kann dir sagen, ich bin nicht so begabt, wie immer behauptet wird, aber ich habe ein Tonbandgerät im Kopf.«

»Und eine Filmkamera«, sagte er.

»Eben.«

»Mir kommt diese Ausrüstung sehr begabt vor«, sagte er.

Als sie nach Hause kamen, hingen die Vorhangschienen bereits und Stina wurde von einem Theologen nach dem anderen umarmt, sie lachte und bedankte sich.

Dann machten sie das Übliche, sie gingen ins Bett. Aber es kam nicht sehr viel dabei heraus, nur einige Küsse, dann schliefen sie lange und tief. Sie erwachten in der blauen Dämmerung, das Licht des Frühlings fiel über die Stadt in der Ebene. An den Straßen waren Birken gepflanzt worden. Am Morgen hatten sie lila ausgesehen, jetzt aber konnte man schon Tausende grüne Knospen ahnen.

»Sieh genau hin«, sagte Stina zu Ragnar, der gehorchte, die Knospen jedoch nicht sehen konnte.

»Du siehst, was du sehen willst«, sagte er.

»Mir tun alle Leid, die nichts sehen«, sagte sie.

»Du hast sicher Recht, ich bin wohl zu intellektuell.«

Stina setzte sich im Bett auf und fuhr ihm durch die Haare. Dann wurde sie ernst.

»Ich habe von unserem Streit geträumt – und du hast Recht, ich muss die Schuldgefühle und die Rolle des ›Armen-Mädchen-muss-uns-Leid-Tun‹ aufgeben. Aber du hast auch eine Rolle, die mir auf die Nerven geht.«

»Na los«, sagte Ragnar.

Sie seufzte und holte dann Atem:

»Manchmal bin ich sauer auf den guten Hirten, der uns immer wieder zur richtigen Quelle führt. Du brauchst nicht immer Pastor zu sein, zu trösten und zu verstehen und die passenden Worte zu finden.«

Sie hatte gehofft, dass er lachen werde, aber er nahm ihre Worte sehr ernst.

»Du hast Recht, Papas kleines Mädchen, das sachlich und klar ist. Ich selbst war immer der große Bruder und habe diese Rolle übernommen, als mein Vater gestorben ist.« Er lachte, aber das klang nicht fröhlich.

Am Ende kamen sie überein, dass alle ihre Rollen spielen. Und dass es darauf ankommt, das gut zu machen und niemals zu übertreiben.

Sie aßen einige Brote und tranken eine Flasche Wein und Stina sagte:

»Das Wichtigste von allem ist doch, dass wir unsere Rollen nicht spielen, weil wir damit irgendeine Absicht verbinden, um uns entweder Sympathie zu verschaffen oder Eindruck zu schinden.«

»Und uns nicht kleiner zu machen, so wie du, oder größer, so wie ich«, sagte Ragnar.

Stina lachte und sagte: »Aber wir haben doch alle ein Bedürfnis danach, wahrgenommen zu werden. Und das ist je nach Geschlecht unterschiedlich, sie soll hübsch sein und er intelligent.«

»Dann hast du schlechte Karten, du bist doch beides.«

»Ragnar, du bist so verliebt, dass du die Wirklichkeit nicht sehen kannst«, sagte Stina, dachte aber dankbar an Gunilla, die sie zur Schönheitschirurgin gezerrt hatte, um die Narben aus ihrem Gesicht entfernen zu lassen.

»Morgen Nachmittag fahren wir nach Hause, übermorgen kommt ja Ingegerd«, sagte sie dann. »Und ich kriege so langsam Sehnsucht nach meinen Kindern.«

Sie gingen wieder ins Bett und jetzt kam alles so, wie es sollte, warme Zärtlichkeit und tiefer Genuss.

Während Ragnar mit der Arbeitsgruppe das Seminar des Vortages durchging, packte Stina ihre Taschen und räumte in der Wohnung auf. Ein Stück weiter im Süden konnte sogar Ragnar das grüne Schimmern der Birkenwipfel ahnen. In diesem Jahr kam der Frühling mit kleinen Schritten. Die Menschen konnten mithalten, es gab keine plötzlichen Sprünge, keine Frostnacht gefolgt von einem Wärmeeinbruch.

58.

Als sie bei Gunilla und Roger vorfuhren, kam Katarina angerannt, fiel Ragnar um den Hals und rief Stina zu:

»Ich komm gleich zu dir, aber ich liebe Männer, Roger und Anders und Ragnar.«

Die Erwachsenen schafften es, nicht zu lachen, nur Gunilla hielt sich eine Hand vor den Mund.

Als Ragnar Katarina an Stina weiterreichte, schrien sie beide auf, ein Freudenschrei, der zwischen Garage und Haus widerhallte.

»Ihr wart ja vielleicht lange weg«, sagte Katarina. »Und Mama, warum brauchen wir ein eigenes Haus, wo wir doch alle hier bei Roger und Gunilla wohnen können?«

»Aber ich möchte mein eigenes Haus«, sagte Stina.

»Und ich möchte meinen eigenen Mann«, sagte Gunilla.

»Ihr seid ja vielleicht blöd«, sagte Katarina.

»Kommt mit in die Küche, ich hab einen kleinen Imbiss bereitgestellt, damit ihr nicht hungrig zum Hof fahren müsst.

Katarina, die immer Hunger hatte, rannte los und verschlang Frikadellen, als ob es sich um Plätzchen handelte.

»Sie hat keine Tischmanieren«, sagte Stina und seufzte.

»Wir hatten auch keinerlei Erziehungsambitionen, wir wollten es nur lustig haben«, sagte Roger. Dann seufzte er tief und fügte hinzu:

»Jetzt habe ich endlich Zeit, um mich auf die Besprechung am Sonntag vorzubereiten.«

Als Stina und Ragnar aufbrachen, flüsterte Gunilla, mit Maria sei ein Wunder geschehen. Anders habe sich in eine Reitlehrerin verliebt, eine richtige Spezialistin, die mit Kindern ebenso gut umgehen könne wie mit Pferden.

»Elin büffelt jeden Vormittag mit ihr und jetzt liest Maria schon richtig gut und hat lauter Fragen über die seltsame Welt, in der wir leben. Ich ruf eben bei Elin an und sage, dass ihr unterwegs seid«, sagte Gunilla.

Vor dem Stall war ein runder Platz freigeräumt worden, und dort ritt Maria, mit einem Helm auf dem Kopf, geradem Rücken und stolzem Sitz im Sattel, die Füße in den Steigbügeln. Sie war zutiefst konzentriert. Mitten auf der Reitfläche stand eine junge Frau mit roten Haaren, die ab und zu ein Kommando hören ließ. Und Mädchen und Pferd gehorchten.

»Träume ich«, flüsterte Stina Ragnar zu.

Noch ein Kommando, das Pferd änderte seine Richtung und ging geradewegs auf die Mitte zu, wo Stina stand und den Atem anhielt. Bei ihrer Mama angekommen, glitt Maria geschmeidig aus dem Sattel und fiel Stina um den Hals. Und wie sie einander umarmten! Stina dankte dem Himmel, ihre Freude war so überwältigend, dass sie mit den Tränen kämpfen musste. Mit dem Kind auf dem Arm ging sie auf die Reitlehrerin zu und begrüßte sie herzlich.

Wie sie in den Stall gelangt waren, wusste Stina später nicht mehr. Aber sie erinnerte sich daran, dass das Pferd von Sattel und Zaumzeug befreit und dann umarmt und gestreichelt wurde. Und dann gestriegelt.

Es war wie eine feierliche Zeremonie.

Am Ende gingen sie ins Haus hinüber.

In der Tür stand Elin, hieß alle willkommen, sagte aber: »Alles, was hier nach Pferd riecht, muss sofort unter die Dusche. Dann gibt es Kaffee und Kuchen.« Maria duschte, war aber bald fertig und erschien im Bademantel.

Stina fing Ingers Blick auf und sagte:

»Ich nehme an, wir beide werden bald Schwägerinnen. Das finde ich schön, weißt du, ich hatte doch nie eine Schwester.«

»Himmel«, sagte Inger. »Ich hatte schon Angst vor dir, wo du doch Doktor bist und überhaupt.«

Gegen Abend versuchte Maria, ihrer Mutter zu erklären, was ein Pferd ist, ein Wesen, das nicht sprechen kann, das aber ein hundertmal feineres Gespür hat als ein Mensch. Ragnar und Anders halfen ihr dabei. Es sei fast magisch, wie ein Pferd die geheimsten Gefühle der Menschen erfasse, solche, die der Mensch selbst nicht erkenne oder nicht erkennen wolle.

Mitten im Gespräch schlief Maria auf Ragnars Knien ein. Sie erwachte nicht einmal, als er sie die Treppe hochtrug und in das große Bett legte.

»Das war ein Tag voller Erwartungen und Spannung«, sagte Elin. »Und jetzt sind wir sicher alle ein wenig müde. Aber etwas trinken müssen wir doch noch, um zu feiern, dass alles nach Wunsch verlaufen ist.«

Anders brachte ein Tablett mit Gläsern, Sherry und Wein. Alle stießen auf eine verheißungsvolle Zukunft an.

Am nächsten Morgen wurden die anderen früh von hellem Lachen und Gekicher aus der Küche geweckt. Die angehenden Schwägerinnen waren sich bei der Kaffeemaschine begegnet.

Als Ragnar in die Küchentür trat, frisch geduscht, aber mit verschlafenen Augen, flüsterte Inger:

»Der sieht ja sogar noch besser aus als Anders.«

Und dann lachten sie so laut und lange, dass wirklich das ganze Haus geweckt wurde.

»Was ist denn hier so komisch?«, fragte Ragnar übellaunig.

»Das wirst du nie erfahren«, sagten Stina und Inger wie aus einem Munde und prusteten gleich wieder los.

»Es ist klar, dass Frauen von einem anderen Planeten kommen. Das macht sie ja so wunderbar«, sagte Anders, der nun in die Küchentür getreten war.

»In einer Stunde müssen alle für die Fahrt zum Flughafen bereit sein«, sagte Elin, die für die Kinder Brei anrührte. »Gunilla hat angerufen und gesagt, dass sie mit ihrem eigenen Wagen hinfährt und dass sie Ingegerds Zimmer schon vorbereitet hat.«

»Ich habe sogar eine wunderschöne Hortensie gekauft, um sie willkommen zu heißen.«

Am Flughafen warteten sie erst mal, aber daran waren sie inzwischen gewöhnt, und als Ingegerd auftauchte, waren die Kinder natürlich als Erste bei ihr und flogen ihr um den Hals.

»Du hältst dich gerader, bist schlanker und geschmeidiger«, sagte Stina und umarmte Ingegerd lange.

»Und da ist Ragnar, dieser unglaubliche Bursche, den ich jetzt noch ein wenig besser kennen lernen werde«, sagte Ingegerd.

»Ich muss mich noch für den netten Empfang neulich bedanken«, sagte Ragnar und hörte selbst, wie blödsinnig das klang.

Ingegerd lächelte nachsichtig und sagte:

»Ich soll ganz herzlich von Norman grüßen, er wäre so gern mitgekommen, er liebt Schweden und alle seine Freunde hier so sehr. Aber er konnte sich nicht freinehmen, und vielleicht ist es ja auch gut, wenn einer von uns den Vetter ein wenig im Auge behält. Ihr wisst, dass er zwanzig Jahre bekommen hat?«

Sie nickten.

Gunilla hatte lange nach einem Parkplatz suchen müssen, kam dann aber nach einer Weile direkt in Ingegerds Arme gelaufen und sagte: »Du wohnst wie immer bei mir. Stina ist sicher ein bisschen eifersüchtig, aber sie hat ja im Moment kein Haus.«

»Wo wohnt ihr denn jetzt?«

»Auf dem Hof bei Tante Elin«, rief Maria. »Und ich kann lesen und schreiben. Und reiten. Und im Herbst fange ich mit Englisch an.«

»Und ich kann Seilchen springen … fast«, sagte Katarina.

Ingegerd setzte sich auf ihren größten Koffer und nahm ein Kind auf jedes Knie. Nur wer sie gut kannte, sah die Tränen in ihren Augen.

»Wir fahren zu uns, laden Ingegerds Gepäck ab und bringen es auf ihr Zimmer«, sagte Gunilla. »Dann fahren wir zum Hof, ehe Maria vor Ungeduld platzt, weil sie uns ihre Reitkünste vorführen will. Und dann geht's weiter zu Roger, der das Empfangsessen vorbereitet hat.«

Ingegerd lachte und erzählte von einem neuen Wort, das in den letzten Monaten in allen Zeitungen in den USA aufgetaucht sei. »Also hab ich Norman gefragt, was Logistik ist, und er sagt, ich sollte einfach an Gunilla denken, die eine Meisterin der Logistik sei.«

»Typisch Norman«, sagte Gunilla. »Das ist eine ganze Wissenschaft, ich plane nur im Kleinen, damit alle berücksichtigt werden.«

Schon vor der letzten Kurve auf dem verschlungenen Weg zum Hof kam ihnen Maria auf ihrem Pferd entgegen. Neben ihr ging eine junge Frau mit roter Lockenpracht.

Das Pferd machte kehrt und der Wagen fuhr im Schritttempo hinter ihm her zum Hof. Ingegerd öffnete die Autotür, begrüßte die Rothaarige und sagte: »Ich hatte früher auch mal rote Haare. Das war wunderbar.« Dann reichte sie ihr die Hand. »Ich bin Ingegerd Gordon und die Tante der Kinder.«

»Inger Karlsson«, sagte die junge Frau. »Ich bin Reitlehrerin hier auf dem Hof.«

»Ich bin mein ganzes Leben lang geritten, habt ihr auch ein größeres Pferd?«

»Ich kann morgen eins leihen.«

Gleich darauf stand Anders da, half Ingegerd beim Aussteigen und stammelte, er könne sich für das Geschenk der Islandponys gar nicht genug bedanken.

»Aber Anders, du hast doch einen wunderbaren Dankesbrief geschrieben. Das reicht wirklich, kein Wort mehr.«

»Aber meine Güte, was bin ich wackelig auf den Beinen«, sagte sie dann und wäre fast gestolpert. »Sonst leide ich nie unter Jetlag, aber heute sieht es übel aus.«

Anders trug sie ins Wohnzimmer, legte sie aufs Sofa, zog ihre Beine gerade und wickelte sie in eine Decke.

Elin brachte ein Glas, lieber keinen Whisky, aber gern ein Glas Wein.

»Aber wo ist Inger, sie ist eine tüchtige Masseurin«, sagte Elin.

Inger kam mit frisch gewaschenen Händen und sagte: »Jetzt werden wir mal deinen Kreislauf auf Trab bringen.« Sie zog Ingegerd Schuhe und Strümpfe aus. »Deine Beine sind ja richtig geschwollen«, sagte sie und legte los, fast liebkoste sie jeden Muskel, und Ingegerd spürte, wie ihr ganzer Körper weicher wurde. Als Anders den Wein brachte, schlief sie vor dem Feuer ein.

Ragnar erkundigte sich nach Gunilla.

»Das hier war ja keine großartige Logistik. Wir müssen Roger anrufen und das Essen absagen, wir kommen lieber morgen zum Mittagessen.«

Inger blieb stehen und horchte auf Ingegerds Herz, dann sagte sie: »Ich wünschte, ich hätte ein Blutdruckmessgerät. Anders muss zur Bezirksschwester fahren und eins ausleihen. Ihr anderen verlasst allesamt bitte das Zimmer.«

Ingegerd öffnete die Augen zu einem Spalt und flüsterte:

»Bist du Ärztin?«

»Nein, Tierärztin.«

Ingegerd lächelte und flüsterte: »Das ist gut, ich bin doch ein altes Ross.«

Jetzt lachten sie beide. Bald darauf kam die Bezirksschwester mit dem Blutdruckmessgerät. Ingegerd stöhnte, als ihr die Manschette um den Arm gezurrt wurde.

»Der ist zu niedrig«, sagte die Schwester.

»Aber es wird schon besser«, sagte Inger.

Stina und Inger lösten einander während der Nacht am Krankenbett ab. Ingegerd schlief.

Am nächsten Morgen war sie wieder die Alte. Und ihr Blutdruck war normal. Sie hatte Hunger, und Elin brachte ihr Brote und Kaffee ans Bett, während die Kinder in der Küche aßen.

»Was hast du für ein ungeheures Glück mit deinen Schwiegertöchtern«, sagte Ingegerd, die Hilfe beim Duschen brauchte. Dann zog sie ein Kleid von Elin an, weiche Strümpfe und eine leichte, warme Daunenjacke.

Mit energischen Schritten ging sie dann hinaus auf die Treppe, setzte sich und ließ sich die Sonne ins Gesicht scheinen. Nach einer Weile nahm sie Elins Hand und sagte:

»Ich habe mich noch nie so sehr nach dem nordischen Winter gesehnt, diesem Licht, das es nur hier gibt, den Birken, die grün schimmern, dem Schmelzwasser, das in den Gräben plätschert, und den vielen Schneeglöckchen und Vogelzügen, die sich auf ihrem Weg nach Norden am Himmel abzeichnen.«

»Schau mal nach Süden, denn da kommt Akka mit ihrer Herde und ist auf dem Weg zum Kebnekajse«, sagte Elin und beide lachten.

Nach einer Weile fuhr Ragnar mit dem Wagen vor und fragte, ob die Damen einsteigen wollten.

»Aber wir müssen auf die anderen warten, damit wir zusammen ankommen«, sagte Elin und alle versammelten sich auf der Treppe. Ingegerd senkte die Stimme, sie flüsterte fast, als sie sich nach Stina und Ragnar erkundigte.

»Das geht den richtigen Weg, langsam, aber sicher. Die kommen beide nicht mehr los, das kannst du mir glauben.«

»Das freut mich so sehr, er ist ein sehr ungewöhnlicher Mensch«, flüsterte Ingegerd.

»Ja. Und sie auch, deshalb bin ich mir sicher, dass alles so geht, wie es soll.«

59.

Gunilla und Roger empfingen sie auf der Südveranda, es gab Kaffee und Saft und alle fanden es so warm wie im Sommer.

Nur Roger war sachlich wie immer und sagte: »Morgen wird der Winter die Herrschaft wieder an sich reißen.«

»Das darf er nicht!«, rief Maria.

»Und wo steckt Anders?«, fragte Gunilla.

»Irgendwer musste bei den Pferden bleiben, und Inger möchte Ingegerd nicht allein lassen.«

»Das erinnert mich daran, dass deine verflixten Söhne mitten in der Nacht aus USA angerufen haben, sie machen sich Sorgen. Du musst also zurückrufen und sie beruhigen.«

Roger ging mit Ingegerd in sein Arbeitszimmer, wählte die Nummer und reichte ihr den Hörer. Sic klingc fast vcrdächtig gut aufgelegt, fand Norman. »Was sagen denn die Ärzte?«

»Ich bin von einer Tierärztin massiert worden und sie hat die Durchblutung in meinen Beinen wieder auf Trab gebracht. Dann hat sie ein Blutdruckmessgerät besorgt und der Blutdruck war wieder normal, nur war ich schrecklich müde.«

»Aber Mama, eine Tierärztin!«

»Ich hab mich bei ihr in guten Händen gefühlt, ich bin doch ein altes Ross.«

Norman stöhnte und wollte mit Ragnar sprechen. Der sagte: »Du machst dir unnötige Sorgen, aber ich verspreche dir, ich fahre sie zu den Herzspezialisten im Krankenhaus Danderyd.«

»Warum habt ihr eine Tierärztin auf dem Hof?«

»Weil Anders sich so sehr in sie verliebt hat, dass er es sogar gewagt hat, ihr einen Heiratsantrag zu machen.«

Jetzt endlich konnte Norman lachen.

»Und jetzt die Besprechung«, sagte Roger und sie versammelten sich um den großen Tisch im Büro des Anwalts.

Er sagte als Erstes, dass er bei ihrer vorangegangenen Diskussion über die Erbschaft wohl zu optimistisch gewesen sei.

»Ingegerd ist die Haupterbin. Aber nach endlosen Gesprächen mit der US-Botschaft habe ich erfahren, dass Per Stenberg einen Anspruch auf einen Anteil hat und nach Verbüßung seiner Haftstrafe darüber verfügen kann. Bis dahin muss das Geld auf ein Konto bei einer schwedischen Bank eingezahlt werden und darf nicht angerührt werden. Allerdings muss er seiner geschiedenen Frau davon Unterhalt für die Kinder bezahlen. Was er ja in all den Jahren nicht gemacht hat. Bei der Scheidung wurden zweitausend Kronen für jedes Kind pro Monat festgelegt. Das bedeutet, dass er Stina insgesamt 234 000 Kronen schuldet. Das müsste doch für die Einrichtung des renovierten Hauses reichen. Dazu Anlage A.

Desweiteren habe ich eine Schuldverschreibung aufgesetzt, laut der Ingegerd Gordon Stina Rask vier Millionen leiht. Damit sind Umbau und Grundstück bezahlt. Das Darlehen ist zinsfrei und muss nicht amortisiert werden. Siehe Anlage B.

Ingegerd Gordon wird zur Vorsitzenden der Firma Stenberg-Wohnungen AG ernannt. Die mit der Verwaltung betrauten Personen bleiben bis auf weiteres im Amt.«

»Du willst die Verantwortung übernehmen, das wird doch schrecklich viel Arbeit«, sagte Stina. Und dann ging es ihr auf: »Aber das ist ja wunderbar, dann bleibst du in Schweden.«

Ingegerd lachte. »Ja, ich habe Heimweh nach Stockholm und meinen schwedischen Angehörigen und allen schwedischen Freunden. Ihr müsst wissen, dass ich bald frei sein werde, ich habe die Scheidung eingereicht. Aber Direktorin will ich nicht werden, es gibt einen Direktor, und am Montag habe ich einen Termin mit ihm und dem Personal.«

Alle schwiegen, sie fanden keine Worte.

Sollten sie Ingegerd bedauern?

Am Ende sagte Gunilla:

»Ich beglückwünsche dich zu deiner Freiheit und freue mich so sehr, dass du bei uns bleiben willst.«

Dann erhob sie sich und sagte: »Im Esszimmer steht das Mittagessen auf dem Tisch, aber zuerst trinken wir auf der Veranda in der Sonne ein Glas. Bitte sehr.«

Aber da stand Inger mit den flammendroten Locken und sagte:

»Ingegerd darf nichts trinken. Und Ragnar muss sie zu einem Herzspezialisten ins Krankenhaus Danderyd fahren.«

»Spinnt ihr eigentlich?«

»Ich hab es Norman versprochen«, sagte Ragnar übellaunig.

»Schön blöd von dir«, sagte Ingegerd, gab aber zu, dass sie müde war und nach dem Essen schlafen wollte.

60.

Der Frühling machte in diesem Jahr dann doch noch gewaltige Sprünge. Und er ließ es nachts regnen und tagsüber die Sonne scheinen, wie es sich gehörte; der Boden trocknete, die Rasenflächen wurden grün und leuchteten aus tausend kleinen Sonnen. Es war die Zeit des Löwenzahns.

Und alle Zwiebelgewächse, Hyazinthen und Krokusse, weiße und gelbe Narzissen, dufteten in Beeten und Vasen.

Die großen Bäume entfalteten ihre Knospen, ein wenig zögernd, denn sie hatten lange Erfahrung damit, wie unzuverlässig der Frühling im Norden sein kann. Aber in diesem Jahr hielt der Frühling durch. Keine einzige Frostnacht im April, Sommertemperaturen im Mai. Ein so wunderschöner Frühling, dass auch die Menschen wieder Farbe in ihre winterbleichen Gesichter bekamen.

Stina konnte nicht Schritt halten, sie wollte bei jedem Wunderwerk stehen bleiben, aber sie musste doch ihr Häuschen einrichten, das gar kein Häuschen mehr war.

Alle halfen. Sirkka war aus Göteborg gekommen. Anders trug Stühle und Tische. Und Betten. Und brachte in den Zimmern der Kinder und in Stinas Arbeitszimmer Regale an. Die Hilfsbereiteste und die, die am häufigsten im Weg stand, war Katarina, die Blumen pflückte und Kaffeetassen und Saftgläser damit füllte.

Sie hatte ihren Willen durchgesetzt, eine von roten Rosen überwucherte Tapete. Maria hatte sich für eine himmelblaue

Tapete ohne Muster entschieden. Sirkka brachte handgewebte Teppiche und weiße Vorhänge. Als die Betten aufgestellt worden waren, sagte Katarina: »Hier wohne ich allein, wer mich besuchen will, muss anklopfen.«

Auch Maria war zufrieden, ihr Teppich sei wie das Meer, sagte sie.

In dem jetzt geräumigen Haus wurden Regale an die leeren Wände angebracht, und plötzlich tauchte Ingegerd in einem neuen Auto auf, froh und erstaunt darüber, wie schön das neue Heim zu werden versprach.

Als sie das Wohnzimmer bewundert hatte, sprach sie über die Finanzlage der geerbten Firma. Roger war mit ihr die Buchführung durchgegangen, daran gab es nichts auszusetzen.

Der Direktor war ein verantwortungsbewusster Mann von Mitte sechzig. Er hatte eine Sekretärin im gleichen Alter, grob und effektiv, deshalb hatte Ingegerd ihnen gesagt, wie froh und dankbar sie dafür sei, dass beide weitermachen wollten.

Sie hatte ein Auto gekauft und suchte jetzt nach einer passenden Wohnung.

Ehe sie sich trennten, verabredeten sie, den Mittsommerabend mit Feststange und gutem Essen an einem langen Tisch draußen im Garten zu feiern. Falls das Wetter hielt.

61.

Die Bauarbeiter räumten das Grundstück, und zu Mittsommer sah alles wieder gut aus. Stina jätete Unkraut in den Beeten und kaufte einjährige Blumen für Garten und Töpfe.

Jetzt schliefen sie und Ragnar und die Kinder im neuen Haus. Er hatte unter dem neuen durchbrochenen Dach ein geräumiges Arbeitszimmer bekommen.

Stina quälte sich wie üblich damit, das alles nicht verdient zu haben. Ragnar sah es, schwieg aber, statt vorwurfsvolle oder tröstende Worte zu finden. Allerdings seufzte er.

Kurz vor dem längsten Tag des Jahres verzog das Tiefdruckgebiet sich nach Norden, wo Regen den Schnee angriff. Auch dort wurde der Winter besiegt und bald strahlte die Mitternachtssonne. Das ganze Land freute sich auf ein großartiges Mittsommerfest.

Erik kam mit einem frühen Flugzeug und brachte seine Geige mit.

Anders hatte ein Akkordeon, sie übten gemeinsam die alten Tanzweisen.

Mitten in diesen fröhlichen Momenten klingelte Eriks Telefon, er gab Sirkka die Geige und ging ins Wohnzimmer.

Es war Kommissar Jenkins, der überrascht fragte: »Tanzt Ihr mitten in der Nacht?«

»Wir haben heute keine Nacht, es ist Mittsommer, und das wird mit uralten Liedern und heidnischen Ritualen begangen.«

»Leider muss ich Euer Fest stören«, sagte Jenkins. »Unser

gemeinsamer Freund Stenberg ist heute gestorben. Ein Arzt hat ihn untersucht, er ist an einem Gehirnschlag gestorben. Der Arzt konnte keinerlei Anzeichen für äußerliche Gewaltanwendung finden. Die Verwandtschaft muss nun entscheiden, was geschehen soll. Und bitte, sag weiter, dass wir uns sehr freuen würden, wenn Pastor Ragnar die Beerdigung übernehmen könnte.«

»Ich melde mich in ein paar Stunden«, sagte Erik und legte auf.

Er ging zu den anderen hinaus, die um die Feststange tanzten, schüttelte den Kopf und sagte zu Anders, dieser müsse jetzt allein für die Musik sorgen.

Sirkka bemerkte Eriks bleiches, verbissenes Gesicht sofort. Sie kam auf ihn zu und er bat sie, Stina und Ragnar und vor allem Ingegerd ins Besprechungszimmer zu holen und die Tür zu schließen. Gunilla zu bitten, sich um die Kinder zu kümmern.

Niemand sah, dass Maria ins Zimmer schlüpfte, ehe die Tür geschlossen wurde. Aller Augen richteten sich auf Erik, der mühsam nach Worten suchte.

Dann sagte er:

»Vorhin hat Kommissar Jenkins aus Richmond angerufen. Er hat mitgeteilt, dass Per Stenberg tot in seiner Zelle aufgefunden worden ist. Der Arzt hat einen Schlaganfall festgestellt, eine schwere Gehirnblutung. Nichts weist auf äußerliche Gewaltanwendung hin.«

»Glaubst du das?«, fragte Ragnar.

Erik zuckte mit den Schultern und machte eine vage Handbewegung.

»Die Polizei will wissen, was mit der Beerdigung wird, bis auf weiteres liegt er im Gefängnis im Kühlraum. Am Ende hat Jenkins noch gesagt, sie würden sich freuen, wenn Ragnar die Beerdigung übernehmen könnte.«

Ingegerd sagte ruhig und sachlich:

»Ich muss mit Norman sprechen, ich darf doch dein Telefon benutzen, Roger? Er muss ein Bestattungsunternehmen informieren, damit der Tote in mein Haus gebracht und dann auf unserem Friedhof in der Nähe begraben werden kann. Ragnar, kommst du mit?«

»Natürlich«, sagte Ragnar.

»Danke.«

»Ich komm auch mit«, sagte Maria, die inzwischen auf Stinas Schoß geklettert war. »Ich will mit«, schrie sie dann.

»Nein.«

Jetzt schrie auch Stina.

Aber Ragnar sagte:

»Er ist ihr Vater und es ist wichtig, dass sie ihn sieht. Und ich glaube, das gilt auch für dich, Stina, du solltest ihn noch einmal sehen und endlich Abschied nehmen.«

»Ich will das nicht, ich hab mich von dem Mann scheiden lassen. Ich bin ein freier Mensch.«

»Nein, das bist du nicht. Du lebst, als ob du an seinen Untaten Anteil hättest. Du schämst dich. Und machst dich klein.«

»Du kannst mich nicht zwingen.«

»Nein.«

»Aber ich kann dir verbieten, Maria mit in die USA zu nehmen.«

»Ja, das kannst du, aber ich glaube, du begreifst nicht, wie wichtig es für sie ist, ihren Vater zu sehen.«

Gleich darauf war Ingegerd wieder da und sagte, Norman und Julie würden alles in die Wege leiten. »Sie informieren schon heute das Bestattungsunternehmen und versprechen, dass alles schön und feierlich sein wird. Auf dem kleinen Friedhof liegt eine meiner engsten Freundinnen und außerdem Normans tot geborenes Kind.«

»Aber was sagt dein Mann?«, fragte Sirkka.

»Das ganze Grundstück, Haus, Garten und Park sind mein Eigentum«, sagte Ingegerd. »Und Senator Gordon ist sehr daran gelegen, nicht in die Affäre Per Stenberg hineingezogen zu werden.«

»Es sieht nach Regen aus«, sagte Anders in der Tür. »Wir müssen alles ins Haus schaffen.«

Sie rannten durch den Regen zu Gunillas Haus, wo ein Feuer im Kamin entzündet wurde.

62.

Beim Abenddrink sagte Roger zu Gunilla: »Das ist eine ungewöhnliche Familie, niemand scheint sich über Pers Tod zu freuen oder auch nur daran zu denken, dass sich alle finanziellen Probleme in einer Gefängniszelle in den USA gelöst haben.«

»Nein, ich muss sofort bei Stina anrufen. Sie hat sich quergestellt, wollte nicht zur Beerdigung in die USA fliegen. Aber Maria hat sich durchgesetzt.«

Sie erreichte Stina und sagte:

»Bist du noch nicht auf den Gedanken gekommen, dass du Ingegerd mehrere Millionen schuldest? Und dass du jetzt keine Schulden mehr hast? Pers Geld fällt jetzt an deine Kinder, also an dich.«

»Himmel«, sagte Stina.

»Ansonsten hat Ragnar absolut Recht, Maria muss ihren Vater noch einmal sehen, und zwar als normalen Menschen und nicht als Phantom. Wenn du nicht mitfliegst, dann lässt du sie ein weiteres Mal im Stich.«

»Ich habe Angst bekommen, und du weißt doch, dass ich feige bin.«

»Ja, das hast du schon gesagt. Aber dass du so verdammt selbstsüchtig sein könntest, das hätte ich nicht gedacht«, sagte Gunilla und knallte verärgert den Hörer auf die Gabel.

Ragnar hatte Elin zum Hof zurückgefahren und ließ sich Zeit mit der Rückkehr. Er ist böse auf mich, dachte Stina. Es regnete, wieder überkam sie die Panik. Die Kinder verlangten ihr Abendbrot … sie zerbrach Eier für ein Omelett, Schinken und Sahne hatte sie genug.

Gleich darauf hörte sie den Wagen, und da stand Ragnar und lächelte sie an.

Sie lief auf ihn zu und sagte: »Verzeih mir, ich war in Panik geraten und habe dumme Dinge gesagt. Natürlich fahren wir alle drei zur Beerdigung. Ihn tot zu sehen hilft mir vielleicht, mich von ihm zu befreien.«

Lange hielten sie einander im Arm, dann kamen Erik und Sirkka. »Du musst mir helfen, Mama.«

Sirkka machte einen Salat, deckte den Tisch, stellte Wein und Saft dazu.

»Jetzt werden wir den neuen Esstisch auf der Veranda einweihen«, sagte sie und rief die Kinder, die sich in ihre Zimmer verkrochen hatten. Erik drückte Stina an sich. Zu seiner Überraschung sah Ragnar, dass der hartgesottene Polizist mit den Tränen kämpfte.

Aber als die Kinder wieder in ihren Zimmern verschwunden waren, nahm er Ragnar zur Seite und sagte leise: »Wir haben vor kurzem einen Bericht von Kommissar Jenkins bekommen. Die Polizei hatte Pers Mobiltelefon abgehört. Er hatte sich an einen Privatdetektiv in Malmö gewandt, der Stinas Adresse herausfinden sollte. Und das ist hierzulande ja nicht schwer. Erst konnte ich nicht schlafen, am Ende habe ich aber beschlossen, auf der Hut zu sein und aufzupassen, ob etwas Ungewöhnliches passiert. Und sie hat geschwiegen, sie ist wirklich nicht feige.«

»Aber Stina, warum hast du mir das nicht gesagt?«, fragte Ragnar. »Ich habe mich schon gewundert, warum hier in der Gegend so viele Streifenwagen unterwegs sind.«

»Ich hatte Papa doch versprochen, nichts weiterzusagen. Aber ab und zu hab ich schon die alte Panik verspürt.«

Ragnar nickte, und dann kamen die Kinder zurück an den Tisch und forderten ihren Nachtisch.

Sie bekamen Kuchen, wären beim Essen aber fast eingenickt.

Sirkka las Katarina noch eine Gutenachtgeschichte vor, Maria las selbst, dann schliefen beide endgültig ein.

»Das hätte der große Tag sein sollen, an dem der Sommer kommt und wir sozusagen dieses wunderbare Haus einweihen«, sagte Stina. »Aber dann gab es nur Schocks und Todesnachrichten.«

»Freudennachrichten«, korrigierte Sirkka.

»Ja, ich versuche, mir das klarzumachen.«

Alle waren müde. Erik und Sirkka gingen die Treppe hoch und schlüpften in das große Bett unter dem neuen durchbrochenen Dach.

Stina wurde am frühen Morgen vom Telefon geweckt, es war Ingegerd, die für den Montagmorgen Flüge nach Washington gebucht hatte. Sie würden gegen zwei Uhr dort eintreffen. Norman würde sie am Flughafen abholen.

Inger hatte Maria beigebracht, Ingegerds Beine sanft und behutsam zu massieren. Und die Kleine nahm ihre Aufgabe sehr ernst. Als sie im Flugzeug saßen, setzte Maria sich auf den Boden und fing an zu massieren. Als die Stewardess sie überrascht anschaute, erzählte Maria, ihre Tante könnte beim Fliegen ganz leicht wehe Beine bekommen.

Und hinter Ingegerd konnten sie problemlos die Zoll- und Passkontrolle hinter sich bringen. Norman stand da und empfing Maria mit offenen Armen.

63.

Julie ging in die Hocke und Maria blieb vor ihr stehen und sagte zu Stina: »Jetzt siehst du's selbst, Julie ist so schön, dass man sie gar nicht beschreiben kann.«

Stina übersetzte. Julie erhob sich und sagte: »Ich warte schon so lange darauf, dich kennen zu lernen, Stina. Du musst eine starke Frau sein.«

»Das wird man, wenn man muss«, sagte Marias Mutter.

Norman umarmte Ragnar hastig und wandte sich dann seiner Mutter zu. »Jetlag?«

»Nein, Maria hat mir unterwegs die Beine massiert. Sie hat Pferdemassage gelernt, und die hilft ausgezeichnet.«

»Ich hole den Wagen, habt ihr viel Gepäck?«

»Nein, wir bleiben ja nicht lange.«

Nach einigen Dutzend Kilometern bog er nach rechts ab und fuhr durch einen wunderbaren Park, in dem hohe alte Bäume der Straße Schatten spendeten.

»Hier ist es aber schön«, sagte Stina. »Ich hatte ganz andere Bilder im Kopf von diesem großen Land im Westen.«

»Das hier ist historisches Gelände, hier haben einige der großen Schlachten des Bürgerkriegs stattgefunden«, sagte Norman. »Und deshalb ist ein großer Park angelegt worden, zur Erinnerung. Angeblich werden die Bäume so hoch, weil der Boden mit Menschenblut getränkt ist.«

»Das ist doch nur Gerede«, sagte Julie.

»Alle Länder brauchen solches Gerede«, sagte Ragnar.

»Vor allem junge Länder, deshalb setzen wir wohl so sehr auf Hollywood«, lachte Norman.

Ganz plötzlich endete der Park und vor ihnen erhob sich ein Hang. Norman hielt an, zeigte nach oben und sagte: »Da oben liegt Ingegerds Haus.«

Stina war dermaßen beeindruckt, dass sie nach Luft schnappen musste. Und dann sagte sie: »Das kannst du doch nicht gegen eine Wohnung im Strandväg in Stockholm eintauschen!«

»Erst mal nur für den Sommer«, sagte Ingegerd. »In den beiden Seitenflügeln wohnen meine Söhne mit ihren Familien. Im Haupthaus wohne ich mit meinen Gästen.«

Julie behielt Maria im Auge, sie hatte Angst, das Haus könnte deren Erinnerungen wieder zum Leben erwecken. Aber Maria war hin und weg von dem großen Schwimmbecken vor dem Eingang und wandte sich an Julie:

»Darf ich baden?«

Ehe die Erwachsenen alles Gepäck aus dem Wagen geladen hatten, hatte Maria sich schon die Kleider vom Leib gerissen und war vom Sprungbrett gehüpft.

Alle staunten, als sie wie ein Seehund losschwamm.

Stina holte ein Badetuch, holte ihre Tochter aus dem Wasser und flüsterte, dass in den USA nicht einmal Kinder nackt baden dürften. »Also muss ich erst deinen Badeanzug holen.«

Rachel brachte Saft und Plätzchen, begrüßte Maria und umarmte Stina und Ragnar. Theo erschien aus dem Keller, wo sie einen kühlen Raum mit Blumen geschmückt hatten. Dort stand der Sarg schon bereit.

Dann mussten sich alle umziehen, denn der Leichenwagen mit dem Toten war auf dem Weg und sie würden sich in dem kühlen Raum mit den vielen Blumen versammeln.

Stina bürstete Maria die Haare, zog ihr ein feines weißes Kleid an und legte ihr ein schwarzes Tuch über die Schultern.

Maria zitterte, sie hatte Angst.

Und sie flüsterte, sie habe Erik sagen hören, Per Stenberg sei ein Monster gewesen. Und so eins habe sie im Fernsehen gesehen, es habe nur ein rundes Riesenauge mitten im Gesicht gehabt. Und eine lange fiese Zunge, wie Schlangen und Drachen sie haben, wenn sie ihre Opfer umbringen wollen.

»Aber Herzchen«, sagte Stina. »Mit dir geht die Phantasie durch. Und jetzt müssen wir los.«

Maria hielt sich an Stinas Hand fest. Ragnar stand neben Stina und Maria vor dem Sarg. Sie sangen einen schwedischen Choral, während die Bahre hereingetragen und der Tote in den Sarg gelegt wurde. Maria trat als Erste vor und sah den Toten an, er sah freundlich und friedlich aus.

Sie war blass und ihre Stimme klang überrascht, als sie sagte:

»Er war ja nur ein normaler Mensch.«

Das sagte sie zweimal, beim zweiten Mal weinte sie und fiel ihrer ebenfalls weinenden Mutter um den Hals.

Ragnar sprach ein altes schwedisches Gebet, über Gottes Diener, der zu seinem Vater in den Himmel heimgekehrt ist. Und dessen Sünden vergeben sind.

Dann traten alle anderen vor und legten ihre Blumen auf den Sarg.

Ingegerd weinte nicht, sie war jedoch auffallend blass.

Ragnar sprach das Vaterunser, zuerst auf Schwedisch und dann auf Englisch.

Zwei Tage darauf startete die Maschine in Richtung Stockholm. Norman hatte sie zum Flughafen gefahren und versprochen, bald nach Schweden zu kommen und seiner Mutter beim Einrichten der neuen Wohnung im Strandväg zu helfen.

Maria schlief, Ingegerd ebenfalls.

Während Stina ganz gerade dasaß und ein neues und starkes Gefühl von Freiheit erlebte.

Endlich.

Nicht einmal die alten Schuldgefühle quälten sie jetzt mehr.

Sie erkannte in diesem Augenblick, dass das, was sie als Schuldgefühle erlebt hatte, eigentlich ein gewaltiger Zorn gewesen war.

Und dass sie sich nie wieder verletzen lassen würde.

Danksagung

Ich bin vielen Menschen Dank schuldig.

Zuerst möchte ich Samuel Reyes danken, der mir die ganze Zeit zur Seite gestanden hat. Er hat jeden Abschnitt gelesen und wichtige Kommentare zur Handlung und zur Darstellung der Personen abgegeben.

Ich danke meinen treuen Nachbarn Siv und Johnny Hansson, die sich große Mühe beim Lesen des Manuskripts gegeben haben.

Ich danke auch dem Computergenie Luis Reyes, der im Handumdrehen meine Probleme im Computerlabyrinth gelöst hat.

Und natürlich geht ein ganz besonders herzlicher Dank an meinen Agenten Bengt Nordin, der meine Bücher in der ganzen Welt verbreitet.

Marianne Fredriksson

Hannas Töchter
Roman
Aus dem Schwedischen
von Senta Kapoun
Band 14486

Simon
Roman
Aus dem Schwedischen
von Senta Kapoun
Band 14865

Maria Magdalena
Roman
Aus dem Schwedischen
von Senta Kapoun
Band 14958

Inge und Mira
Roman
Aus dem Schwedischen
von Senta Kapoun
Band 15236

Marcus und Eneides
Roman
Aus dem Schwedischen
von Walburg Wohlleben
Deutsche Erstausgabe
Band 14045

Eva
Roman
Aus dem Schwedischen
von Walburg Wohlleben
Deutsche Erstausgabe
Band 14041

Abels Bruder
Roman
Aus dem Schwedischen
von Walburg Wohlleben
Deutsche Erstausgabe
Band 14042

Noreas Geschichte
Roman
Aus dem Schwedischen
von Walburg Wohlleben
Deutsche Erstausgabe
Band 14043

Marianne Fredriksson

Sintflut
Roman
Aus dem Schwedischen
von Ulrike Landzettel
Band 14046

Sofia und Anders
Roman
Aus dem Schwedischen
von Christel Hildebrandt
Band 15615

Die Jahre mit Jan
Roman
Aus dem Schwedischen
von Senta Kapoun
Band 16387

Geliebte Tochter
Roman
Aus dem Schwedischen
von Senta Kapoun
Band 15617

Lillemors Rätsel
Roman
Aus dem Schwedischen
von Senta Kapoun
Band 14044

Fischer Taschenbuch Verlag